KB047925

이타적
유전자가
온다

이타적
유전자가
온다

안덕훈 장편소설

|주|자음과모음

이 이야기는 빚을 지고 있다.

조세희의 『난장이가 쏘아올린 작은 공』, 천명관의 『고령화 가족』,

리처드 도킨스의 『이기적 유전자』, 움베르토 에코의 『장미의 이름』에서

빌려온 재료들로 주춧돌을 세우고 기둥을 올리고 작은 망루를 얹었다.

그리고

2009년 푸른 새벽,

서울시 용산구 남일당 빌딩 옥상을 지켰던 영혼들에게 빚지고 있다.

그러므로 이 이야기는 갚아야 할 빚에 관한 이야기이다.

차례

싸움의 기원

대통령 선거 투표 마감 30초 전. 카운트다운이 시작되었다.

30, 29, 28, 27……

"잠시 후 방송 3사가 공동으로 집계한 출구조사 결과를 발표하겠습니다."

앵커의 목소리가 이어지는 동안 남은 시간은 20초를 지나 끝을 향해 치달았다. 여섯 명의 대통령 후보 사진이 기호 순서대로 등장하더니 서로 뒤섞여 똬리를 틀면서 화면 한가운데로 빨려 들어갔다. 마치 크고 작은 제각각의 똥 덩어리들이 변기 속으로 버둥거리며 빠져드는 것처럼 보였다.

17, 16, 15, 14……

이다는 밥을 먹고 있었다. 순수한 밥이었다. 그것을 순수하다고 표현하는 것이 적절할지 모르겠지만 여하튼 거실에 놓인 둥근 소반 위에 먹을 것이라곤 오로지 흰 밥뿐이었다. 물론 밥 이외에도 부글거리며 거품을 게워내고 있는 막걸리, 불에 그을린 마른오징어, 오징어와 궁합을 맞춘 고추장 한 종지, 김치냉장고에서 통째로 꺼내와 뚜껑을 열어젖힌 열무김치, 할머니가 전날 끓여 놓은 식어 빠진 된장찌개가 냄비째 나와 있었다. 하지만 밥을 제외하곤 하나같이 이다를 위한 반찬이 아니라 두 삼촌을 위한 술안주일 뿐이었다. 세상에 모든 순수한 것들이 그렇듯 입에 넣은 밥 역시 너무 순수해서 목이 멜 정도였다.

6, 5, 4…….

이다는 짭조름한 무언가를 찾아 젓가락을 들었다. 젓가락에 딸려 올라온 열무김치에 누런 막걸리 방울이 맺혀 있다. 도저히 입에 넣을 수 없어 그대로 내려놓았다. 이다가 젓가락을 내려놓는 순간 TV 화면의 카운트다운 숫자가 3으로 바뀌고 있었다. 이다는 화면에 몰입해 있는 두 삼촌의 옆얼굴을 번갈아 보았다. 큰삼촌은 막걸리가 찰랑거리는 사발을 들고 어정쩡하게 굳어 있었다. 반쯤 벌어진 입에 방금 전에 베어 문 열무김치가 고춧가루로 범벅이 된 채 줄기를 뺄대고, 화면에서 쏟아 내는 형형색색의 빛이 삼촌의 얼굴에 부딪히면서 콧등과 광대뼈 주변에 번들거리는 개기름에 반사되었다. 수전증 증세가 있는 삼촌은 짧은 시간 동안 들고 있던 막걸리의 거의 절반가량을 흘려 버렸다.

맞은편에 앉은 작은삼촌은 막걸리를 그다지 좋아하지 않는다. 오징어 다리 중 가장 긴 놈을 움켜쥐고 빨판을 뜯어먹던 작은삼촌은 카운트다운이 10, 9, 8로 접어들 때부터 오징어 다리를 입에 문 채 TV 화면을 향해 굳어 버렸다. 수전증으로 떨고 있는 큰삼촌의 손만 아니라면 두 인간의 모습은 폼페이 최후의 날 순식간에 굳어 버린 사람들을 연상케 할 만했다.

3… 2… 1… 0!

"만세!"

"에이 씨발!"

두 사람의 입에서 동시에 외침이 터져 나왔다. 같은 순간 이다의 입에서도 무엇인가 세차게 터져 나왔다. 순수한 밥 알갱이들이 너무 순수한 나머지 목젖과 식도를 통과하지 못하고 튕겨져 나온 것이다.

51.5 대 48

기호 1번과 2번 후보의 예상 득표율이 TV 화면에 비치고 곧바로 출구조사 결과에서 앞서고 있는 기호 1번 후보의 얼굴이 클로즈업되었다. 이다의 입에서 튀어나온 밥 알갱이가 기호 1번 후보의 입술에 들러붙었다. 큰삼촌의 코끝과 작은삼촌의 왼쪽 뺨에도 밥 알갱이들이 날아가 박혔다. 순수한 흰색이었다.

"이런 개……."

이번에는 큰삼촌과 작은삼촌의 입에서 동시에 같은 의미의 외침이 튀어나왔다.

"개념 없는 지집애야, 너는 이 와중에 밥이 넘어 가냐?"

큰삼촌의 욱하는 성질이 이다를 향해 발톱을 세웠다. 기호 2번이 밀리는 것이 마치 어린 조카의 탓이라도 되는 양 광대뼈를 추켜올리며 인상을 썼다.

"형은 왜 애한테 승질을 부리고 그래! 네가 참아라, 이다야."

조금 전 만세를 불렀던 작은삼촌이 얼굴에 붙은 밥풀을 떼어 먹으며 말했다. 작은삼촌의 목소리가 유난히 부드러웠다. 평소 같으면 결코 이다의 편을 들어줄 인종이 아니었지만 기호 1번 여성 대통령의 당선이 예상되는 마당인지라 평소에 없던 포용력이 생긴 모양이었다.

"이런 왕 싸가지…… 참자! 그래. 한 살이라도 더 먹은 내가 참아야지."

큰삼촌은 튀어나오는 욕지거리를 거두고 이마에 참을 인(忍)을 새겼다. 비록 욱하는 성질은 버리지 못했지만 큰삼촌은 참는 데 도가 튼 사람이다. 큰삼촌에게는 참는 도리 외에 다른 선택이 없다. 할머니에게 얹혀살면서 가끔 엄마의 동정심을 자극해서 푼돈이나 뜯어내는 처지이고 보면 그의 인생에서 참는 것 이외에 다른 길은 없다. 말하자면 큰삼촌에게 참을 인(忍)은 'patience(인내)'가 아니라 'survival(생존)'인 셈이다. 그걸 아는 이다가 국으로 큰삼촌의 지청구를 듣고만 있을 리 없었다.

"내 참! 어이상실이네…… 한 살이라도가 아니라 큰삼촌은 저보다 자그마치 서른 살이나 더 드셨거든요."

"어휴! 속 터져."

큰삼촌이 가슴을 치자 드럼통을 두드리는 소리가 났다.

"출구조사는 믿을 게 못 돼. 개표 결과 나오면 뒤집힐 거야. 걱정 마!"

걱정 말라니. 이다는 무의식적으로 주변을 둘러보았다. 걱정하고 있는 사람은 그 말을 하고 있는 큰삼촌 이외에는 아무도 없다.

"출구조사는 틀린 적이 없었어. 걱정 마!"

작은삼촌도 걱정 말란다. 두 삼촌의 '걱정 마'라는 표현은 같았지만 내포한 의미는 정반대였다. 두 사람의 '걱정 마'는 다른 누군가와의 의사소통을 위한 대화라기보다는 각자 자신을 위한 독백 혹은 주문이었으므로 대답할 필요를 느끼지 못했다. 이다는 아무 걱정 없이 다시 밥을 먹기 시작했다. 순수한 밥이 자꾸 목에 걸렸지만 걱정되지 않았다. 정작 걱정하고 있는 사람은 '걱정 마'라고 말하던 두 삼촌들이었다.

"넌 어린놈이 어찌 그리 역사의식도 없고 정치의식도 없냐?"

어린놈이라면 이다를 두고 한 말일 터인데 큰삼촌의 시선은 작은삼촌을 향해 있었다. 이다는 대꾸할 필요를 느끼지 못하고 계속해서 밥을 먹었다. 작은삼촌은 어린놈이라는 말이 설마 자신을 지칭하는 것이라고는 생각지 않고 있는 듯했다. TV 화면은 여당과 야당 선거 캠프의 분위기를 전했다. 기호 1번 여성 대통령 후보를 배출한 여당 사람들은 이를 드러내며 서로 악수를 나누고 있다. 이를 드러내고 희희낙락하기는 작은삼촌도 마찬가지였다. 다만 삼촌의 이빨 사이에 고춧가루가 끼어 있다는 것이 다를 뿐 야당 사람들과 큰삼촌의 표정 역시 다르지 않았는데 한 가지 차이가 있다면 이미 취기가 올라 얼굴이 벌겋게 달아오른 큰삼촌과는 달리 TV 화면에 비친 야당 인사들의 얼굴색은 노랗게 변해 가고 있다는 것이었다.

"하여튼 보수꼴통들 때문에 나라 꼴이 개판이야."

큰삼촌의 목소리가 조금 전보다 한 톤 올라 갔다.

"종북좌빨이 문제쥐."

작은삼촌이 오징어를 질겅질겅 씹으며 말을 되받는 바람에 듣기에 따라서는 비아냥거리는 기분 나쁜 소리로 들릴 소지가 있었다. 물론 작은삼촌의 말은 그저 일상적인 대화에 불과했지만 큰삼촌에게는 그 소리가 다르게 들렸나 보다. 이마에 새겨진 참을 인(忍)이 부들거리며 경련을 시작했다. 마침 터져 나온 여당 인사들의 환호성이 큰삼촌의 화를 돋우는 데 한몫했을 터였다.

싸움은 항상 사소한 일로 시작된다. 개인 간의 싸움도 그렇고 국가끼리의 전쟁도 그렇다. 만일 작은삼촌이 오징어를 다 삼킨 후 그 말을 했다면, 혹은 말을 하면서 동시에 오징어를 질겅거리지만 않았다면 찌개 냄비가 작은삼촌의 면상을 향해 날아가지 않았을지도 모른다. 큰삼촌 이마에 새겨진 인(忍)은 사람을 가렸다. 할머니와 엄마 앞이라면 큰삼촌의 참을성이 욱하는 성미를 잠재웠을 터이지만 작은삼촌에게는 그렇지 못했다. 그는 큰삼촌의 생존(survival)과는 아무런 관련이 없을 뿐만 아니라 오히려 일평생 큰삼촌의 생존을 방해해 온 경쟁자였기 때문이다. 작은삼촌의 입장도 큰삼촌과 다르지 않으므로 당연히 형의 말을 듣고 참아야 할 이유가 없었다.

"뭐? 종북좌빨! 네깐……."

버럭 큰소리를 지르며 시작한 큰삼촌의 말은 끝을 맺지 못했다. 아마도 큰삼촌은 냄비를 집어던지며 '네깐 놈이 뭘 알아?'라고 말하려고 했을 것이다. 하지만 큰삼촌의 말보다 작은삼촌의 동작이 조금 더 빨랐다. 작은삼촌은 조폭 영화의 한 장면을 순식간에 시연해 보였다. 다만 미리 소품이 준비되지 않은 탓에 상대방의 머리통을 맥주병으로 내려치는 대신 가까이 있는 막걸리 병을 사용할 수밖에 없었다. 그 광경을 지켜본 유일한 목격자 이다는 막걸리 병이 폭발할 수도 있다는 사실을 그때 처음 알았다.

"더러운 깡패 새끼……."

큰삼촌이 낮은 신음 소리를 내며 머리통을 움켜쥐고 거실 바닥에 고꾸라졌다. 머리통을 움켜쥔 삼촌의 손가락 사이로 누런 막걸리 진액이 낭자하게 배어 나왔다. 외계생물체 에일리언이 붉은 피 대신 누런 피를 토하며 꿈틀거리는 장면이 연상될 만큼 그의 연기는 열정적이었다.

싸움의 종결자는 그 순간 현관문을 벌컥 열고 들어온 할머니였다.

"문디 자슥덜아! 또 쌈질이가!"

싸움 끝에 시시비비가 명확히 가려지는 경우는 거의 없다. 개인 간의 싸움도, 노사 간의 싸움도 국가끼리의 전쟁도 그렇다. 싸움의 종결자가 그 싸움을 어떻게 정의하는가에 따라 정의를 위한 투쟁이 될 수도 있고 추잡한 탐욕의 이면이 될 수도 있다. 싸움 종결자인 할머니는 그날 반석연립 302호에서 벌어진 형제 간의 전쟁을 이렇게 한마디로 정의했다.

'개지랄.'

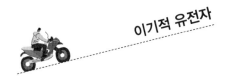

이기적 유전자

"이 책에서 말하고자 하는 것을 한마디로 정리한다면, 모든 생명체는 유전자의 꼭두각시라는 거야. 인간도 예외가 아니지. 사람역시 유전자에 의해 창조된 기계에 불과해. 즉 인간은 유전자가자기복제를 위해 잠시 가져다 쓰고 버리는 생존 기계에 불과한 셈이지."

책 마지막 쪽을 펴 보니 자그마치 470쪽이나 되었다. 사진이나삽화조차 없이 검은 글씨만으로 470쪽 전부를 빽빽하게 채운 무지막지한 책이었다. 이 책을 끝까지 읽고 일주일에 한 번씩 있는 수업때마다 읽은 내용에 대해 토론과 질문을 한단다. 들척지근하고 오그라드는 소설책이라면 모를까 이건 아니다. 일종의 고문이자 청소년에 대한 가혹 행위이다. 이다를 이 끔찍한 고문실로 밀어 넣은 고문 기획자는 엄마 피일자 씨이다. 순전히 피일자 씨의 허영심 때문이라고 밖에는 달리 생각할 수 없다.

이다의 엄마 피일자 씨는 젊은 날에 '지성이 철철 흐르면서 동시에 섹시한 여자'가 되고 싶었다. 그 꿈을 위해 그녀는 어릴 적부터 남다른 노력을 했다. 피일자 씨의 노력이 얼마나 피나는 과정이었는지는 굳이 할머니와 이모 그리고 두 삼촌의 증언을 빌리지 않고도 현재의 모습만으로 능히 짐작할 수 있었다. 대부분의 어른들이 그렇듯이 그녀는 피나는 노력을 기울였음에도 불구하고 꿈을 이루지 못했다. 노력이 부족한 탓은 아니었다. 다만 그 피나는 노력이 적절히 배분되지 못하고 너무 한쪽으로 집중된 게 문제라면 문제였다. 피일자 씨는 섹시함을 얻기 위해 어떠한 노력을 해야 하는지 잘 알고 있었다. 하지만 지성을 갖추기 위해 해야 할 일이 무엇인지는 정확히 알지 못했던 게 분명하다. 만일 그녀의 피나는 노력을 두 가지 방향, 그러니까 섹시와 지성에 골고루 투자했다면 지금쯤 꽤 괜찮은 사회적 지위에 올랐을 것이다.

여기서 '피나는' 노력이란 단지 은유적인 표현이 아니다. 실제 피일자 씨는 붉은 피를 철철 흘리는 고통을 견디며 노력했던 것이다. '피나는' 노력의 기원은 초등학교 4학년 시절로 거슬러 올라간다. 그녀가 섹시해지기 위해 처음 피를 본 신체 부위는 손가락이었다. 다른 여자아이들이 기껏해야 엄마의 화장품을 몰래 훔쳐 바르는 수준일 때 피일자 씨는 여성의 가늘고 긴 손가락에 주목했다. 열한 살 나이에 손가락이 섹시 포인트가 될 수 있다고 생각한 것만 보더라도 그녀가 이 분야에 남다른 재능을 타고났음을 알 수 있다. 특히 갸름한 손톱을 만드는 것은 매력적인 손가락을 만드는 일의 핵심이었다.

그러나 할머니로부터 물려받은 피일자 씨의 손톱은 전형적인 한국인의 뭉툭한 모양이었다. 그녀는 자신의 저주받은 손톱을 볼 때마다 잘라 버리고 싶은 욕망에 사로잡히곤 했다. 틈날 때마다 펜치와 빨래집게를 이용해 잡아 늘리기도 했지만 그것만 가지고는 유전자의 저주를 풀 수 없다는 사실을 깨닫고 최후의 방법으로 외과적인 해법을 찾았다. 세밀한 관찰은 때때로 창조적 발견을 가능하게 한다. 사과나무를 세밀하게 관찰했던 뉴턴이 만유인력을 발견했고, 비글호를 타고 갈라파고스 섬에 도착한 다윈이 남다른 관찰력으로 진화의 원리를 발견했으며, 인간의 모습을 좌우상하 입체적으로 세밀하게 관찰한 끝에 피카소는 입체파 추상화를 완성하지 않았던가. 피일자 씨도 자신의 뭉툭한 손톱을 밤낮으로 관찰한 결과 놀라운 발견에 이르게 되었다.

'오! 신이시여. 정녕 이것이 제가 발견한 것입니까?'

바로 '큐티클'(물론 당시 피일자 씨는 그것의 명칭을 알지 못했을 것으로 추정되지만)이었다. 손톱 뿌리 부분과 살 사이에 일종의 비무장지대처럼 완충작용을 하고 있는 군살의 발견이었다. 비록 1밀리미터 남짓의 가느다란 띠에 불과했지만 어린이 피일자에게 그것은 콜럼버스의 신대륙에 못지않은 위대한 발견이었다. 초등학교 4학년 피일자 학생은 쉬는 시간을 기다리지 못하고 필통에서 칼을 꺼냈다. 지루한 수업으로 소문난 담임 선생님은 그날도 국어책에 나오는 동시를 느릿느릿 칠판에 적고 있었다. 딱, 다그르 소리를 내며 칼이 날을 세웠다. 칼날이 피일자의 손톱 위에서 움직이기 시작했다. 마치 시퍼런 작두날을 타고 춤을 추는 무당처럼 피일자의 손놀림은 신성하기까지 했다. 불과 몇 분 만에 피일자의 왼손 다섯 손가락은 모두 날렵하게 변신하는 데 성공한다. 다분히 주관적인 느낌이었을지 모르지만 1밀리미터의 가는 손톱 군살을 떼어 냈을 뿐인데 다섯 손가락을 펼치자 뭉툭한 감자가 마법의 힘으로 매끈한 바나나로 변신한 듯 길쭉길쭉 늘씬늘씬 요염한 자태를 드러냈다.

책상에 허옇게 쌓인 군살 조각들을 바라보면서 피일자는 '군살의 존재를 좀 더 일찍 알았더라면……' 하고 아쉬워하며 한숨을 내쉬었다. 사실 큐티클은 불필요한 군살이 아니라 세균 감염이나 외부적인 충격으로부터 손톱을 보호하기 위해 꼭 필요한 것이었으나 그런 사실을 알았다 하더라도 피일자의 행동은 달라지지 않았을 것이다. 칼날이 이번엔 오른손 손가락을 향했다. 가장 긴 장지 손톱에 칼날이 가파르게 세워졌다. 오른손잡이가 왼손에 칼을 쥐는 것은 위험천만한 일이었지만 위험 앞에 머뭇거릴 그녀가 아니었다.

"피일자!"

그녀는 자신을 부르는 선생님의 목소리를 듣지 못했다. 그럴 수밖에, 발명왕 에디슨도 연구에 몰두할 때면 식사하라는 아내의 목소리조차 듣지 못했다고 하지 않던가. 교실 안의 모든 시선이 피일자에게 집중되어 있었지만 집도 중인 그녀는 메스를 놓지 않았다.

"피이-일-짜아!"

부욱, 칼날이 살갗을 파고들고 긁는 소리가 났다. 그 고통을 무엇으로 표현할 수 있을까. 훗날 피일자 씨는 살을 가르는 칼의 감촉을 '날카로운 첫 키스'에 비유했다. 가운데 손가락에서 피가 솟구쳤다. 분수처럼 터져 나온 피가 사방으로 퍼져 교실에 있던 사람들의 이마에, 가슴에, 정수리에 날아가 박혔다. 담임 선생님이 쓰고 있던 안경에도 핏방울이 날아가 부딪혀 주르르 흘러내렸다. 절대 과장이 아니다.

지금도 그날 현장에 있던 피일자 씨의 동창들은 일치된 증언을 하고 있으며, 얼마 전 간암으로 세상을 뜬 담임 선생님 역시 피일자 씨가 병문안을 갔을 때 그때의 일을 생생히 기억하고 계셨다. 죽음을 앞둔 담임 선생님이 무슨 이해관계가 있다고 과거에 대해 거짓 증언을 하겠는가. 피일자 본인은 어떠했을까. 피일자는 피가 철철 흐르는 가운뎃손가락을 감싸 쥐고 책상 밑으로 주저앉고 말았다. 책상 위에는 온통 피로 칠갑한 손이 부들거리며 요동치고 있었다. 동창들의 증언에 의하면 오른손 장지로 '뻑큐'를 날리며 왼손으로는 그것을 감싸 쥔 채 부들부들 떠는 모습이 마치 신내림의 순간 같았으며, 지켜보던 사람들에게도 신기운이 번지는 바람에 모두들 소름이 돋는 경험을 했다고 한다.

교실 바닥은 흘러내린 피로 질척거렸고 다른 학생들이 신고 있던 실내화도 붉게 물들었다. 확인되지 않은 증언에 따르면 바로 아래층에 있던 3학년 교실 천장에서 붉은 핏방울이 뚝뚝 떨어졌다고도 하며 몇 년 전 학교 건물을 헐고 새로 짓기 전까지도 그 당시의 혈흔이 고스란히 남아 후배들에게 괴담으로 전해질 정도였다고 한다. 소문에 의하면 아직 수명이 남은 건물을 헐고 새로 지은 이유도 바로 피일자 씨가 흘린 선혈의 흔적 때문이라는 설도 있다.

그날의 사고를 누구의 잘못이라고 할 수 있을까. 섹시함을 위해 몸을 아끼지 않은 피일자 자신의 잘못도 아니요, 하필 중요한 순간에 이름을 부른 담임 선생님의 잘못도 아니요, 세상에서 가장 끔찍하고 강렬한 그래서 평생을 잊지 못할 공포의 '뻑큐'를 목격해야 했던 동창생들의 잘못도 아니라면 그것은 운명이라고 정의할 수밖에는 다른 도리가 없다.

피나는 노력은 그 이후에도 멈추지 않았으니 피일자 씨는 그 운명을 순순히 받아들인 것으로 보인다. 물론 그때처럼 학교 전체를 발칵 뒤집을 만큼의 사회적 반향은 없었을지라도 그녀는 섹시함을 위해 하루가 멀다 하고 피를 흘려 댔다. 가령 붉고 도톰한 입술을 만들기 위해 입술 겉껍질을 벗겨 생피를 내거나 눈썹 수정용 족집게로 눈썹을 뽑으려다 애먼 살점을 뜯어낸 일도 있었다. 쌍꺼풀 테이프를 잘못 붙여 속눈썹이 뽑힌 일은 얘깃거리조차 되지 않는다. 코를 높인다며 빨래집게로 코를 집고 자는 습관 때문에 비염을 앓아야 했던 경험도 빼놓을 수 없는 일이다. 우여곡절을 겪긴 했지만 결과적으로 피일자 씨는 섹시한 몸을 갖게 되었다.

"글쎄 나보고 결혼했냐고 물어보는 거 있지? 호호호!"

곧 고등학생이 될 딸을 둔 40대 여성 피일자 씨가 이렇게 말하면서 가장 행복해하는 걸 보면 젊은 날의 꿈이었던 '지성이 철철 흐르면서 동시에 섹시한 여자'까지는 아니더라도 그중 하나인 섹시한 여자가 되는 데는 성공한 셈이다. 다만 지성이 철철 흐르는 대신 피가 철철 흐르는 고통을 맛보아야 했지만 말이다. 그런데 정작 그녀의 '피나는 노력'은 현재 피일자 씨의 섹시한 외모를 만드는 데 하등의 기여를 하지 못했다. 엄밀히 말해 그녀가 이룬 절반의 꿈은 피나는 노력 덕택이 아니라 급격하게 발전한 미용산업과 의료산업 덕분이라고 하는 게 옳다. 그녀의 코를 세운 것은 빨래집게가 아니라 인공보형물이었고 풍만하고 탄력 있는 가슴은 밥사발 모양의 실리콘 한 쌍이 지탱해주고 있다. 쌍꺼풀을 가질 수 있었던 것도 자기 스스로의 피나는 노력 때문이 아니라 단골 미용실에서 소개받은 무면허 야매 의사 덕분이었다. 정기적인 큐티클 제거는 네일샵 직원이, 탱탱하고 하얀 피부는 피부관리실의 크리스털 필링기가 유지시켜주고 있으니 말이다. 피일자 씨의 피나는 노력을 종결자 할머니는 이렇게 정의했다.

'헛지랄.'

만일 그녀가 평생 기울였던 피나는 노력의 절반만이라도 섹시함이 아니라 지성이 철철 흐르도록 하는 데 썼더라면 지금과는 질적으로 다른 삶을 살아가고 있을 것이다. 피일자 씨가 스스로의 지적인 노력으로(그것을 지적인 노력이라고까지 할 수 있을지는 모르지만)

얻은 게 있다면 본명인 피일자를 다른 이름으로 바꾼 정도랄까.

"피에타*라고 해요."

피일자 씨가 피에타의 뜻을 정확히 알고 자신의 예명으로 선택했는지는 확인할 수 없다. 여하튼 피일자 혹은 피에타 씨는 자신이 이루지 못한 절반의 꿈을 딸인 이다를 통해 대리 만족하고자 한다. 만일 그녀가 섹시한 여자가 되지 않고 지성이 철철 흐르는 여자가 되었더라면 대리 만족을 위해 이다에게 지성보다는 섹시함을 강요하였을 터이고 그랬다면 이다의 인생도 지금보다 훨씬 더 편안할 수 있었을 텐데…….

"도대체 넌 누구 닮아서 이 모양이니?"

피일자 씨가 정말 모르고 하는 소리일까? 이다의 평퍼짐한 코가 누굴 닮았는지. 하긴 엄마 피일자 씨 자신도 인공보형물을 삽입하기 전의 자기 코가 어떤 모양이었는지 진짜로 기억하지 못하는지도 모른다. 그녀의 사진첩 어디에도 토종 한국인의 코를 드러낸 사진은 남아 있지 않다. 할머니의 증언에 의하면 피일자 씨는 코에 감은 붕대를 풀기도 전에 오래전 찍은 사진들을 샅샅이 긁어모아 뒷마당에서 불을 피웠다고 한다. 사진을 태우는 연기가 이틀 밤낮 동안 이어져 진시황의 '분서갱유'를 방불케 했다고 큰삼촌 피일남 씨는 회상했다. 그 후에도 가끔 예기치 못한 상황(가령 누렇게 빛이 바

---

* 이탈리아어로 '자비를 베푸소서', '슬픔', '비탄'이라는 뜻으로, 성모 마리아가 죽은 그리스도를 안고 있는 모습을 표현한 그림이나 조각상을 말함. 가장 대표적인 작품으로는 미켈란젤로의 '피에타'를 꼽는다.

랜 삼촌의 책갈피 사이에서 가족사진이 튀어나온다거나 하는 경우)이 벌어지면 화들짝 놀라며 즉석에서 증거를 인멸해 버렸으니 그녀의 머릿속에도 오래전 자신의 모습은 남아나지 않았을 터였다.

"걱정 마! 이다 넌 나중에 코만 세우면 돼."

피일자 씨는 술에 살짝 취해 귀가한 날이면 이다의 코를 이리 저리 비틀다가 혀를 끌끌 차며 말하곤 한다.

"미친년아! 네년 헛지랄로 족한기라. 딸년 얼굴에 칼집 낼 생각하지 말그래이."

호들갑의 종결자는 늘 할머니였다.

당연하게도 엄마의 섹시한 외모는 이다에게 눈곱만큼도 전해지지 않았다. 엄마의 섹시함이 유전적으로 만들어진 것이 아니라 현대 과학의 힘을 빌려 얻어진 것이었기에 필연적인 결과였다. 눈부신 발전을 이룩한 현대 과학이지만 아직까지 외과적으로 획득된 표현형을 DNA에 심어 후대에 자자손손 전하는 수준까지는 이르지 못한 것이다. 안타깝게도 완벽하지 못한 현대 과학 탓에 이다의 이목구비와 손가락을 비롯한 중요한 비주얼의 포인트들은 엄마가 아닌 할머니를 빼다 박았다. 하지만 이다는 불만을 가지거나 부끄러워하지 않는다. 할머니 역시 기분이 좋을 땐 두툼한 이다의 손을 양손으로 감싸 쥐고 '아이고, 두꺼비 겉은 새끼'라며 당신 입에서 나올 수 있는 최고의 찬사를 아끼지 않는다. 삼촌들과 이모 역시 이다의 몸에서 자신과 닮은 구석을 발견할 때마다 '두꺼비 같은 년'

이라며 평소 이 집에서는 좀체 보기 어려운 미소를 짓는다. 말하자면 두꺼비 유전자는 가족의 공통된 정체성인 셈인데, 비록 후천적 이유이긴 하지만 두꺼비 유전자의 가족 유사성으로부터 벗어나 있는 유일한 존재는 피일자 씨뿐이다.

"모르는 사람 앞에선 엄마라고 하지 마! 특히 가게에 손님 있을 때는 절대!"

세상에, 호형호제를 허락받지 못했던 홍길동도 아닌데 모녀지간에 엄마를 엄마라 부르지 못하고 자기 배로 낳은 자식을 차마 자식이라 부르지 못하는 처지가 되었으니…….

이다는 지금까지 단 한 번도 친구를 집에 초대해 보지 못했거니와 담임 선생님의 학부모 상담도 친엄마이면서도 계모로 의심받는 피일자 씨 대신 두꺼비 손 하나로 혈육임이 입증되는 할머니가 맡아야 했다. 그렇다고 피일자 씨가 천륜인 모녀 관계마저 부정하고 자기 배로 낳은 자식을 몰라라 하는 패륜적 부모인 것만은 아니다. 다만 피일자 씨는 자신이 맺고 있는 인간관계의 유형에 따라 모녀 관계임을 밝혀야 할 부류와 절대 밝혀서는 안 되는 부류로 구분한다. 가령 사업상 관계를 맺은 사람(주로 엄마가 운영하는 카페를 찾는 남자 손님)은 후자 즉 모녀 관계를 숨겨야 하는 사람들이다. 만일 이 부류에 속한 사람들에게 이다가 피일자 씨의 친딸이라는 사실이 알려진다면 사업에 큰 지장을 줄 우려가 있다.

말하자면 이 부류의 사람들에게 피일자 씨의 모녀 관계는 일종의 영업기밀인 셈이다. 또 다른 부류, 그러니까 모녀지간임을 밝혀도 되는 부류 안에서는 변신 전 인맥과 변신 후 인맥으로 나뉜다. 피일자 씨가 첨단 의료과학기술의 혜택을 입기 전부터 알고 지내던 사람인지 아니면 성형기술과 각종 미용 테라피의 세례를 받은 이후에 관계를 맺은 사람인지 여부가 그 기준이 되겠다. 피일자 씨의 초중고 동창생들이나 이십 대 초반 이전부터 알고 지내던 사람들은 변신 전 인맥으로 구분되는데 이들 앞에서는 대놓고 '엄마' 혹은 '우리 딸'이라고 불러도 좋다. 즉 호모호녀(呼母呼女)가 허락되는 관계인 것이다. 이다로서 가장 관계 설정이 어려운 대상은 변신 후 인맥에 속하는 사람들이다. 피일자 씨의 친딸인 것은 인정하되 닮았다는 사실은 절대 드러내서는 안 되는 모순적 상황에 빠지기 때문이다. 그러한 상황에 직면하면 이다는 입을 다물고 만다. 대신 엄마의 곡학아세(曲學阿世)가 시작된다.

"격세유전*인가 봐. 호호호!"

격세유전이라니. 얼마나 구차하고 가증스러운 변명인가. 어느 틈에 유전학의 전문가로 변신한 피일자 씨는 나름 전문 용어를 구사하며 격세유전이라는 생소한 생물학 이론에 대해 장황하게 설명한다. 그 말을 듣는 사람들의 표정은 바퀴벌레 씹은 표정이 되는데 그 이유가 격세유전 이론이 너무 심오하고 어려워서인지 아니면 격세유전으로는 설명되지 않는 또 다른 의혹의 냄새를 맡아서인지는 알 수 없다.

---

* 부모의 형질에는 없으나 조상에게 있었던 것이 세대를 건너뛰어 손자 세대 이후에 나타나는 유전.

"차라리 아빠 닮았다고 하면 되잖아. 어차피 평생 아빠 볼 일도 없을 텐데."

"이년아! 넌 가만히 있어."

피일자 씨가 구태여 근거가 빈약한 격세유전을 운운하는 데는 피치 못할 두 가지 이유가 있다. 우선 이다가 할머니의 외모를 빼박았다는 점이다. 한 번이라도 할머니를 대면한 사람이라면 이다의 외모가 아빠 쪽이 아니라 엄마 쪽과 밀접한 관련이 있다는 사실을 알게 된다. 굳이 할머니가 아니더라도 두 삼촌이나 이모의 얼굴을 아는 사람이라면 충분히 의혹을 제기할 만하다.

하지만 더 중요한 이유는 다른 데 있다. 바로 이다의 아빠 즉 피일자 씨의 첫사랑이었던 한 남자 때문이다. 그는 피일자 씨가 지금도 잊지 못하는 이상형이다. 생김새로 치자면 지금의 꽃미남 스타들은 발가락 사이의 때만큼도 따라갈 수 없으며, 지성적인 측면에서 보자면 약관의 나이에 불과하던 연애시절 이미 마르크스와 니체, 칸트와 헤겔, 뭉크와 앤디워홀을 논했고 보들레르와 김수영의 시구를 인용하여 연애편지를 썼다고 한다(물론 이러한 사실의 유일한 근거는 피일자 씨 자신의 진술뿐이지만). 집안 또한 '빵빵'하여 마음만 먹으면 부모의 사업을 물려받아 편안하게 살아갈 수 있었지만 당시 혼란스러운 격동의 상황에서 독야청청 불의에 항거하다 여러 번의 투옥을 감내해야 했던 시대의 풍운아였다(사기 혐의로 경찰서 유치장을 드나들었던 것을 이렇게 표현할 수 있는지는 모르지만). 그와 피일자 씨는 서로 사랑했지만 헤어질 수밖에 없었던 슬픈 운명의 장난(운명의 장난이라기보다는 철없는 불장난 쪽이었을 것으로 추정되는)을 한 편의 시로 지어 전했다고 한다. 피일자 씨는 지금도 술에 취하면 그때의 일을 다음과 같이 떠올린다.

"인적이 끊긴 골목, 짙은 밤안개가 솜사탕처럼 내려앉아 뺨에 흐르는 눈물을 들키지 않을 수 있어 다행이었던 그날 밤. 희미한 나트륨등 불빛이 밤안개와 비벼져 희붐한 그림자를 만들었지. 바바리코트 깃을 올리고 벽에 기댄 그의 입에서 안개보다 진한 뜨거운 김이 쏟아졌어(이쯤에서 피일자 씨는 깊은 한숨을 내쉬며 술 한 잔을 홀짝거리고 뜸을 들인다). 나는 그를 똑바로 쳐다보지 못하고 고개를 숙였어. 내 눈 가득 들어온 건 그의 긴 그림자, 긴 그림자의 어깨가 소리 없이 흔들리고 있었지(짙은 밤안개 아래 긴 그림자?). 그리고 젖은 목소리가 내 귓가에 들려왔어.

하늘 아래
잃어버린 길 있고
저지르고 싶은 일 있고
돌이킬 수 없는 죄 있고

하늘이 두 쪽 나도
감쪽같이

만날 사람 있고*"

피일자 씨는 지금도 시의 마지막 연 '하늘이 두 쪽 나도/ 감쪽같이/ 만날 사람 있고'를 되뇔 때마다 슬픔과 아련한 추억에 젖는다. 덕분에 슬픈 사랑을 노래한 이 시는 교과서에 실릴 만큼 유명한 시도 아니건만 이다네 가족들 모두 암송할 수 있는 시가 되었고 훗날 가족들에 의해 다양한 용도로 활용되는 유일한 문학 작품이 된다.

"언니! 그 인간이 썼다는 시 그거 가짜야."

산통을 깬 건 이모였다. 이모가 다니던 단골 미장원에 이 시가 액자로 떡하니 걸려 있지 않았다면, 혹은 이모의 기억력이 조금 부족했더라면 그래서 그 시를 기억하지 못했더라면 피일자 씨의 추억이 좀 더 아름답고 풍부했을 터인데…… 자작시인 줄 철석같이 믿었던 그 사람의 시가 기성 시인의 작품이라는 사실을 알고 며칠 방황했던 것은 사실이지만 피일자 씨의 마음에 새겨진 연정은 지금까지 변함이 없다. 하긴 시가 아름다우면 그만이지 진짜 가짜를 구분하는 게 무슨 의미가 있으랴. 물론 그렇다 해도 사소한 의혹은 여전히 남는다.

어쩌면 원래 허접한 추억이었던 것에 피일자 씨 스스로 그동안 영화나 연애소설에서 보았던 장면을 따다가 살을 붙여 아름답게 포장한 것일지도 모른다. 왜냐하면 아름다운 사랑의 순간은 회상

---

*『철들 무렵』(정양, 문학동네) 중 「칠석(七夕)」

할 때마다 새로운 버전으로 거듭나기를 반복하여 지금에 이르고 있기 때문이다. 초기 버전에는 보름달이 골목을 비추고 있었으나 부슬비, 진눈깨비를 거쳐 어느 때부턴가 밤안개가 드리운 배경으로 바뀌었고 큰길을 지나던 자동차 불빛 대신 나트륨등에 은은한 그림자가 등장한 것도 최신 버전부터다.

또한 엄마의 입을 통해서만 추측할 수 있는 연인의 모습도 어쩐지 낯설기만 하다. 피일자 씨가 입에 침을 바르고 온갖 형용사를 동원하여 묘사하는 첫사랑 이다 아빠의 모습을 상상할라치면 미국 배우 브래드 피트와 홍콩 배우 장국영의 장점을 억지로 섞어 놓은 부자연스러운 얼굴이 연상되기 때문이다. 과거는 기생충이다. 과거란 놈은 그것을 잊지 못하는 사람의 기억과 경험을 양분 삼아 끊임없이 제 스스로 몸집을 불리고 변신의 변신을 거듭하여 급기야 자신의 숙주를 포섭한다. 이다가 아빠를 닮았다고 인정하는 순간 몸집을 키운 과거의 기억은 숙주인 피일자 씨의 존재 자체를 거부할지도 모른다.

"술 묵었으믄 들어가 자빠져 자래이! 헛바람에 궁상질 그만하고."

종결자인 할머니의 표현력은 엔간한 시인의 은유와 상징 못지않다. 아무리 복잡하게 얽히고설킨 상황도 단 두 단어로 깔끔하게 정리하니 말이다. 헛바람에 궁상질. 이보다 더 간단명료한 표현이 또 어디 있겠는가. 여하튼 피일자 씨의 첫사랑에 얽힌 추억은 자신의 삶을 넘어 이다의 삶에도 큰 영향을 미쳤다. 지성이 철철 흐르면서 동시에 섹시한 여자가 되고 싶었던 피일자 씨. 우여곡절 끝에 섹시한 여자가 되어 절반의 꿈을 이루었지만 현저히 부족한 지성을 메우는 데는 한계가 있었으므로 이루지 못한 나머지 절반의 꿈은 부채가 되어 고스란히 이다의 몫으로 상속된 것이다.

'무식한 독재자가 확신을 가지면 무고한 시민이 피를 흘린다.'

큰삼촌의 말이다. 이다가 바로 지성과는 거리가 먼 피일자 씨의 지성에 대한 확신 때문에 고통을 받고 있는 셈이다.

이다로 말할 것 같으면 엄마인 피일자 씨와는 달리 꿈이 없다.

왜냐고?

그냥.

이다는 '보이스 비 엠비셔스(Boys, Be Ambitious)' 따위의 깨는 소리 하는 인간들을 제일 싫어한다. 꿈이란 걸 가졌다는 인간 치고 제대로 된 인간을 보지 못했다. 우선 엄마인 피일자 씨가 그렇지 않은가. 한때 민중해방의 위대한 꿈을 꾸었던 큰삼촌 피일남 씨의 경우는 또 어떤가? 언젠가 조직의 우두머리가 되겠다는 꿈을 위해 온몸에 용 문신을 새기며 피나는 노력을 그치지 않았던 작은삼촌 피이남 씨 역시 지질한 인생을 살아가는 것은 별반 다르지 않다. 꿈 따위는 생각지도 않고 살았던 이모 피이자 씨가 자식이 없는 것을 빼곤 가족들 중에서 그나마 제 앞가림을 하고 있는 형편이고 보면 누가 봐도 이다에게 꿈을 꿔라 마라 할 상황은 아니다. 그런 이다가 엄마 피일자 씨의 나머지 꿈을 대신하려니 고역도 이런 고역이 없다. 인문놀이방인지 뭔지 하는 고리타분한 공간에 쭈그리고 앉아 두껍고 지루한 책을 읽고 자신의 삶과는 하등의 상관없는 하품 나는 토론을 해야 하는 이유는 오로지 엄마 피일자 씨가 지성이 철철 넘쳐흐르는 여자가 되지 못했기 때문이며, 그러한 피일자 씨가 부족한 지적 욕망을 이다에게 강요하기 때문이다.

"모든 생명체의 목적은 후손을 더 많이 더 건강하게 널리 퍼뜨리는 것이야. 인간도 다르지 않지. 우리들이 고귀하게 생각하는 부모님의 조건 없는 사랑과 희생도 따지고 보면 부모의 몸속에 있는 유전자를 세상에 더 널리 퍼뜨리기 위한 전략으로 해석할 수 있어."

인문놀이방(거창한 이름을 붙였지만 사실은 소규모 논술학원에 불과한)의 유일한 수업인 〈예비 고교생을 위한 독서토론교실〉의 수업을 맡은 방장 겸 상담실장 겸 강사, 자칭 놀이방 도우미 게바라의 입에서 침이 튀었다. 침은 꽤 컸다. 침은 포물선을 그리더니 이다 옆자리에 앉은 진우의 손등에 달라붙었다. 그런데도 놈은 마치 묵언 수행 중인 수도승처럼 꼼짝도 하지 않는다. 눈을 뜨고 책을 보고 있는 것 같지만 놈은 지금 자고 있다. 게바라의 설명이 이미 두 페이지를 넘어가도록 녀석이 펴놓은 페이지는 수업 시작 때와 변함이 없다. 사실 그것도 대단한 재능인 것은 분명하다. 학교에서도 전교생을 통틀어 수업 중 수면시간이 가장 긴 녀석이지만 이제껏 수업시간에 존다는 이유로 지적을 당한 적이 단 한 번도 없었으니 같은 반 아이들의 부러움을 살 만도 하다.

수업이 시작될 때 놈의 고개 각도는 정확히 80도로 시작된다. 말하자면 열공하는 범생이 각도인 셈이다. 그 자세는 수업시간 내내 거의 변함이 없다. 물론 그 사이에 놈은 깊은 숙면에 빠져 있다. 수업이 끝나는 순간까지 놈의 고개 각도는 75도 이하로 절대 떨어지지 않는다. 수업시간 50분으로 나누어 보면 놈은 1분당 0.1도의 허용오차 범위 안에서 자유자재로 잠을 즐기는 셈이다. 간혹 너무 깊은 잠에 빠져 침을 흘리는 버릇만 개선한다면 놈은 3년 내내 수업시간에 단 한 차례도 졸지 않은 성실한 학생으로 개교 이래 최초의 기록을 남길지도 모른다.

"지구상에서 희생정신이 가장 강한 동물이 누구라고 생각해?"

게바라가 자고 있는 진우를 향해 뜬금없는 질문을 던졌다. 물론 게바라는 놈이 자고 있다고는 생각지 못했다.

"……."

자고 있는 놈의 입에서 대답이 나올 리 없다. 약 5초간의 침묵이 흘렀다. 매우 긴 시간이었다.

"그래, 좀 더 생각해 보아야 하겠지. 그럼 진우가 더 생각해 보는 동안 이다가 대답해 볼래?"

학생들의 참여 학습을 운운하며 질문을 남발하는 교사를 체질적으로 싫어하는 이다다. 주로 초보 교사들이 과도한 의욕을 발휘하여 그런 쓸데없는 질문을 하는데 그들 대부분 몇 년 지나지 않아 자기말만 하는 꼰대 교사로 변한다.

"……."

할 말이 없었다.

"내가 너무 뜬금없이 질문을 했나? 이다도 좀 더 생각해 볼래?"

"희생정신이요?"

만사가 귀찮았지만 억지로 입을 열었다.

"그래, 우리가 잘 아는 동물 중에서 인간보다 희생정신이 훨씬 강한 동물이 있는데 잘 생각해 봐."

"개?"

이다는 단지 순수한 개를 말하려고 했을 뿐이다. 한국의 문화적 특성상 '개'가 주로 부정적인 의미로 또는 상대방을 경멸하기 위한 다양한 은유와 상징으로 쓰이는 경우가 많다는 사실을 염두에 둔 것은 결코 아니었다. 그런데 게바라의 입장에서는 다소 심기가 불편해질 수도 있는 일이었다. 하지만 게바라 역시 순간 일그러진 표정을 감추며 큰삼촌처럼 참을 인(忍)을 이마에 새겼다. 그에게도 참을 인(忍)은 'patience'가 아니라 'survival'인 모양이다.

"개라……. 그래 생각해 보면 개도 희생정신이 강하다고 할 수 있지. 주인을 위해 희생한 플랜더스의 개도 있고……. 하지만 개보다 더 희생정신이 강한 동물이 있는데 뭘까?"

'survival'의 위력은 역시 대단, 아니 처절했다. 만일 이곳이 학교 교실이었다면 그리고 게바라가 사교육이 아니라 공교육 교사였다면 '이런 싸가지!' 하며 버럭 소리를 질렀을 것이다. 하지만 이다는 이곳 인문놀이방의 엄연한 고객이고 엄마 피일자 씨가 꼬박꼬박 송금하는 돈으로 인문놀이방을 운영하고 있는 게바라의 입장에서는 참을 인(忍)을 쉽게 내던질 수 없을 터였다.

"그럼 다시 진우가 얘기해 보자. 생각났니?"

"그냥 샘이 얘기하세여."

어느새 잠을 깬 귀차니스트 진우도 심드렁한 목소리로 대답했다. 이쯤 되면 게바라도 참을 인(忍)을 거두고 성질을 낼 만했다. 하지만 그에게 'survival'은 절실했다.

"학자들이 연구한 결과에 따르면 지구상의 동물들 중 가장 희생적으로 살아가는 동물은 개미와 벌이라고 해. 개미와 벌은 유전적으로 같은 벌목으로 분류되니까 사촌지간이라고 할 수 있지. 벌을 예로 생각해 보자. 벌 집단은 철저한 계급 사회로 알려져 있어. 여왕벌이 있고 일벌이 있지. 물론 수놈도 있어. 여왕벌은 최고급 꿀인 로열 젤리를 혼자 독차지하고 평생 동안 안전하고 편안한 곳에서 알만 낳으며 살잖니. 반면 일벌은 죽어라 일만 하면서 여왕을 위해 충성을 다해. 수벌의 경우도 인생이 고달프기는 마찬가지야. 수놈은 오로지 짝짓기를 위해 태어난 놈이야. 여왕과 짝짓기가 끝나면 인생을 마감해야 하지. 심지어는 여왕에게 잡아먹히는 경우도 있어. 아까 모든 생명체의 목적은 자신의 후손을 세상에 널리 퍼뜨리는 것이라고 했는데 일벌 입장에서 보면 말이 안 되는 거 아냐? 평생 독신으로 살면서 자신의 번식은 포기하고 여왕이 후손을 잘 퍼뜨리도록 스스로 희생하고 있으니 말이야. 그건 개미의 경우도 똑같아. 그럼 일벌이나 일개미들은 왜 그런 바보 같은 짓을 할까?

눈이 서서히 감기려고 하는 찰나 게바라의 느닷없는 질문이 날아왔다. 힐긋 옆을 보니 진우의 고개는 다시 취침 각도에 접어들었다. 선생 하나에 학생 둘, 그중 학생 하나는 취침 중이니 대답은 그나마 깨어 있는 이다의 몫이다.

"일개미니까……. 그냥 평생 일하다 죽으라 그래요."

게바라를 약 올리기 위해서 그런 건 아니다. 개미인지 벌인지 게바라의 장광설이 길게 이어지는 바람에 졸음이 쏟아졌고 그 와중에 유일하게 깨어 있는 학생으로서 나름 최선을 다해 대답하는 과정에서 하품과 대답이 동시에 나왔을 뿐이다. 그렇다고 대답이 그리 잘못된 것도 아니다. 일개미로 태어났으니 일만 하는 건 당연한 것 아닌가. 게바라의 미간이 평생 노동에 시달린 일개미처럼 쭈글쭈글하게 변했다. 게바라는 더 이상 질문을 하지 않았다. 그는 10분 남짓 남은 수업 시간 동안 이마에 참을 인(忍)을 새긴 채 두꺼운 책을 소리 내어 읽기만 했다.

"일벌은 자기의 자식을 만들지 않는다. 일벌들은 자식이 아닌 근친자(촌수가 가까운 인척)를 돌보는 데 전력을 쏟고 스스로의 유전자를 보존하려고 한다. ……"

책에서 눈을 뗀 게바라가 맞은편 벽을 바라보면서 말을 이었다.

"일벌과 일개미들의 행동을 각각 한 마리 한 마리의 입장에서 보면 희생적으로 보이지만 유전자의 입장에서 본다면 자신의 유전자를 퍼뜨리기에 가장 좋은 방법이라는 얘기야. 그것은 인간의 경우도 다르지 않아."

"시간 다 됐어요."

진우가 가진 또 다른 장점은 잠을 깨야 하는 시간에 한 치의 오차도 없이 깨어난다는 것이다. 그리고 해야 할 말은 꼭 한다. '시간 다 됐어요.'처럼 누구나 꼭 하고 싶지만 입 밖에 내기는 쉽지 않은 그런 종류의 말을 뱉을 땐 제법 쓸 만한 녀석이라는 생각이 든다.

"그래, 오늘은 여기까지 하자."

역시 진우의 짧은 한마디는 쓸모가 있다. 수업을 마치면서 게바라의 이마에 새겨진 참을 인(忍)자가 쉬지 않고 씰룩댔다. 글자 그대로 칼(刀)이 마음(心)을 난도질하고 있다는 생각이 들 정도였다.

게바라의 말이 채 끝나기도 전에 진우는 가방을 챙겨 들고 반쯤 일어나 있었다. 이다는 일부러 천천히 짐을 챙겼다. 진우 녀석은 뭐가 그리 급한지 발을 동동거리며 가방을 챙기는 이다의 모습을 힐끔거렸다.

"진우는 급한 일 있나 본데 먼저 가지 그러니."

게바라가 교묘하게 진우의 염장을 지른다. 게바라가 결코 모르지는 않을 것이다. 진우가 왜 머뭇거리는지.

"아니요. 급한 일 없어요."

놈은 자신의 염장을 지른 줄도 모른다. 하기야 진우 입장에서는 둔한 눈치로 살아가는 게 훨씬 속 편할 터였다. 이다는 최대한 아주 천천히 가방을 챙겼다. 게바라를 향해 건성으로 인사를 하고 인문놀이방을 나와 계단을 내려가려는데 진우 놈이 바짝 따라붙는다.

"넌 잠만 자면서 인놀방에 왜 다니냐?"

"그냥……. 이다 넌 왜 다니는데."

"난 인간에 대해 탐구하기 위해 다녀."

거짓말이었다. 이다에게 인놀방은 용돈을 받기 위한 옵션이다. 피일자 씨는 일주일에 한 번 있는 인놀방 수업에 빠지지 않는 조건으로 이다에게 일주일치 용돈을 준다. 그것도 매번 게바라에게 직접 전화를 걸어 확인한 후에나 가능하다. 오늘도 수업을 끝마쳤으니 일주일 용돈은 확보한 셈이다. 그렇다고 진우 녀석에게까지 있는 그대로 말하는 것은 모양 빠지는 일이다. 그러고 보면 이다의 몸속에 엄마 피일자 씨의 유전자가 있긴 있는 모양이다. 뭔가 지적으로 보이고 싶은 폼생폼사 유전자 말이다.

"나도 인간에 대해 탐구하지 뭐."

"인간을 탐구하기 전에 너 자신부터 탐구하는 게 먼저 일 것 같은데."

"그럼 잘됐네. 너는 나를 탐구하고 나는 너를 탐구하면 되잖아."

"조까라."

1층 출입문을 여는 소리에 이다의 말이 섞였다.

"탈래?"

진우 녀석이 앞서 나가더니 건물 입구에 세워 놓은 오토바이를 가리키며 돌아다본다.

"어디?"

"바람의 끝."

바람의 끝? 구미가 당겼다. 학교 안에서는 잠퉁이로 통하는 녀석이었지만 도로 위에서는 나름 레이서로 불러도 좋을 만한, 조금은 멋진 녀석이기도 했다. 녀석은 콘솔을 열고 잠시 머뭇거리는 이다의 코앞에 헬멧을 들이민다.

"네 거야."

혼다 오토바이 미라쥬 로드윈이 요란한 소리를 내며 강변을 달린다. 팔당대교 건너 남한강변 도로로 접어들면서 본격적으로 속도를 내기 시작했다. 연속으로 다섯 개의 터널이 줄줄이 이어진 팔당터널을 지나면 양수리를 왼편에 두고 강을 가로지르는 양수대교가 곧게 펼쳐진다. 바이크족이 속도를 만끽하기엔 최상의 도로 조건인 셈이다. 진우는 터널을 지나자 변속기어를 5단으로 바꾸고 액셀러레이터를 당겼다. 내리막을 이용해 탄력을 받으면 스포츠카와 경쟁해도 충분히 앞서 나갈 수 있었다. 계기판의 바늘이 기지개를 켜듯이 오른편으로 뻗대며 팔을 벌렸다. 앞서가던 트럭이 뒤로 물러나고 곧바로 검정색 세단까지 제쳤다. 양수대교에 접어들자 진우는 오른손을 더욱 바싹 당겨 쥐었다. 제대로 탄력을 받았다.

시속 80킬로미터, 100킬로미터, 120킬로미터, 140킬로미터, 160킬로미터…… 쿠페, 그랜져, BMW, 벤츠가 차례로 물러난다.

"올킬!"

요란한 엔진 소음 사이로 진우의 목소리가 터져 나왔다. 속도를 높일수록 진우의 허리를 꼭 끌어안은 이다의 팔에 힘이 들어갔다. 여전히 영하를 오르내리는 찬바람이 얼굴과 헬멧 사이로 면도날처럼 파고든다. 신이 난 진우 놈은 더욱 속도를 높여나갔다. 시속

100킬로미터를 넘어서는 순간 이다의 가슴이 진우의 등판에 몰캉한 느낌으로 달라붙었다. 시속 120킬로미터로 속도를 높이자 이다의 뺨이 진우의 등에 깊숙이 파묻힌다. 계기판의 바늘이 140킬로미터를 넘어서자 진우와 이다의 몸은 하나로 합체된다. 160, 180킬로미터 계기판의 바늘이 순식간에 빨간색 위험 구간으로 빨려 들어갔다. 둘의 운명 또한 하나가 된다. 하나가 된 운명이 바람을 가르고 궤도를 벗어나 세상 밖으로 던져지는 듯하다. 양수대교를 지나 양평으로 이어지는 도로에 접어들면서 계기판의 바늘은 100킬로미터로 되돌아왔다. 내리막에서 도움닫기로 탄력을 받은 기운이 소진되었기 때문이기도 했고 군데군데 교통경찰이 함정 단속을 하는 구간이라 더 이상 속도를 높일 수도 없었다. 합체되었던 몸은 분리되었지만 아직 이다의 두 손은 진우의 배꼽 아래에 벨트를 채우듯 깍지를 낀 채였다.

"이다야, 춥니?"

"……."

"여기가 바람의 끝이야."

"……."

이다가 대답을 하지 않은 것인지 아니면 엔진 소리 때문에 들리지 않은 것인지 알 수 없다. 진우는 속도를 낮추며 고개를 힐긋 돌렸다. 이다의 시선은 강 쪽을 향해 있었다. 찬바람에 빨갛게 달아오른 얼굴이 금방 씻어 놓은 자두알 같았다. 진우가 한 번 더 뒤돌아 이다의 얼굴을 보려는데 소형차 한 대가 쌩하고 오토바이를 추월

해 나간다.

"야, 따라잡아!"

이다의 입에서 자신도 모르게 버럭 큰 소리가 튀어나왔다. 이다의 명령을 받은 진우는 득달같이 오토바이의 속도를 높였다. 부타타타타……. 이다는 터져 나갈 것 같은 엔진음에 몸을 맡기고 고개를 들어 마주치는 바람을 얼굴로 맞받았다.

"단순한 놈. 알고 보면 불쌍한 놈. 그래도 네가 있어 얼마나 다행인지 몰라. 그래, 언젠가는 바람의 끝까지 함께 달려 보자."

이다의 혼잣말이 진우에게 전해지기라도 했는지 핸들을 쥔 진우는 엉덩이를 씰룩거리며 자신이 낼 수 있는 최대한으로 속도를 높인다. 조금 전에 두 사람이 탄 오토바이를 추월했던 승용차를 따라잡고도 혼다 미라쥬 로드윈은 계속 달렸다. 저녁노을이 내려앉도록 속도는 떨어지지 않았다. 달리고 또 달려 양평에 도착했을 때는 이미 초저녁 밤안개가 남한강 검푸른 물을 삼켜 버린 뒤였다.

"더 달릴까?"

"계속 달려."

"좋아. 꽉 잡아! 달리고 달리고 달리고 달리고 달리고 달리고!"

놈이 반복해서 소리를 지르니 놈의 등짝에 바짝 붙은 이다의 몸으로 진동이 전해졌다. 엔진에서 올라오는 진동과는 또 다른 느낌이었다. 바람은 여전히 차가웠다. 진우는 핸들을 잡고 있던 한 손을 빼내 차가워진 이다의 손을 슬그머니 잡더니 자기 점퍼 속으로 넣었다. 이다의 손에 놈의 뱃살이 만져졌다. 놈이 일부러 배에 힘을 준 것인지 아니면 그동안 식스팩 근육이라도 만든 것인지 몰라도 놈의 뱃살에서 제법 탄력이 느껴졌다. 놈의 엉큼스러운 짓이 괘씸했지만 따뜻해져 오는 온기에 손을 빼기는 싫었다.

"변태 새끼."

"뭐라구?"

이다는 대답하지 않았다. 손을 빼지도 않았다.

"달리고 달리고 달리고 달리고 달리고 달리고!"

단순 무식한 놈의 외침이 어느새 이다의 입에도 익숙하게 달라붙었다. 아마도 할머니가 이 광경을 보았다면 머리를 쥐어박으며 이렇게 말했을 것이다.

'지랄 발광'

비슷한 시각 피일자 씨, 아니 피에타의 카페는 한산하다. 초저녁에 손님을 한 테이블 받았지만 맥주 세 병에 마른안주 하나 시켜 놓고 시간만 죽이는 진상이다. 진상 손님일수록 요구사항이 많은 법. 국으로 틀어 주는 음악이나 듣고 있으면 좋으련만 메모지와 볼펜을 달라는 둥 자기가 좋아하는 음악이 준비될지 모르겠다는 둥 법석을 떨더니 철자도 안 맞게 'Yestday'라고 떡하니 적어 놓고 고사를 지내고 있다. 비록 지적인 측면에서는 그녀 자신도 매우 부족한 편이었지만 예스터데이의 철자 정도는 아는 피에타로서 무식한 손님은 거들떠보지 않는다. 주제도 모르고 껄떡대기까지 하려고 드는 인간은 딱 질색이다.

"무식이 통통 튀는 대머리 주제에 보는 눈은 있어 가지고……."

피일자 씨 아니 피에타는 혼잣말을 중얼거리며 휴대전화를 들고 저장된 단축 번호를 눌렀다. 남미풍의 노래가 컬러링으로 울리고 잠시 후 부드러운 중년 남자의 목소리가 들려 왔다.

"호호호. 최 게바라 샘이시죠?"

"네, 체 게바라입니다."

"안녕하세요. 저……."

"네, 이다 어머님이시죠?"

"어머. 목소리만 듣고 그걸 어떻게……."

"제가 가르치는 학생의 부모님 목소리를 모를 리가 있겠습니까. 게다가 이다 어머님은 목소리가 워낙 좋으셔서 벨소리만 듣고도 알 수 있습니다."

"호호호. 최 샘도 참."

"이다가 갈수록 열심입니다. 같은 반 학생들 중에서 이다가 제일 탁월합니다. 오늘도 어려운 내용 다 소화하고 돌아갔습니다."

"다 최 샘 덕분이죠. 언제 식사라도 대접해드려야 할 텐데……."

만일 이다가 두 사람의 대화를 들었다면 숯불구이판에 올려 놓은 오징어처럼 여지없이 오그라들고 말았을 것이다. 두 사람의 오그라드는 대화는 한참 더 이어졌다.

이다가 집에 돌아왔을 때 피일자 씨를 제외한 나머지 가족들은 평소처럼 각자 자기 일을 하고 있었다. 할머니는 여느 때와 마찬가

지로 TV 연속극에 몰입하여 혀를 끌끌 차고 있었고 작은삼촌은 이
다 방에 있는 컴퓨터 화면에 코를 처박고 고스톱 삼매경에 빠져 있
었다. 늦은 시간이었지만 각자 자기 일에 몰두하고 있었으므로 이
다의 늦은 귀가를 두고 누구 하나 잔소리를 하지 않는다. 자기 방으
로 들어간 이다는 고스톱 게임에 몰입해 있는 작은삼촌의 어깨를
손가락으로 찔렀다. 놀란 삼촌이 뒤를 돌아보자 이다가 손가락을
까딱거렸다. 작은삼촌은 말없이 일어나 조용히 문을 닫고 나간다.
작은삼촌이 벌어 놓은 고스톱 게임머니가 8,000만 원을 돌파했다.
이다는 고스톱 게임 사이트를 닫고 블로그에 접속했다. 블로그 방
문자 수가 좀체 늘지 않는다. 하긴 별다른 눈요깃거리가 없으니 그
럴 만도 했다. 이다는 휴대폰을 컴퓨터에 연결하여 남한강변의 풍
경을 찍은 영상을 블로그에 올리고 영상의 제목을 '바람의 끝'이라
고 달았다.

곧이어 거실의 TV 볼륨이 높아졌다. 이다는 컴퓨터를 끄고 곧바
로 침대에 누워 이불을 머리까지 뒤집어썼다. 찬바람을 맞은 탓인
지 코가 맹맹하고 열이 오르기 시작했다. 이불을 뒤집어썼는데도
강변을 질주할 때 귓가에 달라붙던 겨울바람 소리가 여전히 맴돌
았다. 요란한 오토바이 엔진 소리도 귀청을 흔들어 댔다.

'달리고 달리고 달리고 달리고 달리고 달리고.'

도로 위를 달리던 오토바이가 하늘로 붕- 떠오르더니 살얼음 낀
강물로 치닫는다. 마치 수상스키를 타듯 오토바이가 물을 갈랐다.

'달리고 달리고 달리고 달리고 달리고 달리고.'

진우가 양팔을 벌려 날개를 만들자 몸이 서서히 공중으로 떠올랐다. 강변을 달리는 차들이 내려다보이고 높이 솟은 철탑 위로 고압선이 잡힐 듯 비껴 지나간다.

'달리고 달리고 달리고 달리고 달리고 달리고.'

"이다야! 이다야!"

피일자 씨의 목소리가 희미하게 들려왔다.

"엄마! 이리와 봐! 이다가 이상해."

피일자 씨가 급히 할머니를 불렀다. 두 삼촌들도 발소리를 쿵쿵거리며 비좁은 이다의 방으로 몰려들었다.

"애가 열이 펄펄 끓는데 핏줄이라는 인종이 셋씩이나 있으면서 거들떠보지도 않아?"

피일자 씨의 갈라지는 목소리 탓에 이다는 게슴츠레 눈을 떴다. 귓가에 울리던 바람 소리가 잦아지면서 자신을 내려다보고 있는 익숙한 얼굴들이 눈에 들어왔다. 토종 두꺼비가 셋, 돌연변이 마른 종자가 하나였다.

"방구석에서 자는 줄 알았드만 된통 감기 걸렸뿐네."

할머니가 이다의 이마를 짚었다.

"이남아! 넌 빨리 119 불러."

피일자 씨가 동생 피이남을 다급하게 돌아보며 소리치자 당황한 이남이 형 일남의 팔을 잡아끌었다.

"119 치아 뿔고 일남이 니는 아시피린이나 가 온나."

"엄마는! 아스피린 가지고 돼? 이남아 119 어떻게 됐니?"

발끈한 피일자 씨의 목소리가 째졌다.

열이 나고 어지러운 와중에도 이다의 입에서 피식 웃음이 터졌다. 그런데 보는 사람에 따라서는 웃음소리가 다르게 들릴 소지도 있었다. 특히 이성적인 판단이 어려운 사람에게는 더욱 그랬다.

"어떡해! 애 봐. 지금 헛소리까지 해."

"일자 니나 헛소리 말고 입 다물래이. 감기 걸려 열나는 아를 여기 저기 끌고 다니는 거 아이다."

"아이고, 내 팔자야! 한 치 걸러 두 치라고 식구들이 셋씩이나 있으면서 자기 자식 아니라고 나 몰라라 하고……."

피일자 씨가 방바닥에 주저앉아 울음과 원망과 신세 한탄 그리고 술 냄새를 한꺼번에 토해 냈다. 가뜩이나 좁은 방 한가운데 그녀가 퍼질러 앉아 목청을 높이자 두 삼촌은 벽에 바싹 달라붙어 서로 눈치만 살폈다.

"119?"

큰삼촌이 소리를 내지 않고 입 모양만으로 작은삼촌에게 물었다. 작은삼촌 역시 입술만 내민 채 빠르게 고개를 저었다.

"문디 자슥아! 아시피린 안 가오나?"

큰삼촌이 후다닥 튀어 나가고 작은삼촌이 뒤를 이었다. 피일자 씨의 입에서는 여전히 울음과 원망과 신세 한탄 그리고 술 냄새가 들락거렸다.

아스피린 두 알을 삼킨 이다는 다시 까무룩 잠에 빠져 들었다. 피일자 씨가 끊임없이 토해 내는 울음과 원망과 신세 한탄 그리고 술 냄새가 잠을 방해하기도 했지만 약 기운이 몸 구석구석으로 퍼진 덕택에 이다는 깊은 잠을 잘 수 있었다.

다음 날 아침, 이다는 가장 먼저 눈을 떴다. 아침 아홉 시를 넘겼으니 이른 시간이라고는 할 수 없지만 반석연립 여섯 가구 중 가장 늦게 잠들고 가장 늦게 깨어나는 302호를 기준으로 본다면 새벽에 해당하는 시간이다. 반석연립 다른 호수 사람들의 일과는 302호와는 정반대다. 큰삼촌과 비슷한 또래의 102호 부부는 수산시장으로 경매 물건을 받으러 나가기 위해 매일 새벽 세 시에 불을 밝힌다. 평생 공사 현장을 떠돌며 가족들을 먹여 살린 202호 노가다 박 씨는 환갑을 훨씬 넘겼지만 여전히 동트기 전에 골목길을 나선다.

독거노인 101호 해병대 영감이 반석연립 마당을 다 쓸고 나면 우유 배달 오토바이가 헐떡거리는 숨소리로 언덕을 올라와 반석연립 마당으로 들어온다. 반석연립에서 우유를 배달시켜 먹는 집은 3층 이다네 건너편 301호뿐이다. 하지만 우유 배달원이 3층까지 계단을 오르는 수고는 거의 하지 않아도 된다. 우유 배달 오토바이는 특별한 일이 없는 한 새벽 총알영업을 마치고 들어오는 301호 개인택시를 만날 수 있기 때문이다. 반석연립 주민 중에서 가장 팔자가 더러운 사람은 바로 이다의 할머니이다. 물론 다분히 할머니 자신의 주관적인 판단이지만 그 말에 토를 다는 사람은 없다. 반면 반석연립에서 가장 팔자가 늘어져 할머니의 부러움을 사는 사람은 101호 해병대 영감이다.

"무자식이 상팔자라카더만 해병대 영감이 상팔자래이."

이다 할머니는 자신의 팔자와 해병대 영감 팔자를 비교하면서 늘 이렇게 말하곤 한다. 자식을 넷씩이나 두고도 평생 자식 덕은커녕 오히려 딸린 자식들 때문에 정부에서 주는 기초생활수급자 혜택도 받지 못하는 할머니에 비한다면 101호 해병대 영감의 팔자가 늘어 졌다고 해도 틀린 말이 아니다. 젊은 시절 해병대 출신으로 월남전 에 참전했던 경력을 최고의 명예로 생각하는 그는 지금도 공식적인 업무를 할 때 반드시 해병대 군복과 모자를 착용하는 것은 물론 주 요 행사에서는 반드시 태극기를 게양하고 국민의례를 행한다. 그에 게 공식적인 업무란 태극기를 팔러 다니는 행상을 의미한다.

"요즘 것들은 애국심이라곤 눈꼽맨치도 없어부러. 나라의 미래 가 심히 걱정이랑게."

영감이 말하는 애국심의 척도는 태극기 판매량이다.

"2002년 월드컵 때만 혀도 애국심이 허벌나게 넘쳤어!"

월드컵이 열렸던 그해 해병대 영감은 평생을 통틀어 가장 많은 매출을 올렸다. 여하튼 월남전 참전 용사에 처자식도 없는 혈혈단 신에다 애국심으로 충만한 태극기 장사 해병대 영감이 일찌감치 기초생활수급자 명단에 이름을 올린 것은 누가 봐도 정당한 일이 었다. 그는 매달 정부에서 나오는 기초생활비 외에도 인근 교회 봉

사단체로부터 난방비와 부식비를 지원받는 것은 물론 김장철에는 복지단체의 김장 김치 후원을 독차지하고 추석이나 설날에는 반석 연립 입주민 중 유일하게 시장과 구청장 명의의 선물까지 받는다. 지난 초겨울에는 '나눔과 사랑의 실천을 위한 지역연대'인지 뭔지 하는 아주 긴 이름을 가진 단체에서 사람들이 떼거지로 몰려와 101호 영감네 살림살이를 죄다 들어내더니 낡은 보일러를 새것으로 교체하고 방과 거실 전체를 새 집처럼 도배하는 등 완전 신혼집을 만들어 놓았다.

그뿐이 아니다. 그는 반석연립 최고참 입주민임을 최대한 이용하여 18년 동안이나 반장으로 장기 집권하면서 온갖 이권을 누리고 있다. 형식적인 다수결 절차를 거치기는 했으나 실질적으로는 영감 자신이 일방적으로 법을 만들어 매달 3만 원씩 부담하는 공동 관리비를 반장이라는 이유로 면제받고 있으며 한술 더 떠서 관리비를 밀린 집에는 5,000원의 과태료까지 물리는 등 온갖 횡포를 일삼는다.

어디 그뿐인가. 무심코 분리수거를 제대로 하지 않고 쓰레기를 버렸다가 반장 영감으로부터 철퇴를 맞지 않은 집이 없을 정도다. 음식 찌꺼기에 코 푼 휴지가 뒤섞인 쓰레기를 마당에 펼쳐 놓고 찢어진 종이 쪼가리 하나하나 이어 붙여 어떠한 변명으로도 빠져나갈 수 없는 증거를 찾아 들이대면 꼼짝없이 당할 수밖에 다른 도리가 없다. 덕분에 반석연립의 쓰레기 분리수거는 구청 환경과에서 모범 사례로 정했을 정도다. 그는 권력의 작동 원리를 누구보다도 잘 아는 사람이다. 모름지기 현명한 권력가는 관대함보다는 인색함을 따라야 하며 인자하기보다는 잔혹하다는 평판을 얻도록 해야 한다.

사람들은 사랑하고 존경할 만한 군주보다 두려움과 공포의 대상이 되는 군주의 말을 더 잘 따른다. 인색하고 잔혹하지만 그 누구도 그의 말을 거역할 수 없도록 만들기 위해 그는 상대의 약점을 이용한다. 그는 반석연립 입주자들이 저지른 비리의 증거를 차곡차곡 수집하여 호수별로 서류 파일에 모아 두고 있다. 쓰레기 불법투기의 증거부터 은밀한 사생활까지 그의 안테나에는 수시로 주민들의 일거수일투족이 걸려든다. 반장 영감이 18년이 아니라 죽을 때까지 영구 집권을 하더라도 아무도 이의를 달지 못하는 이유다.

잠에서 깬 이다는 배가 고팠다. 약간의 어지럼증이 남아 있었지만 열도 내렸고 몸살 기운도 잦아들었다. 이다는 침대 밑에 너부러져 자고 있는 피일자 씨를 피해 조심스레 발을 디디며 부엌으로 갔다. 삼촌 방에서는 큰삼촌의 코골이와 작은삼촌의 이빨 가는 소리가 주거니 받거니 박자를 맞추고 있었다. 할머니 방에서 들리는 코골이는 엇박자로 섞였다. 지난밤에 끓여 놓았는지 가스렌지 위에 하얀 죽이 한 냄비 있었다. 할머니의 작품이다. 이다는 식은 죽을 냄비 채 식탁에 올려놓고 먹기 시작했다. 그저 순수한 죽이었다. 순수한 죽은 순수한 밥과는 달리 간을 맞추지 않아도 술술 넘어갔다.

"애국심이라곤 손톱만큼도 없는 어떤 인종이 음식물 쓰레기를 마당 한가운데다 허벌나게 내질렀다냐!"

반장 영감의 한바탕 호령이 반석연립을 흔들어 댔다. 영감의 욕지거리는 일종의 경고 사격이다. 항상 입에 욕을 달고 사는 영감이지만 그의 욕은 늘 삼인칭으로 마무리된다. 오늘 해병대 영감의 입에 오르내린 삼인칭이 누굴 지칭하는지 302호의 다섯 식구는 정확히 알고 있다. 영감은 일부러 302호를 향해 크게 소리쳤을 것이다. 이다는 어느 틈에 한 냄비 가득했던 죽을 다 먹고 바닥을 긁었다.

"뭐 먹니?"

피일자 씨가 산발을 한 채 푸석푸석한 얼굴을 부엌으로 들이밀었다. 냄비 긁는 소리에 잠을 깬 것인지 아니면 어제 마신 술 때문에 목이 말라서 그랬는지 그것도 아니면 영감의 욕지거리를 듣고 제발 저린 도둑처럼 슬그머니 일어난 것인지는 알 수 없지만 적어도 이다를 걱정하는 것 같지는 않았다.

"죽."

"다 먹었어? 지집애 좀 남기지 나도 속 안 좋은데."

"엄마! 어젯밤에도 마당에 토했어?"

피일자 씨는 이다의 질문에 대답 대신 숟가락을 들고 이다가 먹던 냄비를 긁었다.

"이년아. 에미가 돼가 딸내미 아퍼서 쒀 준 죽을 뺏어 묵나!"

할머니의 하루 일과는 어김없이 지청구로 시작된다.

"참! 이다 너 어제 아팠지. 지금은 어때? 열 좀 내렸어?"

피일자 씨도 나이가 들긴 들었나 보다. 얼마 전부터 조금만 마시고도 필름이 깜박거린다.

"퍽두 일찍 물어 본데이. 그리구 이년아 밤늦게 술 먹고 들어 올때는 아무리 급해도 이빨 꽉 다물고 쫌 참으래이. 집에 들어와가 변기에 토하면 어디가 덧나가 번번이 해병대 영감한테 욕바가지를 뒤집어써야 것나."

"조심해. 영감이 CCTV 설치할지도 몰라."

어느 틈에 일어났는지 작은삼촌이 끼어들었다. 큰삼촌도 불룩 나온 배를 긁적이며 고개를 끄덕거렸다.

"생리 현상인데 어쩌라고."

"술 먹고 토하는 건 생리 현상이 아니라 주사지……."

"아침부터 나를 잡아먹으려고 작당을 했나. 왜 오빠까지 난리야?"

피일자 씨에게 가장 만만한 상대는 큰삼촌이다. 발끈한 피일자 씨가 들고 있던 냄비를 개수대에 집어 던지면서 자리를 뜨려고 했다. 큰삼촌이 멈칫거리는 사이 초인종이 울렸다.

"누구세요."

자신에게 향한 화살을 피하기 위해 반전이 필요했던 큰삼촌이 달려 나가 현관문을 열었다. 반장이었다. 순간 가족들의 표정이 굳어졌다. 가족들 중 누구도 그와 대면하기를 원하지 않았다. 가장 먼저 피일자 씨가 고개를 돌리고 딴전을 피웠다. 작은삼촌 피이남 씨도 구린 게 있는지 평소 손도 안 대던 개수대에서 행주를 집었다. 영감을 코앞에 맞닥뜨려 피할 도리가 없는 큰삼촌 피일남 씨는 눈을 내리 깔았다.

"오늘 반상회에 무신 일이 있어도 꼬옥 참석하시라고……."

영감의 목소리는 예상과는 달리 부드러웠다. 가족들 모두 소리를 죽이고 안도의 한숨을 내쉬었다.

"재개발 관련해서 조합 사람들이 나온대요. 그러니 여사님 꼬옥 참석하시고 아드님도 ……."

"알았어예. 저녁 나절에 아 데불고 갈깁니다."

영감이 어색하게 목례를 하면서 현관문을 닫으려는 순간 이다가 화장실로 후다닥 뛰어들었다. 손으로 틀어막은 이다의 입에서 우윳빛 액체가 뿜어져 포물선을 그렸다. 순식간에 영감의 이마에 굵은 파편이 들러붙었다. 변기를 붙들고 엎어진 이다는 조금 전에 먹은 죽을 토해 내기 시작했다. 위액이 섞여 색이 조금 바랬지만 순수한 백색의 죽이 거의 그대로 쏟아져 나왔다.

"이다야!"

피일자 씨가 과장된 목소리를 내며 뛰어들어 와 등을 두드렸다.

역겨웠다. 이다는 그 상황이 이유 없이 역겨웠다. 툭하면 애국심 운운하는 해병대 영감이 역겨웠고 그를 대하는 할머니의 영악함도 역겨웠다. 허둥대는 큰삼촌 그리고 얍삽한 작은삼촌도 역겨웠다. 오버하는 엄마도 역겨웠고 한 냄비나 되는 죽을 꾸역꾸역 먹어치운 자기 자신도 견딜 수 없이 역겨웠다. 가식과 허위로 가득찬 반석 연립 전체가 역겨웠다.

"재개발 되면 우리도 아파트 한 채 생기는 거야?"

"보상금은 평당 얼마래?"

"대지 지분부터 확인해 봐야지."

"길 건너 제3지구는 벌써 철거했다던데."

이다의 귀에 가족들의 대화 소리가 웅웅거렸다. 피일자 씨도 대화에 끼어드느라 등을 두드리는 리듬이 엇박자로 꼬였다. 먹은 걸 다 토하고 나자 다시 기운이 빠졌다.

"오빠, 이다 좀 침대에 옮겨 줘."

큰삼촌이 이다를 안았다. 불룩 튀어나온 삼촌의 배가 이다의 허리춤을 받쳐 주는 바람에 현기증은 일지 않았다.

"엄마, 내 용돈."

"지집애 아프다면서 용돈은 꼭 챙기니."

"거기다 넣어 줘."

피일자 씨가 세계문학전집 제4권 햄릿을 꺼내 책갈피 사이에 들어 있는 봉투에 5만 원권 지폐 한 장을 넣었다. 햄릿은 제 임무를 마치고 다시 책꽂이 맨 아래 본래 위치로 돌아가 자리를 지켰다. 과묵한 햄릿은 이다의 용돈을 믿고 숨겨 두기에 가장 믿음직한 인물이다. 도대체 누가 햄릿에게 돈을 맡겼을 거라고 상상이나 하겠는가.

다시 잠이 쏟아졌다. 밖에서는 재개발을 화두로 가족들의 대화가 계속되고 있었다.

"엄마를 생각해서라도 이젠 아파트처럼 편한 집으로 옮길 때가 됐지."

"이다도 공부방이 필요하고."

다들 말은 번지르르 했지만 각자 이기적 계산이 빠르게 회전하고 있음이 역력히 느껴졌다. 다시 욕지기가 치밀어 올랐지만 이다는 눈을 꾹 감았다. 학생으로서 비교적 많은 금액을 용돈으로 받을 때마다 약간씩 느껴지던 엄마에 대한 미안함은 더 이상 없었다. 감기에 걸린 손녀를 위해 죽을 끓인 할머니에 대해서도 마찬가지였다. 두 삼촌의 경우야 말할 것도 없었다. 모두들 자신의 이익을 위해 행동할 뿐이고 만일 그러한 행동이 이다를 위한 것이었다 해도 결국 자신과 동일한 유전자를 퍼뜨리기 위해 유전자의 이기적인 명령에 따른 것에 불과하니까.

게임의 딜레마

"자, 스무 명의 사람이 각자 작은 칸막이 속에 앉아 손가락을 버튼 위에 올려 놓고 있다. 아무도 버튼을 누르지 않고 기다리면 10분 후 모두에게 1,000달러씩 배당되지만, 누군가 버튼을 누르면 그 사람은 100달러를 받고 나머지 사람들은 한 푼도 받지 못한다. 진우! 너라면 이 상황에서 어떻게 할래? 10분을 기다렸다가 1,000달러를 받을래? 아니면 먼저 버튼을 누르고 100달러만 받을래?"

수업을 시작한 지 1분이 채 지나기도 전에 책을 읽기 시작하던 게바라가 기습적으로 질문을 던졌다. 미처 취침 모드에 돌입하지 못한 진우가 별 생각 없이 입을 열었다.

"그야 당연히 기다렸다가 1,000달러를 받아야죠."

"좋아! 그렇다면 이다는?"

"저는 먼저 버튼을 누를래요."

"왜 그런 선택을 했지?"

특별한 이유는 없었다. 단지 진우와 똑같은 대답을 하고 싶지 않았을 뿐이다.

"그냥요."

"좋아. 그렇다면 한 번 더 같은 게임을 한다고 가정하고 다시 질문을 할게. 진우야 이번에도 10분을 기다렸다가 1,000달러를 받을래? 아니면 먼저 버튼을 누르고 100달러만 받을래?"

이다의 대답이 의외였는지 진우는 잠시 생각을 하더니 다시 입을 열었다.

"저도 미리 버튼을 누를래요."

"왜지?"

"이다가 누른다고 하잖아요."

"단지 그 때문이니?"

"네."

놈은 무엇이든지 이다와 같아지길 원한다. 휴대폰 기종이나 책가방의 브랜드도 이다의 것을 따라하지 않던가. 심지어 신발이나 양말 색깔까지도 이다를 따라하는 놈이다. 만일 변태로 오해받지 않는다면 이다가 가끔 입는 치마까지 따라 입으려 들지도 모른다. 게바라가 체념한 표정으로 다시 책을 읽기 시작했다.

"그러나 좀 더 영리한 사람이라면 누군가가 멍청하게 버튼을 누를 수 있는 확률에 대비하여 자기가 먼저 눌러버리는 것이 이익임을 눈치챌 것이다. 그러나 아주 더 영리한 사람이라면 앞의 좀 더 영리한 사람이 먼저 버튼을 누를 것임을 알기 때문에 자기가 더 빨리 먼저 버튼을 눌러 버릴 것이다."

진우나 이다나 아무 생각 없이 대답한 것은 마찬가지였지만 이다는 졸지에 더 영리한 사람이 되었고 진우는 덜 떨어진 인간이 되었다. 조금 머쓱해진 이다가 진우를 힐긋 쳐다보았다. 놈의 고개가 0.1도 정도 아주 미세하게 꺾여 있었다. 이미 취침 모드에 돌입한 것이다.

"이 실험에 따르면 영리한 사람일수록 먼저 버튼을 누른다는 거야. 가장 먼저 버튼을 누른 사람은 100달러를 받겠지. 하지만 나머지 사람들은 한 푼도 받지 못하게 돼. 그렇다면 10분 동안 기다렸을 때와 비교해서 전체적으로 볼 때 얼마가 손해일까? 20 곱하기 1,000이면 2만이고 거기에서 100을 빼면……"

"1만 9900달러잖아요."

"역시 이다가 영리하구나."

게바라의 아부성 칭찬이 이어지자 이다는 짜증스러워지기 시작했다.

"근데 1,000달러를 주긴 주는 거예요?"

"…… 아무튼 이기심을 조금 낮추고 다른 사람을 믿고 협력했더라면 좋았겠지만 결국 더 영리한 사람 때문에 자기 자신은 물론 다른 모든 사람들까지 손해를 보게 되는 거지. 개인에게는 이익이 된다고 생각한 행위가 전체로 보면 큰 손실을 가져오는 딜레마의 상황이 되는 거야."

게바라의 말에는 은근히 뼈가 있었다. 영리하다고 치켜세우더니 결국 염장을 지른다. 이다는 게바라가 혹시 자신의 약점을 간파한 것은 아닌지 의문이 들었다. 인놀방에 나와서 게바라의 수업을 듣지 않으면 일주일치 용돈이 날아간다는 사실 말이다. 그렇지 않고서야 게바라가 참을 인(忍)을 거두고 염장을 지를 리 없지 않은가. 그렇다면 이다로서는 이 상황에서 게바라와 엄마 간의 어떠한 대화가 이루어진 것인지 탐색할 필요가 있었다. 그러기 위해서는 게바라에게 까칠하게 대하는 것은 좋은 전략이 아니라는 생각이 들었다.

"지난주 수업 시간에 공부한 내용 생각나니?"

"네."

한마디만으로도 티가 날 정도로 이다의 반응이 달라졌다. 평소답지 않은 이다의 표정에 게바라는 다소 당황스러웠지만 나쁘지 않았는지 수업을 이어갔다.

"인간의 이타적 행동도 유전자의 입장에서 보면 자신의 유전자를 널리 퍼뜨리기 위한 행동이라고 했어. 그런데 자신의 이익만을 위해 행동하는 것이 결과적으로 자신에게 손해가 된다면 다른 방법이 필요하겠지."

"네."

게바라의 표정이 상기되면서 목소리에 기운이 넘치기 시작했다. 마치 '참 잘했어요' 도장을 받은 초등학생처럼 신바람이 나서 떠드는 모습이 징그럽지만 조금 귀여워 보이기도 했다. 그렇다고 이다가 수업에 충실히 임한 것은 아니다. 밝은 목소리로 대답을 하고는 있지만 이다의 촉수는 게바라와 엄마 피일자 씨가 어떤 대화를 나누었을지에 집중되어 있었다.

"우리 엄마에 대해 어떻게 생각하세요?"

게바라의 얼굴에 당황한 흔적이 번졌다. 게바라 자신도 그걸 느꼈는지 연거푸 헛기침을 해 대기 시작하더니 맥락도 없이 엉뚱한 얘기를 늘어 놓기 시작했다.

"세, 세, 세상의 모든 어머니는 자식을 위해 어떠한 희생도 마다하지 않으시지."

말까지 더듬는 게 뭔가 수상쩍어 보였다.

"예나 지금이나 무엇보다도 자식의 올바른 교육을 위해서라면 어머니는 물불을 가리지 않아. 이다 너도 맹모삼천지교라는 얘기 들어 봤지? 맹자의 어머니가 맹자를 위해 세 번 이사했다는……."

"그런데요?"

부드러웠던 이다의 목소리가 다소 까칠해졌다.

"그런데 맹자의 어머니는 자식을 위해서 이사만 다닌 게 아니야."

"그럼 또 뭐가 있나요?"

게바라의 맥락 없는 얘기가 다소 뜬금없다고 느꼈지만 이다는 그의 말에 맞장구를 쳐주기로 했다.

"맹자의 어머니는 어려운 형편에도 맹자의 공부를 위해 멀리 노나라로 유학을 보냈어. 노나라에 위대한 스승인 공자가 있었거든.

맹자는 어머니의 바람대로 노나라에 가서 열심히 공부를 했지 그런데 아직 어렸던 맹자가 집이 그립고 엄마가 너무 보고 싶어서 도중에 집으로 돌아오게 된 거야."

"그래서요."

"맹자가 집에 돌아 왔을 때 맹자의 어머니는 떡을 썰고 계셨지."

"떡이요?"

"그래, 떡. 맹자 엄마는 떡 장사를 하면서 맹자를 공부시켰거든."

"맹자 엄마도 떡 장사였나요?"

"그래, 맹자 엄마는 공부를 다 마치지 못하고 돌아온 맹자를 보자마자 반갑게 맞아주기는커녕 방에 켜 놓은 호롱불을 끄게 했어."

"맹자 엄마가요?"

"그렇다니까."

"그래서요?"

"그리고 맹자에게 이렇게 말했어 '너는 글을 쓰거라, 나는 떡을 썰 테니.'"

"맹자 엄마가요?"

"……."

게바라는 그제서야 자신이 뭔가 잘못 말하고 있다는 걸 깨달은 모양인지 말을 잇지 못하고 버벅거렸다.

"어험, 그, 그러니까 내가 하려고 했던 말은 인간을 포함한 모든 생명체의 유전자는 근본적으로 이기적이지만 그러한 특성이 이타적인 희생정신으로 나타날 수 있다는 거야."

게바라는 서둘러 수업을 끝냈다. 옆자리의 진우 녀석은 영문도 모른 채 예정보다 일찍 잠을 깨야 했다. 아무튼 나쁘지 않았다.

"오늘은 춘천까지 달려보자. 닭갈비 사줄게."

인놀방을 나서는데 진우가 미리 나와서 오토바이에 시동을 걸고 이다를 기다리고 있었다. 닭갈비는 이다에게 그리 유혹적인 미끼는 아니었다. 하지만 춘천은 달랐다. 엄밀히 말하면 춘천까지 가는 과정이 유혹적이었다. 북한강변을 따라 춘천까지 이르는 동안 차가운 강바람을 가슴에 품을 수 있다는 건 이다에게 엄청난 유혹이었다.

"싫어."

이다의 거절은 일종의 거리 두기였다. 이다는 언젠가 진우를 유용하게 활용할 일이 있으리라는 예감을 하고 있었다. 가령 느닷없이 어딘가로 떠나고 싶을 수도 있고 또는 지긋지긋한 반석연립 302호를 벗어나 가출을 하고 싶을 수도 있다. 아니면 평소 마음에 들지 않는 년이나 놈 하나쯤 흠씬 두들겨 패 줘야 할 일이 생길 수도 있었다. 어찌 되었건 진우 녀석을 필요할 때 마음대로 불러낼 수 있으려면 녀석의 제안에 너무 순순히 응하는 것은 좋은 전략이 아니라는 것을 알고 있었다.

이다의 이러한 능력은 엄마 피일자 씨로부터 물려받은 재능 중하나다. 피일자 씨 아니 피에타가 단골손님을 확보하고 유지하는 전략이 바로 그랬다. 피에타는 뜨내기 손님이 가장 비싼 발렌타인

32년산을 주문한다고 해도 절대 그 자리에 날름 동석하지 않는다. 오히려 보란 듯이 맥주에 마른안주를 주문한 단골손님 앞에 우아하게 마주 앉아 이야기를 들어줌으로써 자신이 싸구려 술집 마담이 아니라는 것을 간접적으로 보여준다. 물론 그것은 피에타의 몸에 밴 철저한 전략이다. 그럴 경우 뜨내기 손님은 십중팔구 며칠 내로 피에타의 카페를 다시 찾는다. 게바라가 말한 게임의 방식으로 말한다면 눈앞에 100달러를 탐내기 보다는 10분을 기다려 1,000달러를 얻는 전략인 것이다. 아무튼 먼 장래를 생각한다면 당장 입에 달다고 먹이를 덥석 무는 일은 전략상 옳지 않다.

"그럼 닭갈비에 막국수 추가 어때?"

먹는 것으로 마음을 돌릴 수 있다고 생각하는 것을 보면 역시 놈의 사고는 일차원적이다.

"나도 닭갈비 아니라 돼지갈비도 사 먹을 돈 있거든. 게다가 훔친 카드로 선심 쓰는 거 관심 없어."

"훔친 게 아니라 내 권리를 내가 찾은 거야."

진우가 정색을 하고 나서는 것은 드문 일이다. 특히 이다 앞에서 이렇게 심각하게 얼굴색을 바꾸고 목소리를 높이는 경우는 없었다. 이다는 입을 다물고 잠시 어떤 전략이 적절할지 생각했다. 엄마 피일자 씨로부터 얻어들은 바에 따르면 단순 무식한 놈이 성질을 부릴 때는 잠시 접어 주는 것이 상책이다. 찌질한 놈. 알고 보면 진우도 측은한 구석이 없지는 않다. 이다는 진우의 오토바이에 한 쪽 다리를 걸쳤다.

"오늘은 집으로 갈 거야."

놈이 기어 중립상태에서 액셀러레이터를 과도하게 당겼다. 부타타타타. 엔진이 큰 소리를 내며 요동을 쳤다. 길 가던 사람들의 짜증 섞인 시선이 모였다. 이다는 안다. 그것이 놈이 불편한 심리를 드러내는 방식이라는 것을. 이다는 놈의 허리춤을 꽉 끌어안았다. 역시 이다의 전략이었다. 순간 흠칫 놀라 굳었던 진우의 허리춤이 금세 유연하게 풀렸다. 놈의 기분을 쥐락펴락하는 것은 식은 죽 먹기보다 쉽다. 오로지 부동산 투기로 돈을 긁어모아 부자가 된 부모 밑에서 미묘하고 복잡한 인간관계를 배웠을 리가 없다.

하긴 진우는 다른 찌질이들과는 조금 다르긴 했다. 말끝마다 '우리 아빠는……', '우리 엄마가……'를 거들먹거리지 않는다는 것. 그마저도 없었다면 진즉에 진우를 잘라 버렸을 것이다. 나머지는 다른 찌질이들과 별반 다를 게 없었다. 꿈도 없고 삶의 계획도 없이 그냥저냥 지내다 보면 부모가 어떻게든 유학 티켓을 마련해 줄 테고 미국이고 호주고 몇 년 건들거리며 놀면서 싼 티 나는 영어 몇 마디 지껄이게 되면 다시 돌아와 거들먹거릴 수 있겠거니 생각하는 치들. 진우 역시 그런 족속들 중 하나에 지나지 않는다는 것을 이다는 알고 있다. 흔한 아르바이트 한번 해보지 않았지만 진우의 주머니엔 돈이 마르지 않는다.

그에겐 특별한 형이 있다. 다섯 살 터울의 형 진수와 진우는 거의 쌍둥이처럼 빼닮았으며 형은 지금 군 복무 중이어서 동생 진우에게 간섭하거나 감시할 수 없는 처지라는 것, 그리고 형의 책상 서랍

속엔 동생 진우를 풍족하게 만들어 주는 갖가지 보물이 숨겨져 있고 형의 책상 서랍을 자유자재로 열고 닫을 수 있는 비밀번호를 알고 있다는 결정적인 사실이 그의 주머니를 풍족하게 해주는 원천이었다. 처음 형의 서랍을 연 것은 단지 호기심 때문이었다. 찌질이 진우와는 달리 '범생이'와 '엄친아'라는 소리를 들었던 형 진수. 유치원 시절부터 늘 형과 비교되어 놈은 스스로 자신의 존재감을 지워야 했다. 빼닮은 외모를 제외하곤 모든 것이 달랐다. 단 하루만이라도 찌질이 조진우가 아닌 엄친아 조진수라는 이름으로 살 수 있기를 바랐다.

진우가 형의 서랍을 여는 순간 마치 판도라의 상자가 열리듯 별천지가 펼쳐졌다. 진우의 눈을 가장 먼저 사로잡은 것은 오토바이 열쇠였다. 커버에 씌워져 아파트 지하 주차장 맨 안쪽 자리에서 얌전하게 잠자고 있는 혼다 미라쥬 로드윈. 그것을 깨워 줄 마법의 열쇠가 판도라의 서랍 안에서 숨 쉬고 있었다. 엄친아 조진수의 유일한 탈주를 도왔던 미라쥬 로드윈을 동생 조진우는 얼마나 갖고 싶었던가. 이제 미라쥬 로드윈은 조진수가 아닌 조진우를 싣고 탈주가 아닌 탈선의 여정을 떠나기 위해 기다리고 있는 것이다. 판도라의 서랍 속엔 명문대학 마크 아래 사진이 선명히 박힌 형 조진수의 학생증도 있었다. 조진수가 아니라 조진우의 얼굴이라고 해도 누구하나 의심하지 않을 것이다. 오토바이 운전면허증, 용돈을 모아둔 통장과 언제든 현금을 찾을 수 있는 체크카드가 줄줄이 얼굴을 내밀었다. 조진우는 이제 더 이상 찌질이 조진우가 아니라 엄친아 조진수가 되기로 한다. 조진수로서의 삶은 마약과 같았다. 그것은 단지 이름 한 글자가 바뀐 것으로는 상상할 수도 없는 일이었다.

꿈도 꾸지 못했던 일들이 너무도 쉽게 일어났다. 강남역 뒷골목에서 미라쥬 로드윈에 삐딱하게 엉덩이를 걸친 채 담배 한 개비 피워 물었을 뿐인데 지나가던 젊은 여자들의 눈길이 자신에게 모아졌다. 특히 형 진수가 활동하던 모터사이클 동아리의 레이싱 점퍼를 입고 나서면 여자들의 눈길이 더 강하게 꽂혔다. 등판에 명문대학 마크가 큼직하게 새겨진 야들야들한 가죽 소재의 레이싱 점퍼, 거기에 미라쥬 로드윈의 거친 엔진음이 배경음악처럼 깔리면 아이돌 스타가 부럽지 않을 정도였다.

하지만 아무리 명문대학 학생증으로 포장을 해도 입을 열 때마다 절제 없이 쏟아져 나오는 싼 티 나는 말투는 어쩌지 못했다. 조진우와 조진수 한 글자 사이에 놓인 강은 생각보다 깊었다. 진우의 겉모습과 돈 씀씀이에 끌렸던 강남역 일대의 된장녀들조차도 그의 곁에 한 달 이상 머물지 않았다. 이다에게 무시로 구박을 받으면서도 머슴 노릇을 자청하는 이유도 그 때문이었다. 이다에게는 진우가 만났던 된장녀들과는 다른 무언가가 있었다. 여느 된장녀들과는 달리 지갑이 열리고 닫힐 때 이다의 표정은 변하지 않는다.

"내가 뭐가 좋니?"

"그냥 좋아."

"구박만 하는데도?"

"난 까칠한 여자가 좋아. 이다 너처럼."

"조까라! 네 형 제대하면 개털될 텐데 어쩌니!"

"두고 봐. 조진수 그 새끼 내가 제낄 거야!"

이다가 진우의 형 얘기를 꺼내자 잠시 수그러들었던 성질이 다시 돋았나 보다. 엔진 출력을 급하게 높이더니 엉덩이를 좌우로 비틀면서 신호 대기로 머뭇거리는 마을버스를 아슬아슬하게 비껴 달아났다. 덕분에 이다의 몸도 좌우로 요동쳤다. 백미러를 통해 마을버스 기사가 약이 바짝 오른 얼굴로 "저런 씨발놈" 하며 내뱉는 입모양이 보였다.

"여기서 내릴래."

"집까지 데려다줘도 되는데."

이다는 언덕으로 이어지는 골목 입구에서 오토바이를 멈추게 했다. 이다네가 살고 있는 반석연립은 오르막 골목길 맨 꼭대기에 있다. 가파른 골목길을 걸어 올라가려면 숨이 차오르긴 하지만 좁고 초라한 반석연립 마당에 진우 녀석을 들이고 싶지는 않다.

"운동해서 날씬한 몸매 유지하려고 그런다."

이다는 진우를 뒤로하고 반석연립으로 이어지는 오르막을 올랐다. 이다는 양 손가락을 펴서 점퍼 깃 안쪽으로 넣었던 머리카락을 천천히 쓸어 올렸다. 긴 머리가 찰랑거리며 흔들렸다. 아마도 놈은 지금쯤 이다의 뒷모습을 보며 침을 꼴깍 삼키고 있을 것이다. 뒤를 돌아보아서는 안 된다. 시야에서 사라질 때까지 까칠한 뒷모습만 유지해야 하기 때문이다. 계단을 다 올라와 오른쪽 반석연립 입구 방향으로 꺾어 들어서자마자 이다는 달음박질을 쳤다. 반석연립 마당을 쏜살같이 지나 계단을 뛰어 올라갔다. 1층, 2층을 지나 3층 계단에 발을 올리는데 오줌보가 터질 것만 같았다. 현관문을 열려는데 도어록 네 자릿수 비밀번호가 자꾸만 헛짚어졌다. 짜증이 치밀어 현관문을 발로 걸어차면서 소리를 질렀다.

"문 열어!"

"누…… 누구세요?"

"나야, 급해!"

"이…… 이다 왔구나!"

그제서야 문이 열리며 큰삼촌의 얼굴이 보였다. 평소와 다르게 뭔가 당황스럽고 어색한 표정이었지만 그런 걸 신경 쓸 틈이 없었던 이다는 가방을 벗어 삼촌의 면상에 던지며 곧장 화장실로 직행했다. 급한 용무를 마치고 이다는 자기 방으로 들어가 컴퓨터 앞에 앉았다. 컴퓨터 부팅과 동시에 USB 케이블을 휴대폰에 꽂았다. 수업시간에 진우의 조는 모습을 찍은 동영상을 개인 블로그에 올릴 참이다. 블로그를 열고 먼저 방문자수를 확인해 보았다. 어제보다 세 명이 늘었다.

며칠 전 올린 〈바람의 끝〉 영상에 댓글이 하나 달렸다.

– 바람의 끝 치고는 허접하군 ㅋㅋ

더 이상 추가 댓글은 달리지 않았다. 이다는 휴대폰에 저장된 진우의 영상을 블로그로 옮겼다. 제목은 〈잠의 화신〉. 블로그를 닫고 포탈에 접속하려고 즐겨찾기를 클릭했다. 그런데 즐겨찾기 화면이 조금 이상했다.

"삼촌!"

"왜?"

"아! 쓰바 짱나. 또 야동 봤어?"

"그, 그, 그게…… 이남이 그 자식이 보던 게 즐겨찾기에 있길래 쪼끔, 아주 쪼끔."

"작은삼촌도 본단 말이야? 아 놔! 내가 쪽팔려서."

남들이 보면 나이가 서른 살이나 더 많은 삼촌을 쥐 잡듯 다그치는 조카를 보고 심하다고 하겠지만 이다로서는 나름 예의를 갖춘 것이다. 컴퓨터에 남은 기록을 뒤져 보니 접속한 성인 사이트만 해도 열 군데가 넘었다.

"변태 소굴이 따로 없네."

"이다야, 그게 넌 아직 어려서 모르겠지만 삼촌처럼 노총각이나 홀아비들은 가끔씩 성인영화 같은 걸 봐야 스트레스가 해소……."

방 안쪽에 엉거주춤 한쪽 다리를 걸친 채 큰삼촌이 변명을 늘어놓았다.

"알아요. 변태들의 스트레스 해소법."

"변태라니 삼촌이 어딜 봐서 변태로 보이니?"

"그렇게 보이는데요."

"그건 네가 아직 어려서 어른들의 세계를 잘 이해하지 못해서 그런 거야."

"됐거든요. 그까짓 것 가지고 충격 받지 않을 테니까 걱정 마세요. 엄마한테 이르지도 않을게요. 단, 맨몸에 바바리 입고 돌아다니지는 마세요."

삼촌은 다소 안도하는 표정이었다. 이다는 더 이상 얼굴을 마주하면 역겨울 것 같아서 삼촌을 밀어내고 방문을 닫아 버렸다.

이다는 인기검색어 서핑을 하다가 게임에 접속했다. 예전에 하던 게임들이 있었지만 이미 한물간 것들이어서 그마저도 시큰둥했다. 고스톱에 접속하니 익숙한 아이디가 자동으로 떴다. p2man. 삼촌 피이남의 아이디다. 패스워드는 볼 것도 없이 작은삼촌의 생일이다. 가족들의 생년월일쯤이야 줄줄이 꿰고 있는 이다였다. 물론 생일을 챙기기 위한 것은 당연히 아니다. 인터넷 상에서 성인인증이 필요한 경우 요긴하게 써먹기 위해 필요했을 뿐이다. 작은삼촌의 생일을 입력하니 역시나 화면이 열렸다.

"헐! 개~ 쩐다."

게임머니가 어느 틈에 1억 원을 훌쩍 넘어 있었다.

"진짜 돈을 이렇게 열심히 벌지……."

이다는 고스톱 게임 중 최고 레벨을 선택하여 게임을 시작했다. 고스톱을 칠 줄 몰랐지만 이다는 작은삼촌이 벌어 놓은 게임머니를 다 날려 버릴 심산이었다. 패가 돌았다. 이다는 게임의 승패에 상관없이 눈에 보이는 대로 패를 던졌다.

"헐."

신기하게도 아무렇게나 클릭을 하는데 패가 짝짝 붙더니 한 판

만에 300만 원을 땄다. 다음 판도 클릭 세 번만에 고-스톱 선택 버튼이 떴다. 이다는 무조건 고를 선택했다. 몇 번 더 클릭을 하니 팡파르가 울리면서 쓰리고 성공을 요란하게 축하하는 화면이 떴다. 두 번째 판에서 이다는 500만 원의 판돈을 쓸었다. 미다스의 손이 강림한 듯 계속되는 게임에서 패를 던지는 족족 판을 쓸었다. 순식간에 게임머니가 1억 5000만 원을 돌파했다.

"돈 벌기 참 쉽네."

연거푸 돈을 잃은 상대방이 대화창에 '쓰ㅂ'을 남기고 사라졌다. 잠시 후 '까꿍' 소리와 함께 '천안미녀'라는 닉네임을 가진 상대가 입장했다. 천안미녀는 곧바로 대화창에 글을 올렸다.

천안미녀 : 피카소 님 반가워요.

웬 피카소? 그러고 보니 작은삼촌의 닉네임이 피카소였다. 피에타에 피카소에 참으로 피 씨 집안다운 전통이었다. 이다는 삼촌을 대신하여 대답했다.

피카소 : 넹. 방가방가.
천안미녀 : 오늘 기분이 좋으신가 봐요.
피카소 : 왜요?
천안미녀 : 평소 안 쓰시는 방가방가를 해서요.
피카소 : ㅋ ㅋ

천안미녀 : 작품은 잘되나요?

작품? 작은삼촌이 또 거짓말로 허풍을 떤 게 틀림없었다.

피카소 : 네, 그저.
천안미녀 : 이번 소설 나오면 꼭 연락주세요. 제가 손꼽아 기다리고 있어요.

"증말 소설을 써요, 소설을……."
이다의 입에서 혼잣말이 튀어나왔다. 이다는 장난기가 발동해 대화를 이어갔다.

피카소 : 네 그러죠. 지금 구상 중인 다음 소설은 천안미녀 님을 주인공으로 하고 싶어요.
천안미녀 : 정말이세요?
피카소 : 그럼요. 한번 뵙고 싶네요.
천안미녀 : 그렇지 않아도 다음 주에 서울 가는데 연락드릴까요?
피카소 : 좋죠. 그런데 천안미녀 님 진짜 미녀 맞아요?

갑작스런 질문에 천안미녀가 당황했는지 대답이 올라오지 않았다.

피카소 : 저는 눈이 높아서 미녀만 상대하거든요. 키는 165 이상 몸무게

는 45 미만.

천안미녀 : 장난하세요? 오늘 좀 이상하시네요.

피카소 : 지금까지 장난인 거 몰랐나요? 바보 아니야?

천안미녀 : 그럼 지난번에 음악 선물과 시 써서 보내 주신 것도 장난인

가요?

피카소 : 혹시 하늘이 두 쪽 나도/감쪽같이/만날 사람 있고. 그 시 말인

가요?

천안미녀 : …….

피카소 : 왜 충격 먹었나요? 그냥 게임일 뿐인데 선수끼리 뭘 그 정도 가

지고 ㅋㅋ

– 천안미녀 님이 퇴장하셨습니다. –

거실에서 떠드는 소리가 들렸다. 저녁 열 시가 막 지난 시각. 가족회의라도 열리는지 초저녁부터 할머니와 두 삼촌의 웅웅거리는 대화가 이어지더니 엄마 피일자 씨까지 통통거리는 발소리를 내며 들이닥쳤다.

"엄마가 이렇게 일찍 웬일이야?"

습관적으로 방문을 열고 눈도장을 찍은 피일자 씨는 이다의 말에 대답도 없이 방문을 닫고 거실 대화에 끼어들었다.

"이자는 언제 온다카나?"

"이자 개까지 뭐 하러 불러."

할머니 말에 두 삼촌이 동시에 토를 달았다.

"헛소리 말래이. 출가외인이라꼬 자슥아이가?"

호랑이도 제 말 하면 온다더니 반석연립 마당에서 이자 이모의 목소리가 들렸다.

"나도 반석연립에 주차할 권리가 있어요. 302호가 우리 엄마 집 이라구요."

잠시 후 계단을 딛는 소리가 들렸다. 엄마의 발소리가 통-통-통 이라면 이자 이모는 투구-투구-투구 하고 육중한 소리를 낸다. 이모의 목소리를 듣는 순간 이다의 머릿속에는 계산기가 돌았다. 지난 명절 이후 몇 달 만이니까 오늘 이모가 주는 용돈은 최소 5만 원은 될 것이다.

"엄마, 나 왔어."

이모를 반갑게 맞은 사람은 할머니였고 엄마와 두 삼촌은 시큰둥한 목소리로 "왔냐" 하고 말했다.

"이다는?"

이다의 방문이 벌컥 열리고 넓적한 토종 두꺼비 형상을 한 중년 여성의 얼굴이 문틈을 채웠다.

"어머! 이다 지집애 이뻐졌다 애!"

이모와 조카 사이의 상투적인 인사말이 오가고 예상했던 대로 이모의 지갑이 열렸다. 웃는지 우는지 모를 떨떠름한 표정의 신사임당이 이다의 손에 쥐어졌다.

"고마워, 이자 이모."

"얘! 내 이름은 이자가 아니라 리자라고 했지? 앞으로 이자라고 부르면 용돈 없을 줄 알어?"

"알았어. 리자 이모."

이모 말대로 두음법칙을 따라 성과 붙여 부를 땐 피이자가 아니라 피리자가 타당할 수도 있다. 하지만 성을 떼고 이름만 부른다면 '리자'가 아닌 '이자'가 두음법칙에 부합한다. 여하튼 이모식 문법에 의하면 성을 붙이나 떼나 '이자'가 아닌 '리자'로 불러야 옳다. 그렇다면 엄마의 이름도 피일자가 아니라 피릴자가 되어야 하는데 그건 좀 어색하다. 하긴 리자라고 불렀을 때 용돈을 얻을 수 있는 실질적인 이익이 있는데 군이 '이자'를 고집할 이유는 없다.

'이자'가 주는 어감이 어쩐지 야박하고 소갈머리 없어 보이는 반면, '리자'는 모나리자 혹은 엘리자베스테일러의 애칭인 '리즈'를 연상케 하여 우아한 여성을 떠올리게 한다. 물론 객관적으로 보자면 토종 한국인의 얼굴을 한 이모에겐 리자보다는 이자가 더 어울리지만 말이다. 당연한 일이지만 이다를 제외하고 이자와 리자 사이에 이해관계가 없는 다른 가족들은 이모를 리자로 부르지 않는다.

"나도 이름을 '이다'에서 '리다'로 바꿔야 하나?"

그럴 순 없다. 무한한 가능성을 내포하고 있는 '이다'와는 달리 '리다'를 이름으로 쓰는 순간 무한했던 가능성이 급격히 축소되고 만다. '~이다' 앞에는 무엇이라도 올 수 있다. 대통령이다, 사업가이다, 짱이다, 대박이다, 좋이다. 하지만 '~리다' 앞에 올 수 있는 것들은 그리 많지 않다. 졸리다, 쓰리다, 꼴리다. 암튼 이다는 '이다'라는 자신의 이름을 바꾸고 싶지 않았다.

이다는 리자 이모에게 받은 돈을 보관하기 위해 햄릿을 호출했다. 그때까지만 해도 햄릿에게 무슨 일이 벌어졌는지는 상상도 하지 못했다. 햄릿은 평소와 마찬가지로 과묵한 표정으로 책꽂이를 빠져나왔다.

그런데…… 봉투를 여는 순간 조금 얇아진 느낌이 들었다. 역시나 신사임당이 그려진 5만 원권 두 장이 부족했다. 두 번 세 번 세어 보아도 결과엔 변함이 없었다. 새로 출시된 아이패드를 사기 위해 차곡차곡 모아 놓은 돈이었다.

"이런 씨발!"

반석연립이 무너져라 소리를 지르고 싶을 만큼 열불이 끓어올랐다. 하지만 이다는 가슴을 쓸어내리며 잠시 흥분을 가라앉히고 지금의 상황을 추론하기 시작했다. 우선 봉투가 통째로 없어지지 않고 교묘하게 속에 든 지폐 두 장만 감쪽같이 사라진 것으로 보아 외부인의 소행은 아니다. 가족 중에서 햄릿의 비밀을 알고 있는 유일한 사람은 엄마 피일자 씨. 설마 자기 딸에게 준 용돈을 몰래 훔쳐 가는 엄마가 있을까? 아니다, 범인은 전혀 예상하지 못한 인물인 경우가 많다. 예전에도 은행에서 돈을 못 찾았다는 핑계로 이다의 지갑을 뒤지다 들킨 적이 있지 않은가. 이다는 피일자 씨를 용의선상에 올렸다.

이어서 떠오른 인물은 큰삼촌이었다. 10년째 실업자, 늘 이다의 군것질거리를 껄떡거리는 껄떡쇠, 틈만 나면 사람을 가리지 않고

'1,000원만'을 입에 달고 사는 인간, 하지만 입때껏 큰삼촌이 도둑질을 한 적은 없었는데. 아니다, 옛말마따나 성인군자도 3일을 굶으면 남의 집 담을 넘는다고 하질 않던가. 게다가 이 집안에서 햄릿을 꺼내 볼 가능성으로 치자면 가방끈이 가장 긴 큰삼촌이 제일 유력했다.

작은삼촌? 이 인간이야말로 매우 의심스럽다. 등판에 용 문신과 더불어 왼쪽 어깨에 '착하게 살자'라고 새겼지만 평생을 그와 반대로만 살아온 인간이다. 그런데 폭력 전과는 있어도 도둑질로 말썽을 부린 적은 없는데…….

그렇다면 할머니? 집안 청소를 하는 유일한 사람이 할머니이고 보면 용의자에서 제외할 대상은 아니다. 몇 달 만에 찾아온 이모는 당연히 아닐 거고. 생각할수록 머리가 복잡해졌다. 떠오르는 얼굴마다 의심스러운 구석이 한두 가지는 있었다.

"복덕방 정 씨 말이 진즉부터 집값이 널뛰기를 했단다."

"재개발이 확정되면 더 오를 거야."

"지금이 상한가라고 봐야 돼. 재개발 조합 생기고 나면 거품이 빠지게 되어 있어."

"이번 기회에 팔아 버리고 이 동네 뜨자고."

거실에서는 온갖 말들이 난무하고 있었다. 이다는 햄릿을 들고 조용히 거실로 나섰다. 대화에 열을 올리고 있는 가족들은 이다의 등장을 눈치 채지 못했다. 역시 충격요법으로 정면 승부를 거는 게 필요했다. 이다는 햄릿을 번쩍 들어올렸다. 그리고 가족들이 둥그렇게 모여 앉아 생긴 빈 공간에 햄릿을 냅다 집어던졌다.

햄릿은 앞쪽으로 쏠리며 바닥에 메다 꽂혔다. 책 표지에 큼직하게 박힌 셰익스피어의 표정이 이런 모욕은 태어나 처음이라는 듯 고통스럽게 일그러졌다. 놀란 가족들의 눈이 하나같이 동그래지며 이다에게 모였다.

"우리 집에 쥐새끼가 있어!"

이다는 순식간에 가족들의 얼굴 표정을 살폈다. 다들 뜬금없다는 표정이었지만 유독 작은삼촌의 표정이 0.1초 정도 흔들렸다.

"쥐새끼? 그게 무슨 소리야?"

피일자 씨가 눈을 동그랗게 뜨며 입을 열었다.

"쥐새끼가 내 돈을 훔쳐 갔어."

"뭐야. 그럼 여기 쥐새끼가 있다는 거야?"

큰삼촌 피일남 씨가 핏대를 높였다. 아마도 야동 때문에 이다에게 변태로 몰린 일을 만회하기 위해 호들갑을 떠는 것 같았다.

"그래! 여기 쥐새끼가 있어. 그게 누군지는 쥐새끼 자신이 알 거야."

가족들이 웅성거리며 서로의 얼굴을 살폈다.

"씨끄럽데이."

할머니의 카랑카랑한 목소리가 울리자 모두 입을 다물었다.

"이기 무신 개지랄이고. 어린 가시나가 버르장머리 읎게 어따 대고 쥐새끼를 씨부렁대노!"

이다는 기가 막혀 말이 나오지 않았다. 쥐새끼가 누구인지 밝히기는커녕 오히려 쥐새끼를 감싸고 있는 할머니가 이해되지 않았다.

"엄마는 왜 이다한테 난리야? 돈 훔쳐간 범인을 잡아야지."

피일자 씨가 잠시 끼어들었지만 서슬이 퍼런 할머니의 표정에 곧바로 꼬리를 내렸다.

"씨부랄놈의 피 씨 집안 종자들아! 내 혀 깨물고 디비져 죽는 꼴 볼래?"

할머니는 역시 종결자였다. 그 한마디에 가족들 모두 고개를 숙였다. 이다도 예외는 아니었다. 다만 그 와중에도 이다는 눈알을 빠르게 돌리며 가족들의 표정을 살폈다. 잠깐 흔들렸던 작은삼촌 피이남 씨의 표정은 평상시처럼 되돌아와 있었다. 큰삼촌은 다소 뜨악해하는 표정이면서도 왠지 불안감을 숨기고 있는 듯했다. 고개를 숙이면서도 입을 삐죽 내민 엄마 피일자 씨는 뭔가 하고 싶은 말을 참고 있는 것처럼 보였다. 이모 피이자 씨는 할머니의 옆얼굴을 곁눈질로 힐금거렸다. 할머니를 제외하곤 모두 의심스러운 표정이었다.

"이다, 니 이리 온나!"

할머니가 이다를 불러 앞에 앉혔다.

"깜냥이 안 돼도 어른은 어른인기라. 어른들한테 뭐 쥐새끼? 아무리 애비읎이 자랐다꼬 이래 버릇이 읎으가 으짤기고? 당장 사과해라!"

"......"

"사과 몬 하나!"

"......"

"몬 하나!"

"내 돈이 없어졌는데 왜 나한테 그래. 씨발!"

이다가 벌떡 일어서며 소리를 지르더니 방으로 들어가 방문을 거칠게 닫았다. 방문을 얼마나 세게 닫았는지 반석연립 전체가 울릴 정도였다.

"뭐 씨발? 저 년이!"

"놔둬라!"

방으로 이다를 쫓아 들어가던 피일자 씨가 할머니의 외마디에 멈칫 굳었다.

"누구를 탓하겠노. 모다 박복한 내 팔자 탓이제. 아이고! 쥐새끼 똥구멍만도 못한 내 팔자야. 사내 복 없는 년이 새끼는 넷씩이나 내질러 갖고⋯⋯ 아이고! 개새끼 똥구멍만도 못한 내 팔자야⋯⋯."

할머니의 신세타령이 시작되었다. 피 씨 사남매는 끽소리도 내지 못하고 기나긴 똥구멍 타령을 들어야 했다. 할머니의 타령은 '아이고! ○○새끼 똥구멍만도 못한 내 팔자야⋯⋯'를 후렴구로 하여 일평생 겪어 온 기구한 사건들이 연대기 순으로 나열된다. 물론 사연과 사연 중간에 '아이고! ○○새끼 똥구멍만도 못한 내 팔자야⋯⋯'라는 후렴은 빠지지 않았다.

"아이고! 빈대새끼 똥구멍만도 못한 내 팔자야⋯⋯ 큰아들놈 서울대학 붙었다고 동네방네 춤을 추고 난리 법석을 쳤으면 뭐하겠노 데모하다 가막소에 기 드르가 집안 살림 다 털어 묵고⋯⋯ 아이고! 독새끼 똥구멍만도 못한 내 팔자야⋯⋯ 큰아들놈 나오니 또 헛

지랄이라 이번엔 작은놈 바통 받아 또 경찰서를 제집처럼 드나 드
니라…….."

할머니의 신세타령은 쉬지 않고 이어졌다. 구구절절 구성지게 이
어지는 마디가 판소리 명창의 동편제 한마당에 못지않으니 판소리
버전으로 압축해 보자면 다음과 같았다.

"큰딸년 일자가 근본도 모르는 놈팽이를 만나 덜컥 애를 낳았으
니 그 자식이 바로 이다라, 처녀가 애를 낳아도 할 말이 있다더니
큰딸 일자년 거동 보소, 제 자식 건사할 생각은 아니하고 오뉴월 망
아지마냥 밖으로만 나도니 박복한 내 팔자야. 어린 손주 새끼 똥 기
저귀 빠는 상팔자가 되었구나…….."

이다의 출생과 양육의 고통스러운 과정까지 이르러 할머니의 대
서사시 혹은 판소리 완창이 끝났다. 그 자체로 가족의 역사요, 실록
이라고 할 수 있는 할머니의 타령은 무형 문화재 혹은 구비 문학으
로 보존할 만한 가치가 충분했다. 완창을 마치고 잠시 침묵이 흘렀
다. 할머니의 말이 떨어지기 전까지 그 누구도 입을 뗄 엄두를 내지
못했다.

"이다 나오라 케라!"

방에서 귀를 쫑긋 세우고 있던 이다가 피일자 씨의 손에 이끌려
쭈뼛거리며 거실로 나왔다. 여전히 입을 내민 모습이었다.

"단디 듣그레이. 쥐약 먹고 뒈지기 싫으면 내일 아침까지 훔쳐간
돈 여다 고대로 갖다 놓그레이."

할머니가 햄릿을 번쩍 들어 올렸다가 거실 한가운데 놓인 쟁반

위에 반듯하게 올려놓았다. 일그러졌던 셰익스피어의 표정은 다소 회복되었으나 온갖 수모를 당한 때문인지 그새 팍삭 늙어 버린 것 같았다.

"만일에 원상복구 안 해노면 …… 콱! 콩나물국에다 쥐약 풀어서 다들 먹고 뒈지는기라."

쥐약을 푼다는 말에 모두들 기겁을 하며 코 평수를 넓혔다.

"이다 니도 잘한 거 하나 없데이. 자고로 훔친 놈도 나쁘지만 지 물건 단디 못한 놈도 매한가지인기라."

토를 달고 싶기도 했지만 이다는 입을 다물고 고개를 조아렸다.

"벌써 이리 됐나? 이자 니는 퍼뜩 니 집으로 가고 나머지는 들어 가 디비 자그래이."

벽에 걸린 시계를 보며 할머니가 자리를 파했다. 가족들 모두 할머니의 기에 눌려 느릿느릿 비척거리며 일어서기 시작했다. 하지만 뒤처리를 하지 않고 화장실을 나서는 사람들처럼 찜찜한 기분은 어쩔 수 없었다. 도난 사건이 터지는 바람에 가족 회의 안건인 재개발 문제에 대해서 본격적인 얘기는 꺼내지도 못 했으니 그럴 만도 했다.

"엄마. 집은 어쩔 거야? 집값 올랐을 때 팔 건지 말건지 빨리 결정 해야지."

평소 할 말은 하는 성격인 이자 씨가 입을 열었다. 어쩌면 할 말은 하는 성격 때문이라기보다는 가족 중 피이자 씨가 집을 파는 문제와 가장 밀접한 이해관계가 있기 때문일 수도 있었다.

"야! 이자야, 너는 지금 그 얘기를 꼭 해야겠니? 엄마 심정 좀 생각해봐."(피일남)

"그래도 할 말은 해야지."(피일자)

"빨리 팔고 이 동네 뜨자니까."(피이남)

"이런 싸가지 없는 종자들, 콱!"

할머니의 고함 소리에 모두는 놀란 쥐새끼처럼 각자의 위치로 흩어졌다. 거실에 홀로 남은 할머니는 말없이 콩나물을 다듬기 시작했다.

다음 날 아침 피이자 씨를 뺀 다섯 식구는 좁은 식탁에 머리를 들이밀고 말없이 자기 몫의 콩나물국을 먹었다. 다행히 콩나물국에 쥐약이 섞여 있지는 않았다. 전날 밤 불 꺼진 반석연립 302호는 겉으로는 쥐죽은 듯 고요했지만 밤새 팽팽한 긴장감이 돌았다. 제 방에서 자는 체하며 밤을 꼬박 새웠던 이다는 누군가 방문을 조심스레 여닫는 소리를 들을 수 있었다. 이어서 도둑고양이 같은 발소리도 들렸다. 전부 네 번이었다. 아침에 가장 먼저 자리에서 일어난 이다는 거실에 홀로 남아 고독한 밤을 보낸 햄릿을 집어 들었다. '죽느냐 사느냐 그것이 문제로다' 햄릿은 당장이라도 죽고 싶은 얼굴로 그렇게 말하고 있었다. 이다는 생사의 기로에 선 햄릿처럼 비장한 심정으로 책갈피를 열었다. 햄릿은 평소 이다가 가장 존경하는 신사임당을 서로 다른 책갈피 사이에 각각 두 분씩 자그마치 여덟 분이나 품고 있었다.

"됐나?"

"응."

안방 문을 열고 나오는 할머니의 물음에 이다가 대답했다. 할머니는 말없이 돌아서서 콩나물국을 식구 수에 맞춰 퍼 담았다.

핸디캡 원리

"공작새처럼 길고 거추장스러운 꼬리를 가진 수컷은 불편한 꼬리를 가지고 있음에도 불구하고 아직 천적에게 잡아먹히지 않고 살아 있을 정도로 완강하고 남성다운 수컷이라고 선전하고 있는 것이다.*"

낭랑한 목소리로 책을 읽어나가던 게바라가 눈을 들었다.

"공작새나 꿩의 수컷인 장끼는 화려한 꼬리를 가지고 있어. 그뿐 아니야 암탉과 수탉을 비교해 봐도 알 수 있지. 조류뿐만 아니라 다른 동물들에게서도 비슷한 현상을 발견할 수 있는데 가령 사자를 봐도 수사자는 화려한 갈기털을 가지고 있는 반면 암사자는 상대

---

* 『이기적 유전자』(리처드 도킨스, 을유문화사)

적으로 수수한 모습이지. 왜 그럴까?"

"……."

게바라의 질문에 아무도 대답하지 않았다. 하지만 게바라의 목소리는 평소 수업 때와는 달리 힘이 넘쳤다. 아마도 학생 한 명이 더 늘었기 때문일 것이다.

"수컷 공작새나 장끼가 화려한 꼬리를 달고 다니면 독수리 같은 포식자에게 눈에 잘 띄어 잡아먹히기 쉬울 텐데 왜 그렇게 진화했을까?"

"암컷한테 멋있게 보이려구요."

지금까지 이런 일은 없었다. 뭔가 이상했다. 놈이 뭘 잘못 먹었나? 이다는 진우의 얼굴을 살폈다. 잘못 먹은 얼굴은 아니었다. 오히려 불그스레 혈기가 도는 게 기운이 넘쳐 보였다.

"좋아! 모든 생명체의 목적은 자신의 유전자를 널리 퍼뜨리는 것이라고 했지. 그럼 암컷의 입장에서 어떤 상대 수컷을 만나는 게 유리할까?"

"좋은 유전자를 가진 수놈이요."

역시 진우가 대답했다. 정말 이상한 일이었다. 이다는 진우의 이런 모습을 도저히 이해할 수 없었다.

"그래, 진우 말대로 암컷은 당연히 건강한 유전자를 가진 수컷을 만나는 게 자신의 유전자를 널리 퍼뜨리는 데 유리해. 그렇다면 반대로 수컷의 입장에서 암컷의 선택을 받으려면 자신의 유전자가 건강하다는 것을 보여줄 필요가 있을 거야. 자신이 강하고 우월하다는 것을 보여줄 수 있는 방법이 바로 공작이나 장끼의 긴 꼬리라는 거야. 독수리 같은 천적에게 눈에 잘 띄는 불편한 꼬리를 가지고 있으면서도 지금까지 잡아먹히지 않고 살아남았다는 것은 그만큼 자신이 강하다는 것을 증명하는 게 될 테니까 말이야. 그건 사람도 마찬가지야. 주로 남자들이 여자 앞에서 괜히 허풍 떨기를 좋아하잖아. 싸움도 못하면서 센 척한다든지. 아는 것도 없으면서 잘난 척한다든지. 이것을 핸디캡 원리라고 해."

이다의 귀에 게바라의 말이 들어올 리가 없었다. 이다는 진우의 행동을 유심히 살폈다. 우려했던 대로 놈의 고개가 이다가 앉은 오른쪽이 아니라 대각선 왼편으로 돌아가 있었다. 그곳에 오늘 새로 등록한 여학생이 앉아 있었다.

"가령 조폭 영화를 보면 깡패들이 싸우기 전에 병을 깨서 자신의 팔을 긋는 장면이 있어. 자기 팔에 상처를 내는 것은 싸움을 하는 데 결코 유리하지 않지만 그 모습을 지켜본 상대방은 겁을 먹고 움츠러들게 되지. 이것도 핸디캡 원리로 해석할 수 있는 거야."

"오토바이 폭주족이 개폼 잡는 것도 핸디캡 원리인가요?"

이다가 느닷없이 질문하자 진우가 얼굴을 살짝 일그러뜨렸다. 질문의 저의를 모르는 게바라는 적극적인 수업 참여라고 생각했는지 신이 나서 설명을 이어 갔다.

"그렇지. 오토바이 폭주족들이 머플러를 개조해서 일부러 요란한 소리를 내는 것이나 돈도 없으면서 여자 친구 앞에서 폼 잡고 카드 긁었다가 빚 갚느라고 몇 달씩 고생하는 것도 일종의 핸디캡 원리에 따른 행동이라고 할 수 있어."

진우의 표정이 조금씩 굳어지기 시작했다. 물론 게바라가 놈을 콕 집어 예로 삼은 것은 아니었지만 도둑이 제 발 저리는 격이었다.

"그런데 인간은 다른 동물과 달리 여성에게도 핸디캡 원리가 강하게 작용해. 여성들이 화장을 하고 성형 열풍에 휩싸이고 명품으로 치장하는 것도 그중 하나지."

이다의 머릿속에 잠시 엄마 피일자 씨가 떠올랐으나 그닥 신경쓸 일은 아니었다.

"그것은 인간의 특성 가운데 하나라고 할 수 있는데, 그 이유는 남성 중심적 사회를 이뤄 온 역사에서 찾을 수 있을 거야. 남성들이 권력을 가진 사회에서 여성은 생존하기 위해 권력을 가진 남성의 선택을 받아야 할 필요가 있었고 이를 위해 화장술과 같은 능력을 발달시킨 것이지. 그러니까 인간의 경우 여성에게 나타나는 핸디캡 원리는 생물학적 본능이라기보다는 사회적 본능이라고 할 수 있어."

"사회적 본능이 뭐예요?"

예은이라고 했던가? 오늘 처음 온 여학생이 질문했다. 이다는 들리지 않게 작은 소리로 콧방귀를 뀌었다. 목소리도 그렇고 내용도 그렇고 질문의 수준이라니……. 그런데 이건 무슨 상황인가. 게바라야 그렇다 치고 진우 놈의 표정이 가관이었다. 초딩 수준의 질문을 한 예은이를 바라보는 놈의 눈길이 마치 스타 연예인이라도 만난 것처럼 반짝였다. 어이가 없었다.

"인간을 사회적 동물이라고 하잖아. 즉 집단을 이루어 사는 인간의 특성 때문에 집단에 적응하는 과정에서 만들어진 본능이란 의미야. 가령 먹는 행위 자체는 생물학적 특성이지만 힘이 센 순서로 먹거나 나이 순서에 따라 먹는 것은 사회적 관습이라고 할 수 있어. 이러한 관습이 오랫동안 계속되다 보면 거의 본능처럼 자리 잡게 되는 거야. 그런 의미에서 사회적 본능이라고 해."

"잘 알겠어요."

가증스러운 것. 이다는 속으로 예은이의 '잘 알겠어요'를 흉내 내어 보았다. 팔뚝에 닭살이 돋았다.

"물론 진화론적 관점으로 인간의 모든 특성을 해석하는 것은 옳지 않을뿐더러 때론 위험할 수도 있어. 하지만 그동안 풀 수 없었던 인간 행위의 특성을 추론하는 데는 큰 도움을 얻을 수 있지."

예은이라는 계집애는 생글거리며 게바라의 말에 연신 고개를 끄덕였다. 그걸 바라보는 진우 놈의 입이 찢어졌다. 그 꼴을 보는 이다는 놈의 입에 손가락을 넣어 쫙 찢어 버리고 싶은 심정이었다.

"남성들은 대체로 여성에 비해 허풍 떨기를 좋아하고 자신의 능력을 과장하는 특성이 있잖아. 이걸 진화론으로 설명한다면 자신의 유전자가 우월하다는 것을 과시하기 위한 것으로 볼 수 있어. 반면 여성들은 종종 자신의 속마음을 숨기지. 이는 남성들의 과시 행위가 진짜인지 아니면 허풍인지를 판단하기 위한 고도의 전략이라고 할 수 있어. 같은 인간이면서도 남자와 여자의 특성이 이렇게 다른 것은 서로 자신의 유전자를 퍼뜨리는 방법이 달라서야. 순수하게 생물학적으로만 보자면 남자는 가급적 많은 여자를 만나서 자신의 유전자를 퍼뜨리는 게 유리하지만 여자는 직접 자식을 낳아야 하기 때문에 즉, 자신의 유전자를 퍼뜨리는 데 남자보다 더 많은 희생을 해야 하기 때문에 매우 신중할 필요가 있어. 일반적으로 모성애가 부성애보다 강한 이유도 이 때문이라고 할 수 있지."

이다는 게바라의 설명을 곁귀로 흘려 버리며 곁눈질로 예은이의 옆얼굴을 유심히 뜯어보았다. 아무리 뜯어보아도 이다의 눈엔 전혀 예쁜 구석이 보이지 않았다. 얼굴색이 환한 게 도드라지긴 했지만 가만히 보니 얼굴 전체에 비비크림을 바른 게 분명했다. 예은이는 핸디캡 이론을 배우기도 전에 스스로 알아서 실천하고 있는 것이었다. 수업이 끝날 때까지 이다의 시선은 예은이와 진우를 번갈아가며 왕복했다.

"야, 조진우. 나 오토바이 태워 줘."

수업이 끝나고 1층으로 내려가는 도중에 이다는 일부러 예은이가 들으라는 듯이 큰 소리로 말했다.

"어머! 너 오토바이 타고 다니니? 재밌겠다. 나도 태워 줘."

이다는 예은이가 이렇게 나올 줄은 예상치 못했다. 정작 당황한 것은 진우였다.

"으응. 근데……."

오토바이를 앞에 두고 진우는 난감한 표정을 지으며 말을 더듬었다.

"그, 그런데 보조 헬멧이 하나밖에 없는데…… 뒷좌석에 두 사람이 타기엔 좁기도 하고."

"내가 탈 거야."

"나도 탈 거야."

예은이는 보기보다 만만찮은 상대였다.

"좋아, 다 같이 가자."

강바람은 여전히 차가웠지만 며칠 전 감기를 몰고 왔던 찬바람에 비한다면 견딜 만했다. 혼다 오토바이 미라쥬 로드원은 지난번과 똑같은 코스를 달렸다. 시내를 벗어나 강변을 따라 동쪽으로 달려 나가 남한강을 만나면서 속도를 냈다. 하지만 세 사람을 싣고 달리기엔 조금 버거웠던지 요란한 엔진음에도 불구하고 제 속도를 내지는 못했다. 맨 뒤에 앉은 예은이가 이다의 허리춤을 세게 조여 안았다. 이다의 허리를 감싸 안은 예은이의 팔이 심하게 떨고 있었다.

"진우야 달려!"

떨고 있는 예은이에게 겁을 줄 필요가 있었다. 이다가 소리를 질렀다. 엔진 소리가 더 요란하게 울리더니 오토바이가 속도를 높였다. 얼마 지나지 않아 예은이의 몸이 부들거리며 경련을 일으켰다. 이만하면 예은이가 제풀에 떨어져 나갈 것 같았다. 오토바이가 속도를 내자 헬멧이 덜컹거리며 흔들렸다. 턱끈을 바싹 조이고 버클을 단단히 채웠는데도 진우가 쓰던 헬멧이 너무 커서 절구질하듯 이다의 머리통에 자꾸 부딪쳤다. 예은이의 팔이 더 세게 이다의 허리를 조여 왔다.

"야! 예은이라고 했지. 너 진우한테 꼬리 치지 마!"

휴게소에 도착해 진우가 커피를 사러 간 사이 남한강을 내려다보고 있는 예은이에게 이다가 말했다.

"꼬리? 나 꼬리 없는데."

"알랑거리지 말라구."

"쟤가 네 보이프렌이니?"

남친이라는 말 대신 '보이프렌'이라고 말하는 예은이의 발음이 예사롭지 않았다.

"그래, 내 남친이다."

진우가 양손에 종이컵을 들고 그것도 모자라 입으로 종이컵 하나를 문 채 가까이 왔다. 만일 진우가 없었다면 이다는 예은이를 상대로 한바탕 붙었을지도 모른다. 진우는 이다와 예은이에게 커피를 건네고 자기 몫의 커피를 한번에 들이켜더니 헝클어진 머리칼을 쓸어 올렸다. 헬멧도 없이 맨머리로 바람을 맞은 탓에 길지 않은 머리칼이 산발이 되었다.

"오늘은 별로 안 춥다. 그치?"

"나는 너무 추웠어."

진우의 말에 예은이가 답했다. 이다의 눈에는 나약한 척 내숭을 떠는 모습으로 보였다.

"난 겨울이 처음이거든."

"뭐? 겨울이 처음이라고? 이상한 나라에서 온 앨리스라도 되니?"

이다의 목소리가 곱지 않았다.

"더운 나라에서만 살았거든."

예은이는 부모님을 따라 어릴 때부터 동남아시아 국가들을 옮겨 다니며 살다가 지난여름에 귀국했다고 한다. 베트남에서 유년기를 보내고 캄보디아를 거쳐 최근까지 태국 방콕에서 국제학교를 다녔다고 했다. 친구를 사귈 만하면 다른 곳으로 이사해야 했기 때문에 친구도 없다고 했다.

"부모님이 이혼하는 바람에 아빠 따라서 한국으로 온 거야. 한국 겨울이 이렇게 추운 줄 몰랐어. 그래도 좋아. 너희들과 친해지고 싶어."

"좋아, 우리 친하게 지내자."

진우가 대뜸 예은이의 말을 받았다. 조금 풀리려고 했던 이다의 마음이 다시 까칠하게 곤두섰다.

"야! 가자."

진우가 오토바이 시동을 걸었다. 진우 놈이 그렇게 나오지만 않았어도 이번엔 예은이를 앞에 태울까 생각했었다. 그러나 이다도 여자인지라 게바라의 말처럼 남성을 독점하려는 여성 특유의 진화적 특성을 벗어날 수 없었다. 이다는 오토바이에 올라타자마자 진우의 점퍼 속으로 손을 쑤셔 넣었다. 이다의 차가운 손이 뱃살에 닿자 놈이 흠칫 놀랐다. 이다가 일부러 손톱을 세워 진우의 허릿살을 꽉 끌어안자 놈의 뱃살에 오소소 소름이 돋았다. 곧바로 예은이가 이다의 등짝에 바짝 달라붙었다. 예은이의 점퍼가 얇아서 그랬는지 물컹한 가슴이 이다의 등에 밀착되면서 예은이의 양팔이 이다의 허리를 꽉 조여 왔다.

"야, 달려! 바람 끝까지!"

이다의 외침과 동시에 미라쥬 로드윈이 얼음으로 덮인 남한강변을 쏜살같이 달려 나갔다.

"달리고 달리고 달리고 달리고 달리고 달리고 달리고 달리고 달리고."

진우가 선창을 하자 마치 돌림노래처럼 이다와 예은이 따라했다. 세 사람은 서로 경쟁이라도 하듯 목청이 터져라 소리를 질렀다. 속도를 높일수록 허리를 감은 예은이의 팔과 뭉클거리는 가슴이 점점 더 조여 왔다. 이다도 그에 질세라 진우의 등짝에 가슴을 바싹 붙였다. 놈은 더욱 신이 났는지 액셀러레이터를 끝까지 당기며 소리를 질러댔다. 이다의 눈에 새파랗게 변하는 예은이의 맨손이 내려다보였다.

'그래, 한국의 겨울바람이 얼마나 매서운지 한번 당해 봐라.'

달리고 달리고 달리고 달리고 달리고 달리고 달리고 달리고 달리고.

달리는 오토바이 시트 위에서 세 사람은 서로의 몸을 하나로 만들어 강변을 정신없이 달려 나갔다. 세 사람 모두 얼마나 속도에 몰입했는지 뒤에서 사이렌 소리가 들리기 전까지 경찰차가 뒤를 쫓는지도 몰랐다.

"야, 짭새다. 어쩌지?"

"빨리 튀어!"

이다가 재촉하자 잠시 머뭇거리던 진우가 속도를 높였다. 예은이는 여전히 이다의 허리를 양팔로 꽉 조인 채 몸을 벌벌 떨고 있었다. 양수리에서 양평으로 이어지는 강변도로 위에서 스릴과 긴장감이 넘치는 추격전이 이어졌다. 진우가 액셀러레이터를 끝까지 당기자 혼다 미라쥬 로드윈의 엔진이 낼 수 있는 최대 출력을 토해냈다. 하지만 양수대교로 이어지는 직선 도로에서 경찰차를 따돌리기엔 역부족이었다. 뒤통수에 달라붙은 사이렌 소리는 점점 가까워졌다.

"정지! 정지하시오!"

경찰의 다급한 목소리가 스피커를 통해 흘러나와 뒤통수를 할퀴어 댔다. 진우는 양수대교 입구에서 급히 핸들을 오른쪽으로 꺾었다. 뒷좌석에 나란히 매달린 이다와 예은이의 몸이 휘청 기울었다가 반동을 받아 되돌아왔다. 진우는 두물머리 방향으로 급회전을 하며 오토바이를 거세게 몰았다. 곡예를 하듯 곡선 도로를 빠져나가자 경찰차와의 거리는 다시 멀어지기 시작했다. 이다의 허리를 끌어안은 예은이의 팔에서 심한 떨림이 전해졌다.

"무서워! 나 내려 줘!"

예은이가 울며 소리를 질러대기 시작했다.

"야! 징징대지 마."

이다가 짜증 섞인 목소리로 외쳤다. 진우는 좁다란 곡선 도로에서 더 속도를 높였다. 순발력에서 앞선 미라쥬 로드윈이 곡선 도로에서 경찰차를 따돌리는가 싶더니 직선 도로에 접어들면서 순식간에 따라잡혔다. 곡선 도로와 직선 도로를 반복하면서 쫓고 쫓기는 추격전은 한참 계속되었다. 두물머리를 돌아 양수리 일대를 한 바퀴 돌고 나자 경찰 사이렌은 더 이상 들리지 않았다.

"야! 짭새 따돌렸어. 그만 울어."

진우가 우쭐한 목소리로 소리쳤지만 예은이의 울음소리는 여전했다.

"야! 왜 따라와서 징징 짜구 난리야. 진우야! 오늘 재수 없다. 돌아가자."

오토바이는 서울 쪽으로 방향을 돌렸다. 양수리를 빠져나와 다시 사차선 큰길로 접어들어 양수대교에 막 진입했을 때였다. 큰길가에 대기하고 있던 경찰차가 곧바로 사이렌을 울리며 따라붙었다. 진우는 다시 액셀러레이터를 당겼다. 요란한 엔진음이 터졌다. 이다는 느슨하게 놓았던 팔에 다시 세게 힘을 주었다. 그런데 조금 이상한 느낌이 들었다. 예은이의 울음소리가 더 이상 들리지 않았다. 등 뒤에 찰싹 달라붙어 허리가 끊어져라 팔에 힘을 주던 예은이의 팔에 스르르 힘이 빠지면서 이다의 등짝이 허전해졌다.

"세워! 세워!"

이다는 진우의 허리를 잡고 있던 손을 빼내 뒤로 뻗었다. 예은이의 몸 전체가 순식간에 뒤로 넘어가고 있었다. 이다의 손끝에 예은이의 점퍼 자락이 간신히 잡히는 순간 오토바이가 급정거를 하며 몸이 공중으로 떠올랐다. 이다는 예은이를 끌어당기며 갓길로 몸을 던졌다.

날개를 펴고 몇 차례 허공을 저으니 몸은 쉽게 공중으로 떠오른다. 멀리 구름 위로 하늘빛이 출렁인다. 하늘을 나는 것이 이렇게 쉬운 줄 알았다면 진즉 날갯짓을 배웠어야 했는데……. 짧은 후회가 들었다. 천천히 조심스럽게 그러나 우아함을 유지하면서도 쉬지 않고 날개를 펄럭이자 몸은 점점 더 높이 더 빠르게 떠올랐다. 발 아래로 구름이 오리털 매트를 깔아 놓은 듯이 펼쳐지더니 대류권을 벗어나 성층권에 접어들자 몸은 새털보다 더 가벼워졌다. 지구 중력의 구속으로부터 완전히 벗어나고 있었다. 중력장의 경계는 매우 허술했다. 그저 가고 싶은 방향을 바라보는 것만으로 훌쩍 대기권을 넘어설 수 있었다. 이제 지구는 한낱 평범한 애드벌룬에 지나지 않는다.

한 계집아이가 등 뒤로 다가와 허리를 끌어안는다. 조금 간지러웠다. 그 아이는 떨고 있었다. 떨고 있는 계집아이의 손이 파랗게 변해 갔다. 그 손을 잡자 계집아이가 웃었다. 둥근 애드벌룬 주변에 버려진 인공위성들이 유령선처럼 떠돌고 있었다.

"너는 어느 별에서 왔니?"

계집아이의 떨리는 목소리가 귓가에 들려 왔다. 대답을 하고 싶었지만 입이 달싹거려지지 않는다. 대답 대신 손가락을 펴서 지구 모양의 애드벌룬을 가리켰다.

"네 손은 참 따뜻해 보이는구나."

계집아이는 손가락이 가리키는 지구 대신 불그스레한 손가락 끝을 바라보며 말했다. 허리를 감았던 계집아이의 팔이 매듭 풀린 끈처럼 스르르 빠져나가더니 허공에서 너울거렸다.

"이다야! 정신 차려."

눈을 뜨자 환한 조명이 눈을 찔렀다. 시야를 가렸던 안개가 걷히더니 서서히 초점이 돌아왔다. 마치 천정에 매단 풍선처럼 둥글 넙적한 두 얼굴이 이다를 내려다보고 있었다.

"이다가 눈을 떴어요."

"아이고 이다야……."

피일자 씨의 눈물이 이다의 뺨 위로 후두둑 떨어졌다. 게바라가 울고 있는 피일자 씨를 진정시키고 있었다. 도저히 현실감이 없는 광경이었다. 이다는 고개를 왼편으로 돌렸다. 나란히 놓인 침대에 이다와 마주보고 누워 있는 예은이의 얼굴이 보였다. 배시시 웃으며 한 손을 가볍게 흔드는데 다행히도 예은이의 손은 따뜻해 보였다.

"큰 충격이 아니어서 금방 괜찮아질 겁니다."

응급실 당직 의사의 말에 따르면 바닥으로 떨어지는 순간 잠시 정신을 잃었지만 헬멧을 쓰고 있어서 큰 부상은 입지 않았다고 한다.

"진우는?"

정신을 차린 후에야 진우의 행방이 궁금해진 이다가 입을 열었다.

"그놈 얘기는 하지도 마. 이게 다 진운가 뭔가 하는 놈 때문이야. 머리에 피도 안 마른 녀석이 오토바이 폭주족 짓이나 하고 다니고."

피일자 씨가 치를 떨면서 이다의 말을 막았다. 게바라를 통해 들은 이야기에 따르면 정황은 이렇다. 급브레이크를 밟는 순간 이다와 예은이는 공중으로 날아가 바닥에 떨어져 기절하고 진우는 아무 탈 없이 오토바이 위에서 멈추어 섰다. 이다가 예은이를 잡기 위해 손을 뒤로 빼지 않았더라면 이다 역시 오토바이에서 떨어지지 않았을 것이다. 하지만 그랬다면 예은이는 지금쯤 응급실이 아니라 영안실에 누워 있을지도 모르는 일이다.

현장에 들이닥친 경찰에 의해 이다와 예은이는 병원으로 이송되고 진우는 경찰서로 연행되었다. 처음 경찰의 단속 사항은 그리 심각한 것이 아니었다. 진우의 헬멧 미착용과 과속이 문제였지만 순순히 단속에 응했더라면 이렇게까지 심각한 일이 벌어지지는 않았을 것이다. 비록 진우가 무면허이기는 하지만 놈의 지갑에는 형 조진수의 면허증이 꽂혀 있지 않았던가. 그저 벌금 몇만 원 내면 아무 일 없이 지나갈 수도 있었다.

"나 때문이야. 진우 욕하지 마."

이다가 몸을 일으켜 침대에 걸터앉으며 피일자 씨를 노려보았다.

"어머, 어머, 얘 좀 봐."

피일자 씨가 이다와 게바라를 번갈아 쳐다보며 혀를 내둘렀다. 이다는 침대에서 일어나 신발을 찾아 신었다. 머리가 조금 어지러웠지만 걷는 데는 지장이 없을 것 같았다. 예은이도 이다를 따라 일어나 신발을 찾아 신었다.

"아직 좀 누워 있어야 돼."

게바라가 이다와 예은이를 말렸다.

"경찰서 가 봐야죠."

"진우는 벌써 아버지가 와서 각서 쓰고 훈방됐어."

"찌질이 새끼. 끝까지 조진수라고 우길 것이지."

이다의 입에서 자기도 모르게 욕이 튀어나왔다. 피일자 씨와 게바라 그리고 예은이는 서로 얼굴만 쳐다보았을 뿐 이다의 말에 아무도 대꾸하지 않았다.

게바라는 규정 속도를 정확히 지키며 차를 몰았다. 엔진에서 가래 끓는 듯한 소리가 들릴 정도로 낡아서 어차피 속도를 더 높일 수도 없을 것 같았다.

"최 샘 덕분에 잘 마무리 되어서 너무 다행이에요."

"아닙니다. 오히려 제가 죄송합니다."

핸들을 잡은 게바라와 조수석에 앉은 피일자 씨가 번갈아 고개를 돌려 서로의 옆모습을 바라보며 의례적인 인사를 했다.

이다는 어깨와 허리에 뻐근한 통증이 남아 있는 데다 차를 타니 다시 어지러웠다. 게바라의 소형차는 뒷좌석이 유난히 좁아 몸을 뒤로 기대려 하자 무릎이 앞좌석에 걸렸다. 진우 녀석이 아버지에게 끌려갔으니 앞으로 오토바이를 탈 기회는 없겠지. 경찰이 쫓아올 때 그냥 멈추라고 할 걸. 가뜩이나 어지러운 머리가 이런 저런 생각이 겹쳐 더 복잡해졌다. 이다는 생각을 털어 내고 눈을 감았다. 병원에서 깨어나기 전에 꾸던 꿈을 다시 꾸고 싶었다. 잠시 후 잠이 막 들려는데 왼쪽 어깨에 따뜻한 기운이 느껴졌다. 눈을 떠 보니 예은이가 이다의 어깨에 기대 잠들어 있었다. 예은이의 옆모습이 꿈속에서 만났던 아이를 닮아 있었다. 이다는 예은이의 손을 잡았다.

"고마워, 이다야. 너 아니었으면 난 죽었을 거야."

자는 줄 알았던 예은이가 작은 목소리로 소곤거렸다. 이다는 손에 힘을 주었다. 예은이의 가느다란 손이 가늘게 떨렸다. 다행히 차갑지는 않았다. 이다와 예은이는 다시 눈을 감았다.

"어머! 선생님도 원래 시인이시군요."

피일자 씨의 목소리에 이다는 잠을 깼다. 하지만 눈을 뜨지는 않고 두 사람의 대화를 곁귀로 들었다. 진우의 소식이 궁금해 전화라도 걸어 볼까 아니면 문자라도 날려 볼까 했지만 그만두었다.

"그게……. 시인은 아니고 그냥 문학청년인 셈이죠."

"호호호! 청년이요?"

"말하자면 작가 지망생이죠."

"그러시구나. 이다 아빠도 시를 쓰는 사람이었어요."

"그래요? 어쩐지 이다가 생각의 깊이가 남다르더군요. 글 솜씨도 뛰어나고요."

"그야. 최 샘 덕분이죠."

"최 선생이요? 아하! 예……. 별말씀을."

얼굴이 화끈 달아올랐다. 엄마 피일자 씨가 설마 '체 게바라'가 누군지 모를 줄이야. 인놀방에 등록하러 처음 왔을 때 '원장 겸 강사를 맡고 있는 체 게바라라고 합니다.'라는 인사말을 들었던 게 화근이었다.

"그럼 최 샘도 시를 많이 읽으셨겠네요. 저는 김소월 시인을 제일 좋아하는데……."

"저는 브레히트와 신동엽을 좋아합니다."

"브레이크와 신동…… 어머! 그 사람도 시를 썼나요?"

미칠 것 같았다. 도저히 들어주기 어려웠지만 이다는 계속해서 자는 체하는 수밖에 다른 도리가 없었다.

"이다 어머니. 저도 김소월의 시를 좋아합니다."

"정말이요? 최 샘! 우린 뭔가 통하네요. 혹시 이 시 아세요?"

"어떤 시요?"

"사실은 예전에 연애할 때 이다 아빠가 들려준 시인데요."

제발 그것만은 참아 주길 바랐다. 생각 같아서는 양손을 뻗어 앞 좌석에 앉은 피일자 씨의 입을 틀어막고 싶었다. 하지만 이미 피일자 씨의 감성이 철철 흐르는 목소리가 좁은 차 안에 울려 퍼지기 시작한 뒤였다. 그나마 그 시가 자작시라고 하지 않은 것을 다행으로 여겨야 했다.

"하늘 아래
 잃어버린 길 있고
 저지르고 싶은 일 있고
 돌이킬 수 없는 죄 있고

 하늘이 두 쪽 나도
 감쪽같이

만날 사람 있고."

이다의 온몸에 닭살이 돋았다. 식은땀도 송골송골 맺히기 시작
했다.

"아줌마 멋져요!"

아뿔싸, 자는 줄 알았던 예은이까지 감탄사를 던졌다.

"참 애절하고 아름다운 시네요."

게바라도 맞장구를 쳤다. 서울로 향하는 낡은 소형차 안에서 또
하나의 닭살 돋는 삼류 연애소설이 탄생하고 있었다. 이다의 이마
에서 식은땀이 주르르 흘렀다.

집에 도착했을 때 토종 두꺼비 유전자의 노화 단계를 보여 주듯
할머니와 두 삼촌은 나이순으로 서서 이다를 맞았다. 자신들의 유
전자를 후대에 남기기 위해서 이다가 반드시 필요한 존재라는 사
실을 새삼 깨달은 듯했다. 말을 건 사람은 아무도 없었다. 종결자
할머니조차 끙 하는 신음소리를 한 차례 내뱉었을 뿐 자기 방으로
들어가는 이다를 붙들지 못했다.

다음 날이 되도록 진우로부터 전화는 물론 문자 하나 오지 않았
다. 다음 날도 그다음 날도 마찬가지였다. 이다는 몇 번이나 휴대폰
을 들었다가 내려놓았다. 다음 수업 때 만날 수 있겠지 생각했다.
어쩌면 진우 녀석이 이번 기회에 그토록 찾고 싶었던 자신의 권리
를 찾았을지도 모른다는 생각이 들었다. 형 진수의 제대가 얼마 남
지 않았고, 놈이 그토록 원했지만 형 진수가 군대에 말뚝을 박을 가

능성은 지구가 반대 방향으로 자전할 확률보다도 희박했으므로 한 번은 겪어야 할 일이었다. 어린 시절부터 형과 비교되어 존재감을 상실했던 진우로서 이번 사건은 의도한 것은 아니었지만 자신의 존재감을 드러낼 수 있는 유일하면서도 효과적인 방법이었을지도 모른다. 비록 미라쥬 로드윈을 더 이상 탈 수 없더라도 짝퉁 조진수의 삶이 아니라 조진우가 자신의 존재를 찾기를 진심으로 바랐다.

며칠 뒤 진우는 인놀방 수업에 나타났다. 어울리지 않게 벙거지 모자를 쓰고 있는 것 외에는 사지가 멀쩡했다.

"어떻게 된 거야? 그 촌스러운 모자는 뭐구?"

"우리 집 짱한테 밀렸어."

강제로 삭발을 당하고 그걸 감추기 위해 어울리지도 않는 벙거지를 뒤집어 쓴 거였다.

"야, 너희들 나 아니었으면 지금쯤……."

이미 알고 있는 내용이 대부분이었지만 진우의 입을 통해 나오는 얘기는 훨씬 더 과장되어 있었다. 가령 오토바이가 멈추는 순간 자기가 몸을 날려 이다와 예은이를 붙잡고 갓길 쪽으로 방향을 튼 덕분에 뒤에서 달려오는 트럭을 간신히 피할 수 있었다거나, 헬멧을 이다와 예은이에게 양보하는 바람에 자신은 맨머리였던 터라 바닥에 떨어지는 순간 보통 사람 같으면 뇌진탕을 일으켰을 테지만 평소 운동으로 다져진 덕분에 낙법을 이용해 엉덩이와 허벅지로 충격을 흡수할 수 있었다고 했다.

그뿐 아니라 이다와 예은이가 실신했을 때 경찰이 쫓아오는 것을 보면서도 자신이 휴대폰으로 119에 출동을 요청했다는 것이다. 그 증거로 자신의 휴대폰에 찍힌 번호를 보여 주고 싶지만 아쉽게도 이번 일로 아버지에게 휴대폰을 압수당하는 바람에 그럴 수 없는 것이 안타깝다고 했다. 이다와 예은이를 응급차에 실어 보내고 경찰에 연행되었을 때 형 조진수의 신분증을 보여주며 끝까지 버티려고 했지만 자신이 희생하더라도 이다와 예은이의 가족에게 연락하는 일이 중요하다고 생각했기 때문에 자신의 신분을 밝히고 인놀방 게바라의 연락처를 경찰에 알렸다고 했다. 그 덕분에 게바라의 연락을 받은 이다의 엄마가 게바라와 함께 현장으로 달려갈 수 있었다. 마침 지방 출장 중이던 예은이 아빠는 현장에 올 수 없었지만 여하튼 이다와 예은이가 안전하게 집으로 돌아갈 수 있었던 것은 진우 자신의 희생과 현명한 판단 때문이라는 얘기였다. 과정상의 심각한 왜곡과 과장이 있었지만 결과적으로 진우의 말은 사실이었다. 사건의 본질을 근본적으로 왜곡한 것은 아니었으므로 그 정도의 공치사는 수컷 유전자의 본성으로 인정해 줄 만도 했다.

"진우야 그러면 네가 생명의 은인이구나."

진우의 평소 스타일을 아직 파악하지 못한 예은이가 놀라움과 고마움을 표현했다.

"야, 조진우. 뻥치지 마! 너 조진수라고 우기다가 신원 조회 때문에 들킨 거라던데."

"누, 누, 누가 그래?"

신분증에 찍힌 사진과 외모는 똑 닮았지만 그것만으로 경찰의 눈을 속일 수는 없었을 것이다. 경찰서에서 벌벌 떨며 더듬거리는 놈의 행동은 누가 보더라도 스물한 살의 명문대 학생 조진수로 보이진 않았을 터, 경찰이 신원 조회를 하자 곧바로 진짜 조진수는 현재 군 복무 중이라는 사실이 밝혀졌을 테고 조진수와 다섯 살 터울의 동생이 있다는 사실도 금방 드러났을 게 뻔했다.

"아무튼 남자 놈들 허풍은 알아줘야 돼."

이다는 더 이상 따지지 않았다. 어찌 보면 허풍과 과장은 남자라는 종족이 자신의 유전자가 우월하다는 것을 드러내기 위한 본능과 같은 것이니 본능에 충실한 진우를 나무랄 일은 아닐지도 모른다는 생각이 들었다. 비록 과장은 있었지만 놈의 말대로 그의 희생이 없었던 것은 아니다. 헬멧 미착용으로 가벼운 벌칙에 그칠 수 있는 일을 신호 위반, 속도 위반, 차선 위반, 경찰관 지시 불응, 무면허 운행, 신분증 도용에 의한 공문서 위조 등 무시무시한 범죄 혐의자가 되었으니 말이다. 만일 아버지의 재력과 사회적 지위가 없었다면 고등학교 입학을 포기하고 소년원에 입소하는 불상사가 벌어졌을지도 모른다.

그날 수업은 일종의 사고 후 뒤풀이로 채워졌다. 진우의 무용담이 한참 이어지고 그때마다 예은이의 감탄사가 뒤를 이었다. 게바라의 중간 정리가 이어지고 이다의 콧방귀가 간간히 섞였다. 인놀방 수업이 애초에 정해진 진도가 있는 것은 아니었지만 독서와 토론이라는 본래의 취지는 사라진 수업이었다. 아무튼 그날의 수업으로 그동안 지겹게 읽었던 유전자와 관련된 책 한 권은 끝낸 셈이었다.

"지난 세 번의 수업을 통해 우리 인간은 유전자의 명령을 받는 생존 기계라는 사실을 알았어. 모든 생명체는 유전자의 명령을 받아 행동하기 때문에 기본적으로 이기적인 성향을 가지게 돼. 그런데 경우에 따라서는 타인을 돕고 협력하는 것이 자신의 유전자를 널리 퍼뜨리는 데 더 유리하다는 것을 알게 되지. 바로 일개미와 일벌처럼 말야. 수업을 마무리하면서 한 가지 실험을 해 보자."

웬일인지 취침 각도에 들어야 할 진우는 고개를 곧게 편 채 시선을 게바라의 입에 맞추고 있었다.

"만일 어떤 자선 사업가가 진우에게 1억 원을 줬다고 가정해 보자. 그런데 그 1억 원을 혼자 다 가져서는 안 되고 옆에 있는 이다와 나누어 가져야만 해. 물론 이다에게 얼마를 떼어 줄 것인지는 진우가 결정할 수 있지. 그렇다면 진우는 이다에게 1억 원 중에서 얼마를 줄래?"

"만 원이요."

"고작 만 원? 그럼 9,999만 원을 진우 혼자 차지하겠다는 거네."

"네! 만약 이다가 아니라 예은이라면 한 10만 원쯤 줄래요."

"그럴 줄 알았어! 쪼잔한 새끼."

이다의 말에 한바탕 웃음이 터졌다. 어느새 셋은 농담을 받아줄 만큼 열려 있었다.

"그런데 이다는 진우가 나눠 주겠다는 제안을 거절할 수 있고 이다가 만일 거절한다면 진우도 그 돈을 받을 수 없는 조건이라면 어떨까? 즉 이다가 진우가 제안한 돈을 받는다면 자선사업가가 1억 원을 흔쾌히 주겠지만 이다가 안 받겠다고 한다면 자선 사업가는 진우에게 주었던 1억 원을 다시 빼앗아 자기 지갑에 넣는 거지. 그렇다면 진우야, 이다에게 얼마를 줄래?"

"그렇다면 큰맘 먹고 100만 원을 줄래요. 이다는 공짜로 100만 원이나 생기는 거니까 거절할 이유가 없잖아요."

"그렇다면 이다는 진우의 제안을 받아들일까 아니면 거절할까?"

뜬금없는 질문에 갑자기 대답이 나오지 않았다. 놈의 말대로 아무 노력도 없이 100만 원이 생긴다면 횡재하는 것이지만 가만히 생각해 보니 놈이 괘씸했다. 아무리 가정이지만 어차피 공짜로 돈이 생기는 건데 자기는 9,900만 원을 챙기고 나머지 100만 원만 주겠다니.

"저는 거절할래요."

진우가 의외라는 듯이 눈을 치켜떴다. 단순한 놈. 넌 아직 멀었어. 속으로 중얼거렸다.

"그래? 그렇다면 이다는 진우가 얼마를 제안해야 거절하지 않고 받아들이겠니."

"당연히 5,000만 원이죠 어차피 둘 다 공짜 돈이 생기는 건데 공평해야죠."

"그렇다면 예은이는 어때? 이다와 같은 상황에서 진우가 제안한 100만 원을 받아들이겠니?"

"저도 싫어요."

예은이가 이다를 보고 찡긋 웃으며 대답했다.

"그럼 내가 큰맘 먹고 1,000만 원 줄게. 됐지?"

"싫어, 안 받아!"

진우의 말에 이다와 예은이가 동시에 대답했다.

"진우야 그럼 다시 제안을 한다면 얼마 정도를 나눠 주겠니?"

"4,000만 원 정도요?"

진우가 조금은 불만스럽지만 어쩔 수 없다는 듯이 대답했다.

"그럼 이다와 예은인 어때, 진우의 제안을 받아들이겠니?"

"4,000만 원 정도라면 좋아요."

예은이가 대답하고 이다가 고개를 끄덕였다.

"지금 우리가 나눈 대화를 일명 최후통첩 게임이라고 해. 만일 사람이 완전히 이기적이기만 하다면 진우가 단돈 만 원을 제안했더라도 이익으로 받아들여야 옳겠지. 하지만 우리가 실험한 것처럼 이다와 예은이는 만 원이 아니라 1,000만 원이라는 이익을 포기하면서도 진우의 제안을 거절했어. 왜일까?"

"얄미워서요."

"그래. 이다의 말처럼 얄미워서 그런 거야. 달리 말하면 일종의 정의감이지. 1억 원을 공짜로 받았다면 적어도 그 중 40% 정도는 나누어야 한다는 생각이 무의식중에 있었던 거야. 그게 얄밉다는 말로 표현된 것이지. 그것은 인간이 진화하는 과정에서 자연스럽게 나타난 성향이기도 해. 즉 인간은 사회적인 동물이므로 자신의 이익만 생각하는 것이 아니라 다른 사람과의 공정한 협력이 필요하다는 것을 오랜 기간 동안 진화의 과정을 통해 익힌 거라고 할 수 있어. 인간의 본성 즉 자신의 유전자를 널리 퍼뜨리기 위한 이기적 성향을 실현하기 위해서 타인에 대한 배려와 협력이 필요하고 인류는 그것을 자연스럽게 익히고 발전시켜 온 것이지."

"그럼 진우는 아직 진화가 덜된 인간이네요. 자기 욕심만 챙기려고 했으니."

예은이의 말에 모두들 웃음을 터뜨렸다. 자칫 지루할 뻔 했던 수업이 조는 사람 없이 마무리되었다.

수업을 마치고 인놀방을 나서려는데 입구에서 익숙한 목소리가 들렸다.

"최 샘 계세요?"

느닷없는 피일자 씨의 등장에 이다의 얼굴이 붉어졌다.

"이다 어머니 어쩐 일로……."

"호호호……. 지난번에 감사 인사도 못 드리고 해서 오늘 식사라도 대접할까 해서요. 혹시나 수업 중이시면 어쩌나 했는데 마침 잘 됐네요."

진우와 예은이가 피일자 씨에게 인사를 했지만 이다는 당장 인놀방을 빠져 나가고 싶은 생각만 들었다.

"야! 내가 쏠게. 따라와!"

이다가 앞장서자 둘이 그 뒤를 졸졸 쫓았다. 어차피 한턱낼 생각은 하고 있었다. 엄마에게 묻어가면 돈은 아낄 수 있겠지만 브레히

트와 브레이크를, 시인 신동엽과 연예인 신동엽을 구분하지 못하는 엄마의 대화를 들으면서는 뭘 먹어도 소화가 될 것 같지 않았다.

"너희 엄마 미인이더라! 그치?"

맥도날드 빅맥 세트와 함께 나온 감자 칩을 입에 때려 넣으며 진우가 아부성 발언을 하자 빨대 두 개를 겹쳐 물고 콜라를 흡입하고 있던 예은이가 고개를 끄덕였다.

"나랑 안 닮았다는 얘기지?"

"아니, 너도 예뻐."

예은이의 말이 겉치레임을 알면서도 이다는 기분이 좋았다.

"내가 보기엔 가슴이 닮았더라."

본심인지 농담이지 진우가 염장을 지른다.

"조까라! 먹기나 해."

장미의 이름

봄이 왔다. 바람은 아직 차가웠지만 3월의 대지에는 연둣빛 물감을 닦아 낸 솜처럼 소리 없이 봄기운이 스몄다. 계절은 적지 않은 변화를 몰고 왔다. 이다와 진우 그리고 예은이는 정식 고등학생이 되었고 달랑 수강생 세 명으로 명맥을 유지하던 인놀방은 새 학기를 맞아 열 명이 넘는 학생들이 한꺼번에 등록했다. 덕분에 게바라의 입과 지갑이 동시에 찢어질 듯 벌어졌다.

진우는 미라쥬 로드윈의 액셀러레이터를 당기는 대신 삼천리 자전거 페달을 씨발-씨발 소리에 박자를 맞춰 밟아야 했다. 매서운 겨울 맛을 보면서 한국 생활에 적응한 예은이도 '존나' '조까라' 등의 한국 학생이라면 꼭 알아야 할 필수 용어를 제법 맛깔나게 내뱉을 정도가 되었다.

봄은 또한 많은 것을 바꿔 놓았다. 새로 뽑힌 여성 대통령이 취임을 하면서 큰삼촌은 더 이상 뉴스를 보지 않았다. 대신 연속극 마니아가 되어 하루 종일 배를 깔고 거실 바닥을 문대면서 드라마 속 시어머니 흉을 보았다. 작은삼촌은 오랜 실업자 생활을 청산하고 취업을 하게 되었는데 그게 모두 새 대통령 덕분이라며 큰삼촌 앞에서 너스레를 떨었다.

봄기운이 가져온 변화는 그것뿐이 아니었다. 반석연립을 비롯한 마을 일대에 꿈틀거리던 재개발 열풍이 본격화되기 시작했다. 골목마다 이삿짐 트럭이 줄지어 드나들고 여기저기 담벼락엔 붉은 페인트로 'X' '철거' 표시와 함께 해골 그림이 출몰했다. 재개발 조합에 취직한 작은삼촌도 간혹 나이 어린 똘마니들과 함께 붉은 락카통을 들고 다니며 담벼락에 수준 낮은 낙서를 해 대곤 했다.

봄비가 내렸다. 가장 순수한, 가장 봄비다운 비였다. 겨우내 까칠하게 말라 있던 것들이 봄비 덕분에 물에 적신 마른 오징어처럼 흐물거렸다. 지하철역에서 동네 입구로 이어지는 2차선 아스팔트길과 보도블록은 습기를 머금어 탄력을 되살려냈고 반석연립의 손바닥만 한 화단도 오랜만에 생기를 찾았다. 카페 피에타가 입주한 낡은 3층 건물도 은은히 젖었다. 부슬거리던 비가 초저녁이 되면서 안개비로 바뀌었다. 카페 피에타를 알리는 붉은색 필기체 간판이 안개비에 젖어 흡사 눈물에 번져 버린 편지처럼 희붐한 기억들을 피워 올렸다. 적어도 피일자 씨에게는 그랬다.

"가게로 오시라고 해서 최 샘께 실례가 된 게 아닌지 모르겠어요. 호호호!"

"별말씀을요. 저도 이런 곳 좋아합니다. 분위기도 우아하고 음악도 좋고 마침 비가 와서 더 좋은데요."

"호호호! 최 샘께서 그렇게 봐 주시니 너무 감사합니다. 여자 혼자 이런 장사하는 걸 안 좋게 보는 사람들도 있잖아요?"

"그런 사람들이 잘못된 거죠."

"호호호! 최 샘은 참 트인 분이시네요. 사실 여자 혼자 아이 키우고 집안 살림하면서 할 수 있는 일이 뭐가 있겠어요."

집안 살림을 한다고? 엄마가? 이다는 주방 구석에 앉아 휴대폰을 만지작거리다가 두 사람의 대화를 곁귀로 듣고 콧방귀를 뀌었다. 도대체 피일자 씨와 게바라가 만나는 자리에 자신이 동석해야할 이유가 뭐란 말인가. 원래의 계획대로라면 진우와 예은이랑 노래방에서 악을 쓰고 있어야 했다. '이다야, 오늘 수업 끝나고 최 샘 모시고 가게로 와라. 꼭!' 아침에 집을 나서는데 피일자 씨가 '꼭'이라는 말에 힘을 주며 신신당부했다. 마지못해 대답은 했지만 그 정도는 생까고 넘어갈 작정이었다. 그런데 수업이 끝나자 게바라가 평소 안 매던 넥타이까지 매고 이다를 따라 나서는 통에 도리가 없었다.

"호호호! 집안일이 다 그렇죠. 새벽에 일어나서 이다 깨워 아침밥 먹여 학교 보내고 나면 청소에 설거지에 한도 끝도 없어요. 그뿐인가요. 연로하신 어머니에 오빠와 남동생까지 챙겨야 하니. 그래도 어쩌겠어요? 팔자로 생각하고 받아들여야죠. 다행히 제가 기본적인 교양과 예술적 소양은 조금 갖춘 데다 사람 상대하는 일은 자신이 있거든요. 이런 일도 교양과 예술적 안목 없으면 못하는 거라…… 호호호!"

지나가는 개가 기 막혀 죽을 일이다. 피일자 씨가 새벽에 일어나 이다를 깨워 밥을 먹인다고? 게다가 할머니와 삼촌들까지 챙긴다고? 만일 할머니가 이 자리에 있었다면 피일자 씨의 머리채를 잡아채며 이렇게 말했을 것이다.

'개나발 떨다 콱! 뒤진데이.'

피일자 씨는 인간극장에나 나올 법한 가상의 인물을 창조하고 있었다. 그러거나 말거나 이다는 예은이와 진우를 번갈아가며 채팅을 하느라 정신이 없었다. 혹시라도 자기만 빼고 둘이서 노래방을 가기라도 한다면 열 받는 일이기 때문이었다. 다행히 둘 모두 각자의 집으로 돌아간 것이 확인되었다.

"최 샘. 딱 한 잔만 더 하세요. 제가 혼자 있을 때 음악 들으면서 딱 한 잔씩만 하는 건데 오늘 특별한 날이라 호호호!"

'딱 한 잔만'으로 시작된 술이 벌써 몇 순배 돌아 조금 위험한 수준으로 접어들고 있었다. 처음에 다소 긴장한 표정이던 게바라도 넥타이를 느슨하게 풀고 피일자 씨의 말에 입꼬리를 씰룩거렸다. 하지만 두 사람 사이의 화제는 아직 이다와 관련된 영역을 넘지 못했다. 말하자면 두 사람의 관계는 아직 연애에 돌입하기 직전인 탐색 단계였으므로 대화를 이어줄 중간 매개물이 필요했고 피일자 씨와 게바라 사이의 매개물은 당연히 이다일 수밖에 없었다. 이다도 자신이 별다른 역할도 없이 이 자리에 나와야 했던 이유를 이해할 만큼의 눈치는 있었다. 조만간 두 사람의 관계는 매개물이 필요하지 않을 만큼 발전할 것이고 그때가 되면 더 이상 자신이 필요 없으리라는 것도 예상하고 있었다.

"아빠 없이 애 키우는 게 보통 어려운 일이 아니더라고요. 그래도 저는 이다 기죽지 않게 남들 하는 건 다 해 줬어요. 피아노, 발레, 태권도까지 안 가르친 게 없고 유치원도 강남으로 보냈어요."

"그랬군요. 대단하십니다."

"그런데 저 계집애가 워낙 영악해서 내 말을 지지리도 안 듣는 거 있죠?"

피일자 씨의 대화 수위가 서서히 높아지기 시작했다. 도대체 딸의 치부를 드러내서 자신에게 이득이 될 게 뭐란 말인가.

"그거야 이다가 그만큼 자기 견해가 명확해서 그런 거니까 걱정 안 하셔도 됩니다."

"호호호! 그건 아마도 절 닮아서 그럴 거예요. 저도 할 말은 하는 성격이었거든요. 그런데 저 계집애는 도가 지나쳐서 힘들었어요. 어릴 때부터 얼마나 영악했는지……."

이다는 하고 있던 휴대폰 게임을 멈추고 두 사람이 앉은 테이블을 건너다보았다. 새로 딴 양주 한 병이 절반가량 비어 있었다. 조금만 더 있으면 피일자 씨의 입에서 신세 한탄이 이어질 수도 있는 상황이었다.

"글쎄 유치원 때였는데 크리스마스이브에 산타 할아버지 수염을 뽑았다니까요."

"수염을 뽑다니요?"

이다가 다섯 살 되던 해 성탄 전야의 일을 두고 하는 말이었다. 부모들이 선물을 사서 유치원에 맡기면 유치원 원장이 산타클로스 분장을 하고 아이의 집으로 찾아와 직접 선물을 전해 주는 흔한 행사였다. 사실 피일자 씨를 비롯한 가족들의 호들갑이 없었다면 이다 역시 보통의 아이들처럼 산타 할아버지를 만나 반가움과 놀라운 추억을 만들 수 있었을지도 모른다. 그날 오전부터 재롱잔치를 하느라 어울리지 않는 고양이 분장을 하고 톰과 제리 연극을 한답시고 억지로 실랑이를 벌이는 바람에 어린 이다의 몸과 마음은 매우 피곤한 상태였다.

집으로 돌아와서 늦은 점심을 먹고 잠이 들었는데 초저녁이 되자 피일자 씨가 이다를 흔들어 깨웠다. 산타 할아버지가 곧 온다는 것이다. 삼촌들과 할머니까지 호들갑을 떨며 선물은 뭘 받고 싶은지, 선물을 받으려면 착한 일을 해야 하는데 그동안 나쁜 짓 한 적은 없는지 등등, 하등 도움이 안 되는 이야기로 어린 이다의 혼을 뺐다. 이다는 그저 잠을 자고 싶었다. 선물만 놓고 가면 될 일이지 굳이 자기가 산타 할아버지를 직접 만나야 할 이유가 없다고 생각했다. 그런데도 피일자 씨와 할머니 그리고 두 삼촌은 카메라를 꺼내 사진을 찍어야 한다는 둥, 산타 할아버지가 오시면 뽀뽀를 해야 한다는 둥 설레발을 치며 가뜩이나 피곤한 이다의 짜증을 돋게 했다. 설

상가상으로 일곱 시쯤 오기로 했다는 산타가 30분이 넘도록 나타나지 않자 피일자 씨가 재촉 전화를 걸었다.

'원장 선생님 몇 시쯤 도착하세요?'

전화를 하질 말든가 전화를 했으면 호칭을 원장 선생님 대신 산타 할아버지라고 하든가. 여하튼 한참을 더 기다리니 산타가 오긴 왔다.

"이다야, 산타 할아버지 오셨다!"

이다보다도 가족들이 과도하게 오버를 떨었다. 그러나 잠시 후 이다의 입에서 나온 소리에 어른들은 하던 동작을 멈추고 굳어 버렸다. 산타가 현관문을 여는 순간 이다가 소리쳤다.

"어! 봉고차 아저씨다."

이다가 영악했던가. 아니면 유치원 봉고차 기사 겸 원장의 분장이 어설펐던가. 분장이 어설프면 연기라도 탁월했어야 했는데.

"어허! 난 산타 할아버지란다."

연기가 부족하면 차라리 말을 말든가. 봉고차를 타고내릴 때마다 귀가 닳도록 듣던 경상도 억양의 어색한 서울 말투를 이다가 모를 리 있겠는가.

"엄마! 이 아저씨 산타 아니야. 봉고차 아저씨야."

"아니야! 산타 할아버지야. 선물 주러 오신거야."

당황한 산타가 머뭇거리자 피일자 씨를 비롯한 가족들이 거들고 나섰다. 하지만 오히려 그게 화근이었다. 가족들 모두 가짜 산타의 사기 행각에 속고 있다고 판단한 이다가 용감하게도 산타에게 달려들었다. 순식간에 일어난 일이었다. 수염을 뽑힌 산타는 선물 꾸러미를 든 채로 줄행랑을 쳤다.

"저거 봐. 산타 아니라고 했잖아!"

다음 날 유치원 아이들은 그동안 어른들의 거짓말에 감쪽같이 속아 왔다는 충격적인 사실을 알고 배신감에 치를 떨었다. 그날 이후 유치원 선생님들에 대한 신뢰는 회복할 수 없을 정도로 추락했고 들리는 말에 의하면 다음 해 성탄절부터 부산에 살고 있는 원장의 처남이 매년 상경하여 투덜대며 수염을 붙였다고 전해진다. 이다는 그해 산타 할아버지 아니 봉고차 아저씨가 미처 전해 주지 못한 선물을 며칠 지나 엄마에게 받았다.

배가 불룩 튀어나온 쌍둥이 산타 한 쌍이 줄을 타고 오르락내리락 하며 노래를 부르는 유치하기 짝이 없는 장난감이었다. 마음에 드는 선물은 아니었지만 이다는 쌍둥이 산타 인형 세트가 고장 날 때까지 알뜰하게 가지고 놀았다. 다만 이다의 놀이가 원래 인형의 용도와는 조금 달라서 두 명의 산타는 그해 겨울과 봄, 줄에 목을 매고 교수형을 당한 채 노래를 불러야 했다.

"제가 오죽했겠어요? 이다 저 계집애 때문에 유치원 원장님한테 손이 발이 되도록 사과하고 다른 학부모들한테 고개를 못 들었다니깐요."

"하하하! 이다 어머니가 말씀을 너무 재밌게 하시네요."

"호호호! 최 샘도 참!"

두 사람은 허파에 헛바람이라도 들었는지 전혀 우습지 않은 얘기에 뭐가 그리 좋은지 하하하 호호호 야시꺼운 웃음꽃을 피웠다.

"엄마! 최 샘이 아니라 체 샘이거든."

"얘는! 최, 게, 바, 라 선생님이잖니."

이다의 목소리가 다소 까칠하게 느껴졌는지 피일자 씨가 정색을 하고 나섰다.

"체 게바라야!"

피일자 씨가 게바라의 얼굴을 바라보며 물음표를 찍었다.

"그…… 그게 보통은 '체'라고 부르는 경우가 많지만, 발음하기에 따라서는 '최'가 될 수도 있죠."

"그렇죠? 최 샘. 거 봐. 지집애야."

피일자 씨의 혀가 조금씩 꼬여가고 있었다.

"나 먼저 갈래!"

이다가 두 사람의 대화에 브레이크를 걸었다.

"그럴래?"

피일자 씨와 게바라의 입에서 동시에 같은 말이 튀어나왔다. 기가 막혔다. 먼저 가겠다고 하면 어쩔 수 없이 자리를 정리할 줄 알았는데 어느새 피일자 씨와 게바라는 짝짜꿍이 잘 맞는 한 쌍이 되어 있었다. 앞으로 두 사람 사이에 이다가 낄 자리는 없을 것 같았다. 이다는 가방과 휴대폰을 챙겨들고 가게 문을 나섰다. 여전히 안개비가 길을 적시고 있었다. 우산을 가게에 두고 나온 걸 뒤늦게 알았지만 이다는 되돌아가지 않고 그냥 빗속을 가로질러 길을 건넜다.

"이 세상의 만물은 책이며 그림이며 또 거울이거니, 우주는 생각했던 것보다 더 수다스럽다. 우주는 궁극적인 것뿐만 아니라 비근한 것까지 드러내되 그 드러냄이 참으로 분명하다. 궁극적인 것은 어려울 뿐 비근한 것과 다르지 않은 법이다.*"

이번 주 읽기 숙제는 『장미의 이름』이라는 두 권짜리 두꺼운 소설이다. 게바라는 책을 펼쳐 들고 책상 사이를 앞뒤로 오가면서 소리 내어 책을 읽었다. 누렇게 바랜 게바라의 책은 수험생의 기출문제집처럼 책갈피 여기저기에 스티커로 표시가 되어 있었다. 밑줄을 치고 스티커까지 붙여 가며 고시 공부 하듯 소설책을 읽는 사람은 처음이었다. 이다와 진우 그리고 예은이는 게바라의 책을 신기한 듯이 바라보았다.

"지금 읽은 이 부분 기억나는 사람?"

게바라가 세 사람에게 번갈아 눈길을 주었다. 뭔가 켕기는 게 있는지 유독 이다를 쳐다볼 때는 눈을 마주치지 않고 책상 위에 펼쳐 놓은 책 위에 시선을 두었다.

"기억 안 나요."

"저도요."

예은이의 대답에 진우가 숟가락을 얹었다. 분명 놈은 책을 끝까지 읽지도 않았을 것이다. 밤송이 같았던 머리가 제법 자라서인지 더 이상 벙거지 모자는 쓰지 않았다.

---

* 『장미의 이름』(움베르토 에코, 열린책들)

"윌리엄 수도사가 했던 말 아닌가요?"

"역시! 우리 이다가 책을 꼼꼼하게 읽었구나!"

우리 이다? 그렇게 말한 게바라 자신도 조금은 이상했던지 어색한 웃음을 지었다.

"재밌는 소설이라더니 너무 어렵고 지루했어요."

"맞아! 싸우는 장면이나 야한 장면도 없고."

이번에도 예은이의 말에 진우 녀석이 꼬리를 달았다.

"그래도 나름 재미있던데. 스릴도 있고. 난 어려운 부분은 건너뛰고 읽었어요."

이다의 말에 게바라가 지긋이 웃더니 입을 열었다.

"『장미의 이름』을 쓴 움베르토 에코는 소설가이면서 철학자이기도 해. 철학 중에서도 기호학이라는 분야의 대가로 알려져 있지. 이 책은 시간의 간격을 두고 세 번 정도 읽으면 좋은데, 처음엔 이다가 말한 대로 미스터리 소설을 읽듯이 줄거리를 따라가다 보면 재미있게 읽을 수 있어. 그리고 두 번째는 중세 시대의 종교와 역사를 생각하면서 읽고 마지막으로 세 번째 읽으면서 철학적인 고민을 해 볼 수 있어."

진우의 고개가 취침 각도에 접어들고 있었다.

"윌리엄 수도사는 '이 세상 만물은 책이며 그림이며 거울'이라고 했어. 무슨 의미일까?"

"공부하라는 얘긴가요?"

예은이가 자신 없는 소리로 대답했다.

"그렇게 해석할 수도 있겠지."

이다의 머릿속에 문득 며칠 전 게바라가 피일자 씨 앞에서 했던 말이 생각났다. '발음하기에 따라서는 '죄'가 될 수도 있죠.' 하여튼 게바라의 우유부단은 알아줘야 했다. 엔간해선 맞고 틀리고를 명확히 하는 법이 없었다. 그것이 상대방에 대한 배려인지 아니면 인문학이란 게 원래 네 맛도 내 맛도 아닌 건지 이다로서는 도통 알 수 없었지만 어쨌든 게바라의 성격은 볼수록 답답하게 느껴졌다.

"세상이 어찌 책이고 그림이겠어. 실제 세상은 우리가 알지 못하는 다양한 것들로 가득 차 있지. 하지만 우리 인간은 언어 또는 이미지를 통해서만 세상을 이해할 수 있어. 책은 언어를 상징하는 것이고 그림은 이미지를 상징하는 것이라고 한다면 인간은 세상을 책과 그림 그리고 그것을 비추는 거울을 통해서만 인식하게 되는 셈이지. 말하자면 우리가 느끼고 인식하는 세계는 실제의 세계가 아니라는 거야. 언어와 그림 즉 기호로 표현된 것만을 실제의 세계라고 착각하면서 살고 있는 거야."

"무슨 소린지 모르겠어요."

이다가 팬스레 심통을 부렸다.

"가령 한국인이라면 누구나 잘 아는 김치를 예로 생각해 보자. 예은이가 김치의 종류를 아는 대로 얘기해 봐."

"배추김치, 총각김치, 갓김치, 보쌈김치 그리고 음…… 깍두기, 동치미……."

"김치의 종류는 100가지가 넘는다고 해. 그런데 김치를 다양하게 접해 보지 않는 외국인이 예은이처럼 배추김치, 총각김치, 보쌈김치 등을 구분할 수 있을까? 아마도 그 외국인의 눈에는 김치가 모두 한 가지로 보일거야. 언어 즉 기호는 사물을 나누고 때론 서열을 매기는 역할까지 해. 배추김치, 총각김치, 보쌈김치 등의 다양한 기호를 알고 있는 한국인은 김치의 종류를 구별할 수 있지만 김치를 지칭하고 구분하는 기호를 모르는 외국인은 김치 종류를 구별하지 못할 거야. 그리고 어느 김치가 더 맛있고 귀한 건지도 모르겠지."

"철학자들은 골치만 아픈 그런 걸 왜 연구한대요?"

"글세…… 이 부분을 잘 들어 봐."

게바라가 『장미의 이름』 2권을 집어 들더니 스티커를 붙여 놓은 뒷부분을 펼쳤다.

"읽으면 읽을수록 그런 것이 내 손에 들어온 것은 우연이라는 생각이 든다. 거기에 의미가 있을 수 없다고 나는 확신한다. 그런데도 그 시절 이후로 그 작은 장서관은 나를 떠나지 않고 있다. 이따금씩 나는 하늘이 맡긴 뜻이라도 읽는 듯이, 거기에 짜 맞추어 놓은 글월을 읽고는 한다. …… 나는 지금 나 자신에게, 유물의 파편에서 떠오르는 이야기를 하고 있지만, 그때 있었던 이 일련의 사건과 그 사건을 연결하는 시간 사이에 어떤 의미가 있는지 알지 못한다. 아니 의미가 있는지 없는지도 모른다.*"

---

*『장미의 이름』 하권 909쪽

"아드소가 소설의 끝부분에서 했던 말이죠?"

예은이였다. 듬성듬성 줄거리만 따라간 이다와는 달리 예은이가 오히려 꼼꼼하게 읽은 모양이었다.

"맞아. 예은이가 대단한데. 화자인 아드소는 그것이 자기 손에 들어온 게 우연이라고 말하고 있어. 게다가 의미가 있을 수 없다고 해. 그리고 사건과 시간 사이에 의미가 있는지 없는지도 모른다고 했어. 이 얘기를 기호학적으로 생각해 보면 심오한 뜻을 내포하고 있어. 조금 어렵고 골치 아픈 내용인데 참고 들어 봐. 기호는 기표와 기의가 결합된 거야. 기표는 말하자면 기호의 껍데기이고 기의는 기표가 가리키는 알맹이라고 생각하면 돼. 예를 들어 '체 게바라'라는 이름은 나를 지칭하는 껍데기 즉 기표이고, 너희들 앞에 서서 떠들고 있는 실제 나는 기의인 셈이야. 그런데 기표인 내 이름 '체 게바라'와 실제 나와는 아무런 관련이 없어. 그저 우연히 이름을 그렇게 지은 것뿐이야. 원래 내가 평소 좋아하던 혁명가의 이름인데 인놀방을 시작하면서 내 이름으로 삼았지. 우연히."

"부모님이 이름을 지어 주신 경우에는 우연이 아니잖아요?"

예은이의 질문이 꽤나 날카로웠다.

"예은이 이름은 부모님이 지어 주셨으니 예은이로서는 우연이 아니겠지만 부모님이 왜 하필 예은이라고 지으셨을까? 예쁜이로 지을 수도 있고 여은이로 지을 수도 있었을 텐데."

"아빠가 작명소에 가서……."

"하필 그 작명소에 간 것은 우연이라고 할 수 있지. 화자인 아드소는 '나는 하늘이 맡긴 뜻이라도 읽는 듯이, 거기에 짜 맞추어 놓은 글월을 읽고는 한다'라고 말했어. 즉 체 게바라 라는 기표는 우연히 나라는 기의와 짝을 이루어서 하나의 기호가 된 거야. 그런데 우리는 살면서 그것을 우연히 맺어진 것이라는 사실을 망각하고 마치 '하늘이 맡긴 뜻'이라도 되는 듯이 집착하면서 살아간다는 거지."

"샘도 최 게바라라는 이름에 집착하면서 살아간다는 건가요?"

이다는 일부러 '최'에 힘을 주어 말했다. 일종의 비밀스러운 비아냥이었다.

"이다가 좋은 지적을 했어. 내 이름이 체 게바라이든 최 게바라이든 우연히 붙여진 것인데, 굳이 부모님이 지어주신 본명을 버리고 왜 낯선 외국 사람의 이름을 빌려 쓰려고 했을까?"

"뭔가 멋있게 보이려고 그랬겠죠."

예은이 말했다.

"그래, 맞아. 인문놀이방을 널리 알리기 위해서는 특이하면서도 좋은 이미지가 필요했는데 나의 본명으로는 그러한 이미지를 만들기 어려웠기 때문에 얼짱 혁명가로 유명한 체 게바라의 이미지를 빌려 온 거야. 그런데 학원 강사에게 가장 중요한 핵심 또는 본질은 무얼까?"

"학생들을 잘 가르치는 거죠."

"그렇지. 예은이 말대로 학원 강사의 본질은 학생을 잘 가르치는 거야. 그렇다면 나는 본질보다 껍데기인 '체 게바라'라는 기표를 더 중요하게 생각하고 거기에 집착하고 있는 것이지."

"우리한테 사기를 치신 거군요?"

이다가 삐딱하게 물었다.

"사기? 그래. '체 게바라'라는 기표를 쓴다고 해서 학생을 잘 가르치는 능력 즉 기의를 보증하는 것이 아니니까. 말하자면 나는 우연을 가장하여 기표와 기의를 교묘하게 연결시켰고 지금 이 자리에 있는 너희들은 그런 사실도 모른 채 사기를 당하고 있는 것인지도 몰라."

"뭔 소린지 모르겠어요. 그래서 인놀방을 그만두라는 얘긴가요?"

"다른 예를 들어 볼게. 밸런타인데이에 여성이 남자에게 주는 초콜릿의 의미는 뭐지?"

"사귀자는 얘기죠."

"그래, 일종의 사랑 고백이야. 밸런타인데이의 초콜릿은 단순히 군것질거리가 아니라 사랑 고백을 의미하지. 말하자면 초콜릿은 사랑이라는 기의를 표현하기 위한 기표인거야. 그렇다면 초콜릿을 주는 행위의 본질은 사랑 고백이지 초콜릿 자체는 아닌 거야. 그런데 최근 밸런타인데이 풍경을 보면 사랑의 의미는 뒷전이고 온갖 장식을 두른 비싼 초콜릿이 팔리고 있어. 즉 본질인 기의보다 껍데기인 기표가 더 중요해지고 있지. 결국 얼마나 비싼 초콜릿인가에 따라 사랑의 깊이가 결정되는 세상에서 살아가고 있는 셈이야. ……진우야."

진우가 부스스 눈을 떴다.

"진우 너 지난번 밸런타인데이에 초콜릿 받았니?"

느닷없는 질문을 받은 탓인지 진우는 당황하는 빛이 역력했다.

"…… 네. 받았어요."

"몇 개 받았어?"

"두, 두 개요."

놈이 이다와 예은이의 눈치를 살폈다. 뭐? 두 개? 이다는 튀어나오려는 욕을 속으로 삼켰다. 두 개를 받았다면 이다가 준 것 말고 나머지 하나의 출처는 예은이가 분명했다.

"진우가 보기보다 인기가 많은 걸. 진우가 받은 초콜릿은 단순한 먹을거리가 아니라 사랑이라는 기의를 상징하는 기표야. 그런데 왜 하필 초콜릿이 사랑의 기표가 된 것일까? 아이스크림도 있고 빵이나 떡도 있는데."

"……"

"원래 밸런타인데이와 초콜릿과는 아무 관계가 없었어. 그런데 한 제과 회사에서 '밸런타인데이에 초콜릿으로 사랑을 전하세요' 라고 광고를 했고 그게 지금까지 전해지고 있는 거야. 즉 제과 회사에서 우연을 가장하여 초콜릿을 사랑의 기표로 조작한 거야.

우리는 어떤 것을 표현하기 위해서 반드시 기표가 필요해. 기표를 통해서만 서로 소통할 수 있는 것이지. 언어와 그림 같은 것이 대표적인 기표이지만 더 넓게 본다면 우리가 보고 듣고 느끼는 것 모두 기표라고 할 수 있어. 예술작품도 일종의 기표라고 할 수 있고 영화나 연예인도 기표라고 할 수 있지. 손가락으로 달을 가리킨다고 생각해 봐. 달을 가리키는 손가락은 기표인 거고 달은 기의라고 생각하면 돼. 그런데 사람들은 달은 보지 않고 달을 가리키는 손가락만 보려고 하는 경우가 많아. 특히 오늘날에는……."

이다는 대각선 방향에 있는 진우의 뒤통수를 노려보느라 게바라의 말이 귀에 들어오지 않았다. 게바라의 설명이 길어지자 놈의 고개는 어김없이 취침 각도로 기울어졌다.

"소설의 마지막에 이런 말이 나와. '지난날의 장미는 이제 그 이름뿐, 우리에게 남은 것은 그 덧없는 이름뿐.' 작가는 왜 이런 말로 소설을 끝냈을까. 장미는 아름다움의 본질을 표현하는 기표라고 할 수 있는데 우리들은 아름다움의 본질을 망각하고 '장미'라는 이름 즉 껍데기에만 집착하고 있음을 이야기하고 있는 것은 아닐까? 명품족은 유명 상표에 더 집착하고, 사람들은 상대방의 인품과 인격보다 대학 졸업장을 더 중시하지. 손가락은 달을 가리키기 위한 것인데 손가락만 요란하게 치장을 하다 보니 달은 보이지 않고 손가락에 끼고 있는 온갖 장식들만 보인다고나 할까? 기업들이 엄청난 돈을 써가면서 유명 연예인을 모델로 쓰는 이유도 기표를 조작하기 위한 거야. 럭셔리한 연예인의 이미지를 자기 회사의 제품과 인위적으로 연결시키는 방식이지. 사실 그 연예인과 제품 사이에는 아무런 관련이 없는데도 말이야. 정치인도 똑같아. 결국 권력과 돈을 가진 사람들이 기표를 조작하고 평범한 사람들은 그 기표를 통해 세상을 인식하는 거야. 우리들은 나 자신의 본질이 무엇인지도 모르고 부모와 학교 또는 사회에서 만들어 놓은 거대한 기표만을 쫓아가고 있어. 말하자면 나는 나로서 살아가는 게 아니라 타인이 원하는 이름, 즉 타인이 만들어 놓은 기표에 맞춰 살아가는 거야."

"어려워요."

예은이가 마른 입술에 침을 바르며 한숨 쉬듯 말했다.

"어려운 건 몰라도 돼. 어려운 것은 모두 잊고. 나 자신에게 말을 걸어 보자. 우선 눈을 감아 봐."

한참 침묵이 흐른 후 게바라의 낮은 목소리가 들려 왔다.

"이제부터 자기 자신에게 말을 걸어 보자. 남들이 만들어 놓은 기표의 제국에서 벗어나 보는 거야. 내가 말하는 대로 따라해 봐. 이다야, 예은아, 진우야……."

"이다야."

"예은아."

"진우야."

이다와 예은이가 눈을 감고 각자 자신의 이름을 불렀다. 뒤늦게 정신을 차린 진우도 얼떨결에 자기 이름을 불렀다. 그리고 게바라의 목소리를 따라 자기 자신에게 말하듯 말을 이었다.

"내 몸아!

지금까지 살아오면서 참 힘들었지?

생각해 보면 넌 참 착하고 예쁜 아이야.

그런데 언제부턴가 많이 아팠지?

내 몸아!

넌 그러고 싶지 않았는데
다른 아이들과 비교당해서
많이 아팠지?

내 몸아!
하고 싶었던 것도 많았는데
언제부턴가 네가 하고 싶은 일이 아니라
누군가 하라는 일을 해야 해서
많이 아팠지?

내 몸아!
너는 너대로 살고 싶은데
자꾸 내가 아닌 다른 사람이 되라고 해서
너를 숨기고 사느라
많이 아팠지?

내 몸아!
이제 괜찮아.
무서우면 무섭다고 해.
아프면 아프다고 해.
하기 싫은 건 싫다고 해.

내 몸아!

이젠, 이젠 정말 괜찮아.

이다야! 예은아! 진우야!

그대로 눈을 감은 채 천천히 자기 목소리를 들어 봐."

기분이 묘했다. 이다가 샛눈을 뜨고 진우를 힐긋 보았다. 당연히 자고 있을 줄 알았는데 놈의 뺨에서 굵은 눈물 하나가 툭 떨어졌다.

초저녁이 되자 반석연립 마당에 사람들이 하나둘 모여들었다. 재개발 바람이 불면서 반상회가 잦아졌다. 평소 같으면 출석률이 절반을 넘지 못하는 게 다반사였지만 재개발과 관련된 안건이 제기되면서 반상회의 분위기는 마치 날치기 통과를 앞둔 국회 본회의장 못지않게 팽팽한 긴장감이 돌았다. 반장 영감은 일찌감치 해병대 군복을 차려 입고 나와 마당 구석구석을 살피고 있었다.

"어느 썩을 인종이 또 쓰레기를 함부로 내질렀댜? 어찌된 게 애국심은 찾아보기 힘들고 이기심만 늘어가니 참말로……."

반상회가 시작되기 전 영감이 서곡을 울렸다. 일종의 기선제압용 발언이었다. 빗자루를 들고 일부러 큰 소리가 나도록 통로 계단을 썩썩 쓸어 훑어 내리더니 마당 구석에 놓인 애먼 분리수거통을 쾅쾅 소리 나게 두드렸다.

"버리는 놈 따로 있고 치우는 놈 따로 있당가? 잘난 반장 자리 내

놓던지 해야제. 늘그막에 내가 뭘 고생인가 말씨!"

말은 그렇게 해도 해병대 영감이 반장 자리를 내놓는 일은 결코 없으리라는 것을 반석연립 사람이라면 누구나 알고 있다. 영감은 18년 전 반석연립이 지어진 이래 지금까지 반장을 맡고 있으니 이다가 태어나기 전부터 지금까지 장기 집권을 하고 있는 셈이었다. 해병대 영감이 처음 반장을 맡게 된 것은 능력 여부와는 무관하게 그의 집이 가장 순번이 빠른 101호였기 때문이다. 그 후 순번제에서 투표방식으로 변경되었지만 반장 후보로 나선 이는 해병대 영감 혼자였다. 선거 결과는 볼 것도 없이 참석자 전원의 만장일치였다. 영감이 반장으로 집권하는 동안 주민 대부분은 영감에게 사소한 약점을 잡힌 상태였으므로 감히 반대 의견을 낼 수 없었다. 그때부터 영감의 종신 집권이 시작되었다. 종신 반장에 선출될 당시 해병대 영감은 취임사에서 자신이 존경하는 전직 대통령의 말을 흉내 내어 다음과 같이 말했다고 한다.

"두 번 다시 나와 같은 불운한 반장이 나오지 않기를 진심으로 바랍니다."

반장 영감이 반석연립 현관 앞에 삼각 태극기 받침대를 설치하고 테두리에 금색 레이스가 달린 태극기를 걸었다. 태극기 장사로 살아온 그는 모든 공식 행사를 시작할 때 국기에 대한 경례와 애국가를 불러야 한다는 소신을 가지고 있다. 반상회도 예외가 아니었다. 하나둘 사람들이 모여들더니 금세 좁다란 반석연립 마당이 사람들로 메워졌다. 201호를 제외한 모든 가구에서 참석했으니 반석연립 반상회 역사상 기록적인 출석률이었다. 게다가 예정시간에 정확히 회의를 시작한 것은 최초의 일이었다.

"먼저 순서에 따라 국민의례가 있것습다."

이다는 휴대폰을 들고 반상회 장면을 영상에 담았다. 잘하면 조회수에서 대박을 올릴 수도 있을 것 같았다.

"반상회가 국무회의라도 되남. 매번 국민의례꺼정 하고 그랴······."

202호 노가다 박씨가 혼잣말로 구시렁거리며 입을 내밀었다.

"반상회도 어디까지나 공식행사이니께 국민 된 도리를 해야 합니다. 애국하는 마음으루다 협조합시다."

해병대 영감의 말에 202호는 꼬리를 내렸다. 그의 시집간 딸이 위장전입으로 자기 집에 주민등록을 올려놓지만 않았다면 좀 더 강하게 불만을 말할 수 있었을지도 모른다. 불만을 가진 사람들은 더 있었지만 그렇다고 나서는 이는 없었다.

"국기에 대하야 경례."

모두들 영감의 구령에 맞춰 자세를 취했다. 제대로 된 경례 자세를 취한 건 영감이 유일했다. 창밖으로 그 모습을 지켜보던 이다의 입에서 쿡 하고 웃음이 터졌다. 다들 억지로 끌려온 오합지졸로 보였다.

"애국가는 원래 4절까지 불러야 하지만 시간 관계상 1절만 부르겠습니다."

노래라기보다는 웅웅거리는 중얼거림에 가까웠다. 여하튼 국민 의례의 격식은 모두 갖춘 셈이다.

"폐일언허고 다들 모였으니 재개발 찬성 도장을 찍을 거인지 아닌지에 대해 회의를 시작허겠습니다."

"조합에서 보상금이 아직 결정되지 않았다면서요?"(102호 부부어 물 아내)

"어차피 보상금 갖고는 아파트 입주도 몬 한다. 원주민들은 아파 트 구경도 몬 하고 집 팔고 떠나야 한다카이."(이다 할머니)

"아랫동네는 집값이 세 배 넘게 올랐다는데 우리 반석연립은 얼 마나 받을 수 있대요?"(102호 부부어물 남편)

"앞 동네야 펜펜한 평지인기라. 우리 반석연립이야 비탈진 산꼭 대기 집인데 올라야 을매나 올랐겠노? 거지 코딱지맨치 아니것나." (이다 할머니)

"그건 모르는 일이에요. 같은 재개발 지역인데 아랫동네, 윗동네 가 다르겠어요?"(102호 부부어물 아내)

"자기 집 가진 사람이야 집값 오르면 좋겠지만 우리 같은 세입자 는 무슨 대책이 있남유."(202호 노가다 박)

"202호가 박 씨 자기 집 아이었나?"(302호 이다 할머니)

"그래유. 나 전세 살어유. 반석연립 생길 때부터 난 전세였슈. 집 쥔은 2년에 한 번 보증금 올릴 때 전화 한 통 넣는 것 말고 코빼기도 안 보였구유. 난 보증금 따박 따박 올려주면서 그동안 내 집이다 생 각허구 살었슈. 근데 재개발이다 뭐다 해서 요즘 집값이 오른다는 소식을 듣더니만 이제 내쫓을 궁리만 하는 거 같데유. 입은 비뚤어졌어도 말은 바로하랬다구 집쥔이야 서류상으로만 쥔이지 반석연립 생길 때부텀 시방꺼정 쓸고 닦고 내 집처럼 애지중지 관리해 온 게 누구유. 그런데 이제 와서 보증금만 줄 테니 나가라니 지는 억울혀서 못 나가유."(202호 노가다 박)

"202호 딱한 사정이야 우리가 잘 알제. 그란디 법이 고로코롬 생겨먹은 걸 어쩔거인가. 법이 그런걸."(반장)

"세입자는 사람도 아니드래요?"(301호 개인택시)

"있는 놈들은 법으로 싸우고 없는 우덜 겉은 세입자는 몸뎅이로 싸우다 뒤지는겨."(202호 노가다 박)

"202호 박 씨 말씀이 명언이래요."(301호 개인택시)

"누가 세입자로 살라고 했어요? 지금 재개발 조합에서 세입자들 때문에 얼마나 골치가 아프다구요. 원래 법적으로는 보증금만 줘서 내보내도 되지만 우리 조합장님이 특별히 신경 써서 세입자들한테 이주비랑 보상금까지 챙겨 줄려고 얼마나 애를 쓰고 있는데 그런 소릴 해요?"

휴대폰 영상에 작은삼촌 피이남의 모습이 잡혔다.

"이보래 당신이 조합대표래? 그리고 몇 살이나 먹었는데 어따 대고 훈계래!"

피이남의 말에 곧바로 301호 개인택시의 언성이 높아졌다.

"뭐? 먹을 만큼 먹었다!"

작은삼촌이 한 발짝 나서며 어깨를 세웠다.

"니는 나서지 말고 입다물그래이."

이다가 창문을 열고 내려다보니 할머니가 작은삼촌의 손목을 비틀고 있었다. 할머니가 없다면 당장이라도 큰 싸움으로 번질 기세였다.

"302호 아드님이 틀린 말 한 건 아니네요. 수십 년 만에 처음으로 집값 조금 올랐는데 세입자들에게까지 돌아갈 몫이 어디 있겠어요? 그리고 오늘처럼 중요한 결정을 하는 반상회에는 세입자보다는 집주인이 나와야 하는 데 202호하고 301호는 집주인한테 왜 연락 안 했어요?"

부부어물 남편이 양손을 겨드랑이에 낀 채로 작은삼촌 편을 들자 뒤로 물러났던 작은삼촌이 한발 앞으로 나서려고 했다. 그때 존재감 없이 뒷전에 서있던 큰삼촌이 앞으로 나섰다.

"최근 재개발 사업이 건설사와 일부 지주들의 잇속에 놀아나고 있습니다. 재개발 이후 원주민 재정착률은 20퍼센트 수준에도 못 미치는 것이 현실입니다. 주택 소유주 입장에서 당장은 집값이 올라 이익인 것 같지만 결국 살던 곳에서 쫓겨나야 하는 것은 세입자나 소유주나 마찬가지입니다. 이럴 때일수록 소유주와 세입자가 힘을 합쳐 재개발 반대 투쟁에 나서야 합니다."

"형! 미쳤어? 지금 무슨 소리 하는 거야."

작은삼촌이 거칠게 큰삼촌의 어깨를 밀쳤다. 그나마 '형'이라는 호칭을 쓴 게 다행이었다.

"니는 또 왜 나서고 지랄이고."

할머니가 큰삼촌을 말리고 나섰다. 어째 반상회가 아니라 이다네 가족 싸움이 되어 가는 듯했다.

"백번 옳은 말씀이유. 302호 큰아드님이 엘리뜨라더니 다르긴 다르구먼유. 우덜이 같은 반석연립 주민으루다 참, 20년 가찹게 비가 오나 눈이 오나 이웃사촌으로 지내 왔는데 이제 와서 집주인입네 세입자입네 편을 갈라 싸워야 되겠슈?"

202호 노가다 박 씨가 큰삼촌의 말에 맞장구를 치고 나섰다.

"이웃사촌은 무슨. 202호가 밤늦은 시간에 쿵쿵거려서 우리가 잠도 못 자고 얼마나 스트레스를 받는지 아세요?"

부부어물 여자가 남편과 똑같이 양손을 겨드랑이에 낀 채로 입을 열었다.

"아따 그만들 하소."(반장)

"엘리트는 무슨 엘리트 그 나이되도록 얹혀사는 주제에……."

부부어물 여자가 남편을 향해 중얼거리듯 얘기했지만 3층 이다의 방에서도 들릴 정도였으니 그 소리가 할머니 귀만 건너뛸 리 없었다.

"뭐라카노 이 싸가지 읎는 예편네가 웬 개지랄이고. 그래, 우리 큰아들 서울대학 댕겼다! 니 보태준 거 있나?"

할머니가 부부어물 여자에게 종주먹을 들이대자 남편이 앞을 막고 나섰다. 금실 좋기로 소문이 났다더니 역시 짝짜꿍이 척척 들어 맞았다.

"개지랄이라뇨. 이 사람이 뭐 틀린 말 했어요? 그리고 302호는 어떻게 된 게 큰아들 말 다르고 작은아들 말 달라요? 무슨 콩가루 집안이에요?"

"뭐? 콩가루 집안? 이런 개새끼가!"

"뭔 짓들이요. 신성한 태극기 앞에서."

반장 영감이 말리고 나섰으나 성질 급한 작은삼촌 입에서 개새끼 소리가 나왔으니 더 이상 무슨 설명이 필요하겠는가. 그날 반상회에서 더 이상 재개발과 관련된 토론은 없었다. 대신 각 세대의 비밀스러운 치부가 욕설과 함께 여지없이 까발려지는 유치한 개싸움이 길게 이어졌다.

이다는 창문을 닫았다. 욕지거리가 웅웅거리며 반석연립 전체에 울렸다. 이다는 동영상 촬영을 멈추고 저장된 영상 중 해병대 영감의 진지한 국민의례 부분만을 잘라 블로그에 올렸다. 뒷배경으로 언덕 아래가 내려다보이는 게 제법 그럴듯해 보였다.

같은 시각 피일자 씨와 게바라는 데이트 중이었다. 그걸 데이트라고 표현하는 것이 적합할지 모르겠지만 아무튼 두 사람은 같은 공간 안에서 매우 즐거운 시간을 보내고 있었다.

"최 샘! 바깥에서 잘 보이게 창문에 현수막 좀 걸어 줘요."

"알겠습니다. 피에타 씨."

'카페 피에타 봄맞이 대변신 — 모든 메뉴 30% 할인'

만일 사정을 모르는 사람이 이 광경을 보았다면 손발이 척척 맞는 금실 좋은 부부로 여길 만큼 두 사람의 대화는 들척지근했다. 그렇다고 피일자 씨의 마음이 즐겁고 가볍기만 한 것은 아니었다. 그동안 모아 놓은 전 재산을 털어 카페 피에타의 리모델링을 하기로 결심하기까지 많은 고민을 했었다. 피일자 씨가 처음 장사를 시작했던 10년 전만 해도 전철역에서 주택가로 이어지는 동네 번화가 일대에서 카페 피에타에 필적할 만한 상대는 없었다. 기껏해야 전철역 주변에 허름한 호프집 몇 개와 시장으로 이어지는 골목에 다방 하나가 유흥업소의 전부였으니 당시 피에타의 등장은 획기적인 사건이었다. 당시만 해도 카페 피에타는 동네 인근의 거의 유일한 문화공간이라고 해도 과언이 아닐 정도였다.

퀘퀘한 지하 다방과는 달리 카페 피에타는 통유리창으로 2차선 가로수길이 내려다보이는 2층에 자리를 잡았다. 파격적인 연보라색 커튼으로 포인트를 주어 제대로 된 차 한 잔 마시고 싶어 하는 부인들의 취향을 고려하였고 바닥엔 아라베스크 무늬로 장식한 중동산 양탄자를 깔았다. 그것만으로도 동네 다방과 호프집을 전전하던 사람들의 눈이 휘둥그레지기 충분했지만 그게 전부가 아니었다. 피일자 씨는 메뉴에도 남달리 신경을 썼다. 주간 메뉴에 파스타와 생크림 케이크를 포함하여 낮 시간 손님을 배려하는 것은 물론 다방 커피와는 확실히 구별되는 럭셔리한 맛으로 승부를 걸었다. 삼사십 대 주부들은 피에타 아메리카노, 간혹 들르는 뜨내기 젊은 손님들은 피에타 에스프레소를 마시며 마치 강남이나 신촌에 나온 느낌이라는 찬사를 보냈다. 봉지 커피와 다방 커피에 익숙한 늙다리 중년 남성들은 난생처음 카페라테를 마시곤 "세상에 이렇게 맛있는 커피가 있었던가!"라며 놀라기도 했다.

하지만 피일자 씨의 활약이 돋보이는 시간은 역시 술을 파는 저녁 시간이었다. 요리 솜씨가 그다지 뛰어나지 못한 피일자 씨는 우아한 분위기를 차별화의 핵심으로 삼았다. 무엇보다도 카페 피에타를 우아하게 만드는 결정적인 무기는 피일자 씨 자신이었다. 그동안 많은 돈과 시간을 투자해서 가꾼 그녀의 몸 자체가 움직이는 상품이자 손님을 끌어들이는 수단이었다. 그녀가 보랏빛 드레스에 흰색 카디건을 걸치고 도도한 걸음으로 전철역에서 시장통을 거쳐 주택가로 접어드는 골목을 한 바퀴 돌아 카페 피에타로 다시 돌아오는 것만으로도 일대의 중년 남성들의 눈길을 사로잡기에 충분했다.

"거짓말 하나 안 보태고 제가 시장 한 바퀴 돌면 점포 주인들이 장사하다 말고 나를 쳐다보느라 정신을 못 차렸어요."

당시 피일자 씨는 아직 삼십 대, 게다가 성형기술과 미용기술이 지금처럼 대중화되기 전이었으므로 피일자 씨는 난쟁이 마을에 등장한 공주에 비견할 만했다. 피일자 씨를 폄훼하는 사람들(가령 이다의 할머니, 두 삼촌 그리고 시장통 여자 상인들)은 간혹 피일자 씨 자신이 지어낸 허풍이라고 딴죽을 걸기도 하지만 그것은 엄연한 사실이었다. 시장 입구 횟집 사장이 도다리의 멱을 따려는 순간 마침 그 앞을 지나가던 피일자 씨에게 홀려 자기 손가락을 내려찍은 일도 있었다. 만일 의심스럽다면 당장이라도 시장 입구에 자리 잡은 횟집을 찾아가 보시라. 10년이 지났건만 유난히 뭉툭한 왼손 엄지를 널름대며 회를 뜨고 있는 중년 사내를 만날 수 있을 터이니.

"난 마흔 살이 되느니 차라리 죽는 게 낫겠다고 생각했었어요. 그런데 사십을 훌쩍 넘기고도 여전히 살아남아서 이러고 있네요."

"피에타 씨는 여전히 예뻐요."

딱딱한 의자 위에 올라가 클림트의 복제 그림 〈유디트〉를 벽에 걸고 나서 게바라가 말했다. 원래 모나리자가 지켜온 자리였으나 10여 년이 흐르는 동안 피일자 씨가 그랬듯이 모나리자도 술과 담배 연기에 찌들어 많이 늙어 버린 탓에 누가 봐도 더 이상 카페의 얼굴마담으로는 적절하지 않았다. 대신 팜므파탈의 여인 〈유디트〉가 그 자리를 물려받았다.

10여 년 전, 많은 시장 상인들이 공주의 성으로 몰려드는 난쟁이들처럼 떼로 찾아왔다. 공주에게 잘 보이기 위해 모두들 평소 입지 않던 정장을 갖춰 입는 바람에 인근에 하나뿐이던 한독라사양복점이 때 아닌 호황을 누릴 정도였다. 피일자 씨의 매력이 단지 그녀의 외모에만 있었던 것은 아니다. 피일자 씨는 손님들 앞에서 결코 싼 티 나는 웃음을 팔지 않는다. 또한 매상의 많고 적음에 따라 손님을 차별하지 않는다. 항상 도도하면서도 손님을 압도하는 그녀만의 독특함 덕분에 동네에서 제일가는 팜므파탈이 되었다. 만일 이곳이 강남이나 신촌이었다면 피일자 씨의 도도함은 통하지 않았을 수도 있다. 비록 섹시한 외모에 비해 지적인 면에 있어서는 초라하기 그지없는 피일자 씨였지만 어차피 지적 수준이란 것도 상대적인 것이 아니던가. 실제로 시장통 단골손님 중에는 피일자 씨의 외모에 놀라고 수준 높은 문화 예술적 식견에 다시 한번 놀라 자빠진 사람들이 적지 않았다고 한다. 오죽했으면 시장 상인들 사이에서 피일자 씨는 지금까지 '이대 나온 여자'로 통하지 않던가. 물론 피일자 씨와 그 대학과의 인연이라면 고등학교 시절 가출하여 근처 미용실에서 한 달여 동안 시다로 일하며 고참 언니들의 속옷을 빨던 게 전부다. 그렇다고 피일자 씨가 자기 입으로 나오지도 않은 대학을 들먹인 적은 없다. 다만 손님 중에 누군가가 '혹시 그 대학 나왔어요?'라고 물었을 때 적극적으로 부인하지 않고 엷은 미소를 지었을 뿐이다. 당시 현장을 목격했던 동생 피이자 씨는 미소만 지은 게 아니라 고개까지 끄덕였다고 증언하고 있지만 피일자 씨가 공직 선거에 나갈 것도 아닌 다음에야 이제 와서 그걸 따져서 뭐 하겠는가.

"최 샘이 그렇게 봐 주시니 위로가 되네요. 어느 정도 정리가 됐으니 앉아서 목 좀 축이세요."

몇 해 전부터 전철역 인근에 프랜차이즈 커피 전문점이 하나 둘 생기면서부터 안 좋은 조짐이 나타났다. 더 이상 이 동네에서 피에타 커피는 특별하지도 새롭지도 않은 맛이 되어 버렸고 커피 맛보다 분위기를 중시하는 젊은 손님들과 삼십 대 주부들에게 아라베스크 무늬 양탄자는 럭셔리의 상징이 아니라 각종 세균의 온상으로 여겨지게 된 것이다.

또한 건너편 동네에 중대형 아파트가 들어서고 외지에서 이사 온 사람들이 늘면서 주민들의 평균 학력 수준이 높아진 탓에 '이대 나온 여자' 피일자 씨의 지적 수준이 때때로 바닥을 보이기 시작했다. 하지만 피일자 씨는 자신이 있었다. 커피를 마시러 오는 낮 손님은 줄었어도 시장통 상인들은 여전히 피에타의 매상을 올리고 있었으므로 그닥 신경 쓸 일이 아니었다. 문제가 터진 건 아파트 단지로 변한 건너편 동네에 대형마트가 들어서면서 부터였다.

"우리 가게는 마트와는 관계가 없을 줄 알았어요."

"마트에 카페가 생겼나요?"

피일자 씨가 맥주 한 잔을 채워 게바라에게 건네자 게바라가 부풀어 오르는 거품에 입을 대며 말을 받았다.

"최 샘도 참. 그게 아니라 마트 때문에 시장 사람들이 장사가 안 돼서 망해 자빠질 지경인데 우리 카페에 술 마시러 올 형편이 되겠어요?"

"그렇군요."

"저 좋다고 쫓아다니며 결혼하자고 덤벼드는 졸부들도 있었지만 다 거절했죠."

"이다 때문에요?"

"이다도 그렇고⋯⋯. 솔직히 말해서 저는 단골손님들과 함께 세월을 보내며 같이 늙어 가고 싶었어요. 누구의 여자가 아니라 이 동네 시장 사람들 모두의 연인으로⋯⋯. 이번이 마지막 기회라고 생각해요. 배운 게 도둑질이라고 이 나이에 다른 뭘 하겠어요⋯⋯. 어차피 인생은 모험이니까."

피일자 씨의 고개가 게바라의 어깨에 슬며시 얹혀졌다. 게바라의 손이 조용히 피일자 씨의 어깨를 보듬었다.

"잘될 거예요. 피에타 당신을 응원할게요."

"저는 우울할 때 시를 써요. 최 샘도 시인이시니까 제 심정을 아실 거예요."

"그래요. 이다 아빠도 시인이었다더니 피에타도 역시 시를 썼군요? 한번 들려줄래요?"

"좀 쑥스럽네요. 시인 앞에서 시를 읊는 게."

"뭐 어때요. 어차피 저도 등단한 시인이 아닌 걸. 정 그렇다면 여기에 적어 봐요. 읽어 볼 테니."

게바라가 수첩을 꺼내 펴들자 피일자 씨가 쑥스러워하며 자작시를 적기 시작했다.

카페의 불을 끄면
외로움이 어둠이 되어
밀려온다.

카페의 불을 끄면
삶의 고통이 새까만 어둠이 되어
온몸을 할퀸다.

하지만 삶은 멈출 수 없는 것

어딘가에 아직 남은 빚이 있으니.

"피에타의 마음을 담은 감동적인 시네요."

"누구나 한때는 시인이었을 텐데 세상이 시인으로 남아 있게 내버려 두지를 않죠."

술과 시 그리고 사랑을 시작하려는 연인의 아름답고 닭살 돋는 밤이 깊어 가고 있었다. 비록 문학적 수준이 높다고는 할 수 없어도 피일자 씨의 자작시는 사람의 심금을 울리는 데가 있었다. 다만 마지막 연 '아직 남은 빚이 있으니'에서 피일자 씨가 표현하고자 했던 원래의 의미는 '빛'이 아니라 '빚'이었을 것으로 추정된다. 시의 문맥상 앞의 연에 나오는 어둠과 대비되는 의미로도 그렇고 삶을 멈출 수 없는 이유가 빚을 갚아야 하기 때문이라면 어째……. 게바라가 '빚'을 빛으로 이해했는지 아니면 글자 그대로 '빚'으로 이해했는지는 알 수 없다. 하지만 빚이면 어떻고 빛이면 어떠랴. 이제와서 한글 맞춤법을 제대로 익히지 못한 피일자 씨를 나무랄 수도 없는 일.

비가 내렸다. 그해 마지막 봄비였다. 큰길이 내려다보이는 창이 비에 젖었다. 그 사이 카페 안에서는 술과 음악과 문학이 어우러진 중년남녀 한 쌍의 달달한 삼류 연애소설의 클라이맥스가 만들어지고 있었다.

"피에타 씨, 『고도를 기다리며』라는 책에서 이런 말을 읽은 적이 있어요. '세상의 눈물 양은 변함이 없다. 어디선가 누가 눈물을 흘리기 시작하면 한 쪽에선 눈물을 거두는 사람이 있지. 웃음도 마찬가지다.'"

"고독을 기다리며?"

"말하자면 눈물과 웃음의 총량 불변의 법칙이죠. 저는 한 사람의 인생에 있어서 외로움과 고통도 총량 불변의 법칙이 적용된다고 생각해요. 피에타는 그동안 많이 외롭고 고통스러웠으니 앞으로 삶에는 즐거움과 기쁨 그리고 사랑이 기다리고 있을 거예요."

"고마워요, 최 샘. 그 책 꼭 읽어 볼게요."

최후통첩 게임

봄은 순식간에 물러났다. 그 자리에 때 이른 더위가 밀려왔다. 조급한 초여름 더위는 틈도 주지 않고 사람들을 볶아 댔다. 오월에 치러진 중간고사는 이다, 예은, 진우를 비롯한 대다수의 고1 신입생들을 우울하게 만들었다. 시험이란 오래된 폭력 아니던가. 모든 폭력은 서열과 위계를 만들고 거기에 순응하도록 강요한다. 여왕개미를 꿈꾸었으나 스스로 일개미임을 깨닫게 하는 것. 중간고사의 충격에서 간신히 벗어나려고 할 즈음 곧바로 기말고사가 닥쳤다. 중간고사가 탐색전에서 날리는 잽이라면 7월에 치러진 기말고사는 게임을 종결짓는 카운터펀치였다.

기말고사 이후 진우는 용돈이 절반으로 줄어 개털이 되었다. 게다가 방학과 동시에 이름도 낯선 강원도 산골짜기에 위치한 스파

르타식 기숙학원에 입소하기로 예약이 잡혔다. 예은이는 뜬금없이 공부보다는 미술에 소질이 있는 아이가 되어 인문놀이방 대신 미술학원에 등록하기로 결정되었다. 본인도 몰랐던 소질을 발견한 사람은 미술학원 원장이었고 학원을 옮기는 결정은 예은이 아빠의 판단이었다. 그나마 변화가 없는 것은 이다뿐이었다. 그것은 피일자 씨가 남다른 교육 철학이 있어서가 아니라 게바라와 연애하느라 눈이 멀어서 자식 교육에 무관심한 거라고 폄훼할 수도 있다. 하지만 피일자 씨는 학교 성적과 행복한 삶과는 무관하다는 사실을 일찌감치 알고 있었다. 그것은 교육 철학이고 나발이고 어릴 때부터 수재 소리를 들으며 자란 오빠 피일남 씨의 삶을 곁에서 지켜본 것만으로도 충분했다.

"진우 너 거기 들어가면 머리도 완전 삭발해야 한다며?"

길거리 포장마차에서 떡볶이를 한입 베어 물면서 이다가 말했다.

"빡치니까 말시키지 마. 조진수 그 새끼 때문이야. 그 새끼가 아버지 꼬드겨서 휴대폰까지 뺏겼어. 남들은 군대 가서 자살도 하고 영창도 뻔질나게 가드만 어떻게 된 게 하루도 안 보태고 정확히 제대를 했나 몰라."

"예은이 넌 원래 미술에 소질 있었던 거 맞아?"

"우리 아빠는 내가 그림 천재인 줄 아셔. 태국에 있을 때 유치원에서 상 받은 적이 있었거든. 그 이후론 한 번도 그림을 그린 적이 없지만."

"나 혼자 지겨운 수업 들어야 하잖아."

"에이, 씨바. 존나 덥네."

이다, 진우, 예은 세 친구는 땀을 뻘뻘 흘리며 그들만의 공통 기표인 '씨바', '존나'를 사용하여 각자 심정을 표현했다.

반석연립에서 여름을 지내 본 사람이라면 지구온난화가 급속히 진행되고 있다는 것을 몸으로 실감하게 된다. 특히 프라이팬처럼 달궈진 옥상의 열기를 고스란히 이고 있는 301호와 302호, 그중에서도 낮 시간에도 딱히 집을 비울 일이 없는 302호 이다네 가족이 체감하는 지구온난화 지수는 녹아내리는 빙하 위에서 눈물 흘리고 있다는 북극곰에 비할 바가 아니다.

"엄마! 올 여름도 에어컨 없이 견뎌야 하는 거야?"

"문디 자슥아, 안즉 삼복 더위는 근처도 안 왔구마 웬 엄살이고 엄살이."

피일남 씨는 늘어진 트렁크 팬티 한 장만 걸친 채 라면을 먹으며 땀을 뻘뻘 흘렸다.

"이마빡에 육수 쏟아지는 거 쫌 봐라. 덥다덥다 노래를 하메 라면은 와 끓이노. 찬물에 밥 말아 후딱 먹든가 하제."

이마를 타고 내린 땀이 낙숫물처럼 냄비 속으로 섞여 들었지만 피일남 씨는 아랑곳하지 않고 냄비를 기울여 남은 국물까지 알뜰하게 입안으로 털어 넣었다. 이미 사십 대 후반으로 접어든 나이. 그의 이마가 훤히 벗겨지기 시작하면서 뜨거운 음식을 먹을 때마다 땀이

비 오듯 했다. 노화에 따른 원기 부족에도 원인이 있었지만 민둥산 아랫동네에 홍수가 잦듯 머리숱이 적어지면서 배어 나온 땀이 흡수되지 못하고 곧바로 이마를 타고 흘러내리기 때문이었다.

"다 묵었으믄 일루 와 보래이."

할머니는 아침나절에 피이자 씨가 놓고 간 서류 봉투를 내밀었다. 이름만 들어도 알 만한 종합병원 이름이 찍혀 있었다.

"엄마. 내가 큰맘 먹고 종합 건강검진 예약해 놨으니까 문진표 미리 작성해 놔. 낼모레 모시러 올게."

이다의 이모 피이자, 아니 피리자 씨가 아침부터 연락도 없이 들이닥치며 호들갑을 떨었다.

"뭐꼬 이기. 신체검사 아이가? 싫다. 피 뽑고 내시경인지 뭔지 목구녕에다 작대기 찔러 넣고 쑤셔 대는 거."

"신체검사가 아니라 종, 합, 건, 강, 검, 진이야. 이게 얼마나 비싼 건데. 의료보험에서 공짜로 하는 거 하곤 질이 달라. 수면내시경으로 신청했으니까 아프지도 않고."

피이자 씨는 종합 건강검진을 힘주어 말하면서 주변을 살폈다. 학교에 간 이다를 제외하고 피일남, 피일자, 피이남 세 남매가 부스스한 얼굴을 한 채 그 광경을 바라보고 있었다.

"씰데읎이 뭔 헛지랄이고. 장서방 장사도 시원찮다믄서."

말은 그렇게 하면서도 할머니의 표정은 나쁘지 않았다. 할머니는 둘째 딸 피이자 씨가 두고 간 서류 봉투를 보란 듯이 거실 한가운데 내려놓고 '리자 그년이 씰데읎는 짓을……'이라며 반복했다. 분명

'이자'라고 하지 않고 '리자'라고 했다. 멀쑥해진 나머지 세 남매는 할머니가 차려 놓은 아침밥을 먹으면서 아무 말도 하지 않았다.

시집간 딸이 친정 엄마에게 베푼 호의를 그저 순수하게 받아들이면 될 일이지 굳이 이유를 캐낼 필요가 있을까? 재개발 붐에 편승하여 집을 팔 경우 집값의 일부가 피이자 씨에게 돌아갈 가능성이 있지만 그렇다고 피이자 씨가 집을 팔도록 유도하기 위해 그랬다고 생각할 필요가 있을까? 젊은 시절부터 혼자 몸으로 사 남매를 키우고 지금은 하나뿐인 조카딸의 뒷바라지를 도맡아 하고 있는 친정 엄마의 건강을 위해 선물을 드린 것을 굳이 색안경을 끼고 바라볼 필요가 있을까? 있었다. 그럴 필요가 있었다.

"이자 걔는 하필이면 이럴 때 생전 안 하던 짓을 하고 그래?"

성질 급한 피이남이 싼 입을 참지 못하고 말을 뱉었다.

"야! 이남아. 엄마를 위해서 동생이 좋은 일을 했으니 고맙고 기특하게 생각해야지 그럼 못 써."

일남 스스로 생각해도 장남으로서의 위상을 드높이는 발언이었다. 장남다운 위엄을 보이기 위해 일부러 목소리를 낮고 느리게 택한 것도 적절했다는 생각이 들었다.

"아니야. 좀 이상하네. 이자 그년이 언제부터 엄마 건강을 그렇게 끔찍이 챙겼어?"

피일자 씨가 동생 이남의 편을 들고 나섰다.

"쓸데없는 소리 말그래. 일남이 말이 백번 옳다."

피일남 씨는 그저 묵묵히 된장찌개를 퍼먹었다. 하지만 속으론 다시 한번 쾌재를 불렀다. 그동안 가족들로부터 장남 대우는커녕 객식구에 천덕꾸러기 취급을 당해 온 그였다. 심지어 어린 조카딸 년한테까지 변태 취급을 받지 않았던가. 어머니로부터 장남 대우를 받아본 게 언제였는지 기억조차 희미할 정도였다. 아마도 대학 입학 때 이후 단 한 번도 없었지 싶다.

사실 피일남 씨로서도 막내 동생 이자의 뜬금없는 짓이 달갑지는 않았다. 게다가 집을 팔고 각자 몫을 나누면 자신은 더 이상 빌붙을 곳도 없는 낙동강 오리알 신세가 될 게 뻔했다. 그저 지금처럼 반석연립에서 지지고 볶으며 살아가는 게 가장 현명한 선택이었다. 다만 그동안 바닥으로 추락한 장남으로서의 권위를 이번 기회에 회복하고 갈수록 심각해지는 지구온난화에 대비하여 에어컨 하나쯤 장만할 수 있다면 더 이상 바랄 게 없었다. 자칫 형제 간 싸움으로 번질 수도 있었던 아침 식사 자리는 할머니가 종결지은 덕분에 무탈하게 지나갔다. 재개발 조합에 취직한 피이남이 먼저 나가고 새로 단장한 카페 피에타의 오픈 시간에 맞춰 피일자 씨가 집을 나섰다.

"일남이 니가 문진푠가 뭔가 적어 봐라."

피일남 씨는 땀을 수건으로 대충 닦고 거실 바닥에 앉아 서류 봉투를 열었다. 문진표에는 인적사항, 건강과 관련된 여러 가지 설문이 있었다. 피일남 씨는 할머니의 성명, 성별, 나이 등 인적사항을 적은 후 주어진 질문을 할머니가 들을 수 있게끔 소리 내어 읽었다.

"귀하의 최종 학력은 무엇입니까?"

"니 시방 뭐라카노? 그래, 니 에미 소학교만 댕깃다 와?"

"여기 문진표에 써 있으니까 그렇지."

"근강금진이라 카더만 뭘 핵교 댕긴 걸 묻노. 가방끈 길다꼬 병이 피해 간다카드나."

"알았어. 그런 건 알아서 체크할게."

피일남 씨는 설문의 순서에 따라 직업, 소득, 주거 형태 등 객관식 보기에 표시를 해 나갔다. 할머니의 말대로 그따위 것들이 건강하고 무슨 관련이 있는지 가방끈이 가장 긴 일남 씨로서도 기분이 썩 좋지는 않았다.

"현재 치료 중인 질병이 있습니까?"

"말을 안 해 그렇지 아픈 데가 한두 군데가 아이다. 언덕빼기 올라오기도 허리가 끊어지는데 3층까지 계단 올라 갈라카믄 무릎이 쑤셔대제. 하루에도 수십 번 머리가 흔들리제……."

"아니, 그런 거 말고. 치료 중인 병이 있냐고?"

"치료는 무신, 아파도 참는 기지."

"알았어."

피일남은 '아니오'란에 표시를 했다.

"술을 드십니까?"

"술 안 묵고 이 험난한 세상을 우찌 살아가겠노? 하지만서도 내사 자석 새끼, 손주 새끼 건사하느라 주정뱅이는 안 되았다. 묵고 싶어도 참는 기라. 그러니까네 독한 술은 안 묵고 기분 좋을 때 막걸리나 쪼매 먹는다 케라."

"처음 술을 마시기 시작한 것은 언제입니까?"

"술을 쪼매 일찍 배우긴 배았는데. 그기 내가 마실라꼬 마신 게 아이라 바로 니 아배 때문인기라. 그 웬수가 군대까지 갔다 온 늙은 이 주제에 나를 꼬실라꼬 열일곱도 안 된 나를 데불고 술집에 안 갔나. 그래 내는 안 묵는다고 안 묵는다고 했는데 그 웬수가 묵으라 묵으라 하는 바람에 사달이 난기라. 그래도 내가 정신을 버쩍 차리고……."

"알았어, 알았어. 그러니까 열여섯 살에 처음 술을 마신 거잖아. 간단하게 좀 대답해. 그다음. 담배는 안 피우니까 됐고. 평소 건강을 위해 운동을 하십니까?"

"운동? 팔자 좋은 소리 하고 자빠졌다. 운동은 무슨 운동이고? 언덕빼기 오르락내리락하는기 운동이가 노동이지."

"아니 왜 엄마는 나한테 화를 내고 그래?"

"내가 무신 화를 내나. 있는 대로 말하는 긴데."

"알았어. 걷기 운동에 표시할게."

"가족 중 다음 질병으로 치료받거나 사망한 경우가 있습니까? 먼저 중풍."

"있제. 느이 친할배가 중풍으로 구들장 신세에 벽에 똥칠깨나 안 했나. 병수발 드느라 얼매나 고생했는 중 아나?"

"여기서 말하는 가족은 직계가족을 말하는 거야."

"그럼 늬 할배가 직계가족이 아이면 뭐꼬."

"그러니까 유전적으로 엄마에게 영향을 준…… 쉽게 말해서 우리 외할아버지와 외할머니를 얘기하는 거야."

"울 친정 아배? 울 아배는 일찍 돌아가셨지만 그런 거 읎다. 어매도 온갖 고생에 골벵들어 돌아가셨지 병치레는 안 했다. 옳아, 골벵. 골벵들어 죽은 직계가족 있다케라."

"골병? 그런 건 없어. 답답해죽겠네. 중풍으로 돌아가신 분 있냐고?"

"읎다. 느그 피씨 집안 핏줄이 문제지 우리 친정 핏줄엔 그른 기 읎다."

피일남 씨는 치밀어 오르는 짜증을 간신히 잠재우며 문진표에 표시를 해나갔다.

"초경을 한 것은 언제입니까?"

"포겨엉? 니 포경수술 시킬라꼬 니 아배하고 얼매나 싸왔는지 모린다. 니가 어릴 적에 씻는 걸 어지간히 싫어해가 불알에 버캐가 허옇게 앉았는데 그걸 더러분 손으로 주물러 터쳐 버리는 바람에 덧나뿐 거 아이가. 니 아배는 어데 장남 고추에 칼을 대냐고 난리 버거지를 부리는데……."

"어휴, 속 터쳐! 포경이 아니라 초경! 생리 말이야."

"달거리? 진즉에 그렇게 얘기해야제. 그러니까네 느이 아배 만나기 한 해 전이니까네……."

"알았어, 열다섯이네. 아버지 만난 게 열여섯이라고 했으니까. 수술을 받은 적이 있습니까?"

"뭐라?"

"엄마 지금까지 수술 받은 적 있냐고."

"엄따! 수술은 무신. 정식으로 받은 기도 아인데."

"수술을 받았으면 받은 거고 아니면 아니지 정식이 아니라니 그게 뭔 소리야 엄마."

"야매로 받은 긴데 뭐."

"쌍꺼풀 수술도 아니고 무슨 수술을 야매로 받아."

"그기 말이다. 그기 니 멫살 때고? 아이다, 아이다."

할머니는 손사래를 치며 돌아앉았다.

"뭔데 얘기해 봐."

피일남 씨가 다그치자 잠시 후 할머니가 입을 다시며 천천히 다시 돌아앉았다.

"하기사 이제와가 숨길 게 뭐 있것노. 그기 막내 이자 낳고 얼마 안 있어 애가 들어슨기라."

"뭐라구? 아버지는 이자 태어나기도 전에 돌아가셨잖아."

"늬이 아버지 살아생전에 세상이 다 아는 난봉꾼으로 살았는데 나라꼬 열녀 춘향이 맹키로 살란 벱인나?"

피일남 씨로서는 놀랍다기보다 웃음이 비어져 나왔다. 엄마는 여자가 아니라 그냥 엄마인 줄로만 알았는데…… 웃음 뒤 끝에 짠한 마음이 들었다.

"상대 남자는 누구였는데?"

"오다가다 만난 난봉꾼이다. 니는 모른다."

"그럼 뱃속에 애를 야매로 지운 거야?"

"그럼 우짜겠노. 배는 불러오제, 시어머니가 두 눈 시퍼렇게 뜨고 있제. 아를 낳을 수도 없으이. 그때 내사 죽다가 살아났데이. 미장원 뒷방에서 마취도 안 코 그걸 했으니 피가 철철 넘치는데 소리도 크게 몬 지르고……. 생각해 보믄 내가 죽을죄를 졌제. 뱃속의 아가 무슨 죄가 있겠노. 내가 천벌을 받느라 펭생 이 고생인갑다."

"애 아빠는?"

"불알 달린 사내놈들 모다 도둑놈인 기라. 자기 아 아이라꼬 딱 잡아떼더니만 다음 날로 줄행랑을 치뿌렸다. 으짜겄노, 내가 뿌린 죄 내가 거둬야제."

할머니는 일부러 아무렇지도 않은 듯 말했지만 목 주변에 잡힌 주름이 벌겋게 달아오르는 게 심란한 마음만은 어쩌지 못했다. 피일남도 어린 시절의 기억을 가만히 되짚어 보건데 밤이 새도록 한숨을 쉬던 엄마의 모습이 생각났다.

"그때 자석들 버려 뿔고 집 나가 죽을라꼬 안 했나. 새끼들 다 재와 놓고 부엌 가마솥에 밥 안쳐 놓고 새끼덜 머리맡에 천 원짜리 한 장썩 올려놓고 방문 열고 나가는데 일남이 니가 깨어나 내 다리를 붙들고 우는 기라. '어매, 가지 마소.' 그라면서."

두 팔로 감싸 안은 엄마의 버선발에서 맡아지던 분 냄새. 일남은 희미한 기억을 떠올렸다. 그때 무슨 생각으로 엄마의 다리를 붙들고 매달렸던가. 일남은 엄마의 버선발에서 맡아지던 분 냄새를 잊을 수 없었다. 그 냄새는 모범생으로 살게 했던 묘약이자 고통스러울 때마다 찾게 되는 마약이기도 했다. 엄마의 버선발 냄새가 뇌리에 떠도는 동안 일남은 엄마의 자랑이자 살아가는 이유가 되었다. 경상도 시골 면소재지에서 수재로 이름을 떨치고 군수로부터 상장과 장학금을 받아 군내에서 유일하게 서울대학교 법학과에 합격하여 판검사의 꿈을 안고 상경할 때만 해도 그랬다. 그런데 서울은 참 이상한 곳이었다. 서울엔 너무 독한 냄새들이 곳곳에 배어 있어서 그랬을까. 불과 서울 생활 몇 달 만에 일남은 엄마 버선발에서 맡아지던 분 냄새를 까맣게 잊어 갔다. 희미하고 아련한 냄새를 붙들고 있기에 당시 서울은 너무도 혼탁했다. 그런데 당시 엄마의 나이보다 더 많은 중늙은이가 되어 버린 지금 그 냄새가 새삼 사무치게 떠오른 것이다.

계단을 올라오는 이다의 발소리가 열어 놓은 현관문을 통해 들려왔다. 두 사람은 알싸해진 코끝을 훔치며 잠시 빠져들었던 기억의 우물에서 서둘러 빠져나왔다.

"뭐야! 삼촌, 왜 만날 변태 패션이야."

"이눔아야, 내가 뭐라캐노. 아 앞에서 빤쓰 바람으로 있지 말라꼬 했제."

피일남 씨가 머리를 긁적이며 방으로 들어갔다.

"우리 두꺼비 이다야, 핵교 댕겨 왔나?"

"응."

이다는 자기 방에 가방을 던져 놓고 부엌 냉장고를 열면서 건성으로 대답했다.

"뭐야! 아이스크림 사다 논 거 누가 다 먹었어."

이다는 옷을 찾아 입느라 버스럭거리는 소리를 내고 있는 삼촌을 향해 도끼눈을 떴다.

"누가 묵으면 어떤노. 할매가 사묵을 돈 줄테니 우리 이다가 이거 쫌 해도고. 늬 삼촌은 답답해가 몬 시키묵것다."

"뭔데? 문진표잖아?"

이다가 피일남 씨가 앉았던 자리를 대신 차지하고 앉았다.

"할머니! 내가 묻는 말에 맞으면 '예', 틀리면 '아니오'라고만 대답해."

이다는 삼촌이 작성하다 말고 내려놓은 문진표를 한번 슥 훑어보면서 말했다.

"알긋다."

"요즘 식욕이 없어?"

"예."

"구역질 나와?"

"아니오."

"똥 색깔이 까매?"

"아니오."

"변비나 설사 있어?"

"아니오."

"새벽까지 잠을 못 이루는 경우가 있어?"

"연속극 보고 빨래에 설거지 하다 보믄……."

"됐어. 아니오야 그건. 커피는 안 마시지?"

삼촌이 겨우 삼분의 일도 못 채운 문진표를 이다는 순식간에 완성해 놓고 제 방으로 들어가 문을 닫았다.

"기집아가 야물딱진 건 좋다만……."

피일남 씨는 면바지에 남방 한 장 걸치고 쫓겨나듯 밖으로 나왔다. 마땅히 갈 곳은 없었지만 찜통 같은 집안에서 옷도 마음대로 벗지 못하고 그깟 1,000원짜리 아이스크림 하나 먹었다고 어린 조카의 잔소리까지 듣고 있자니 갑갑증이 일어 견딜 수 없었다.

"삼촌! 내 방에 있던 선풍기 또 가져갔어…… 요?"

방문이 벌컥 열리더니 벽에 부딪히며 쿵 하고 소리를 냈다. 곧바로 이다가 짜증스러운 얼굴을 하고 방에서 나왔다.

"문짝 거덜 나뺀다. 살살 하그래이."

"더워 죽겠는데 삼촌이 또 선풍기 차지하고 있으니까 그렇지."

"어데? 갸는 니 눈치 피하니라꼬 나가 삣다."

"나가려면 선풍기 제자리에 갖다 놓든가."

"미운털에 못난 털 배겼어도 늬 삼촌 쥐 잡듯 하지 말그래이."

할머니가 좁은 거실에 앉아 콩나물을 다듬으며 말을 이었다.

"일남이 갸가 그 일만 읎었어도 지금쯤 판검사 아이라 판검사 할애비도 되었을 끼다. 누굴 탓하겠노. 못난 부모 만난 탓이제. 그 어린 것이 불알 두 쪽만 달고 혈혈단신 서울로……."

"알았어."

이다는 다시 방문을 닫고 제 방으로 들어가 책상에 앉았다. 그대로 듣고 있다가는 언제 끝날지 모르는 할머니의 판소리 한마당이 또 이어질 판이었다.

큰삼촌의 인생도 생각해 보면 짠한 구석이 있다. 어린 시절 이다에게 큰삼촌은 무한 변신 로봇 같은 존재였다. 등 위에 올라타면 말과 낙타가 되어 주었고, 목마를 타고 양팔을 벌리면 하늘을 나는 비행기가 되었다. 그즈음 불룩 나오기 시작한 삼촌의 똥배는 이다의 나른한 오후 낮잠을 책임졌다. 놀잇감이 마땅찮은 날이면 이다는 삼촌의 허리띠를 풀어 두툼한 목에 단단히 묶었다. 허리띠를 당기면 삼촌은 음메 음메 소리를 내며 도살장에 끌려가는 소 흉내로 이다에게 즐거움을 주었다. 초등학교에 입학한 후로는 자의 반 타의 반 이다의 과외선생 역할을 맡았지만 선생으로서의 역할보다 이다의 숙제를 대신해 주는 숙제 도우미로서 만족해야 했다. 컴퓨터의 전원을 켜면서 이다는 속으로 생각했다.

'까짓것, 야동 몇 편 링크되었더라도 눈 감아 주지 뭐.'

피일남은 동네 주택가 골목을 가급적 천천히 걸었다. 골목길은 아무렇게나 구겨 놓은 풀린 실밥처럼 끊어질 듯하면서도 아슬아슬하게 이어졌다. 반석연립에서 살아온 18년을 포함하여 얼추 사반세기의 세월을 이 동네에서 살았지만 그동안 일부러 동네 주변 풍경을 외면하고 살았다. 그런데 오늘만큼은 달랐다. 어머니와의 대화 때문인지 아니면 조만간 재개발로 마을이 통째로 사라질지도 모른다는 불안감 때문인지 여하튼 설명할 수 없는 어떤 기운이 일남의 발걸음을 이끄는 것 같았다. 대학에 합격하여 처음 이곳에 자취방을 구했을 때만 해도 잠시 머물다 갈 곳인 줄로만 알았다.

"여기가 거긴가?"

식은땀이 흘렀다. 골목 모퉁이에 삐딱하게 서 있는 전봇대며 어른 보폭으로도 오르내리기 힘들 만큼 밭은 계단하며…… 기시감과 함께 거부하고 싶은 독한 냄새가 코를 쿡 찔렀다.

"맞아, 여기야."

변하지 않은 골목의 모습도 그랬지만 무엇보다도 계단을 오를 때 턱밑까지 차오르는 가쁜 숨이 대학 신입생 시절 바로 그 느낌 그대로였다. 내친김에 계단을 마저 올라갔다. 고개를 돌리자 여지없이 막다른 골목 끝에 붉은 벽돌집이 있었다. 비록 벽돌색은 시커멓게 빛이 바랬지만 처마 밑에 깊게 패인 낙숫물받이의 색깔은 여전했다. 낙숫물받이와 붙은 문간방. 스무 살 새내기 대학생이었던 피일남이 오랜 세월을 건너와 문간방 창문을 마주보고 섰다. 순간 소름이 돋으며 얼굴이 확 달아올랐다.

동아리 신입 회원 환영회를 마치고 술에 취해 선배의 부축을 받으며 자취방으로 돌아오던 날 밤비가 추적거렸다. 감기에 걸리더라도 그냥 혼자 재워 놓고 돌아갈 것이지. 선배는 왜 굳이 번개탄까지 사다가 불을 붙이고 아궁이에 비에 젖은 연탄을 넣었을까. 부잣집 외동아들로 자라 한 번도 연탄을 갈아 본 적이 없었을 그 선배는 젖은 연탄을 억지로 태우면 일산화탄소 배출량이 평소의 서른 배가 훨씬 더 넘는다는 사실을 몰랐을 것이다.

"누구슈!"

철문이 끼기긱 소리를 내며 열리더니 백발의 할머니가 얼굴을 내밀었다. 일남은 한눈에 그 노파를 알아보았다. 아무리 세월이 지났어도 자취방 주인아주머니의 얼굴을 잊을 수 있겠는가.

"아니요! 그저 집 좀 구경……."

일남은 자기도 모르게 고개를 돌렸다.

"또 재개발인가 뭔가 때문에 온겨? 난 도장 못 찍어. 평생 예서 살다 죽을 거여. 다신 오지 말어."

일남은 노파를 외면하고 황급히 골목을 되돌아 나갔다.

"근데 낯이 익는디……. 혹시 문간방 학생?"

일남은 뒤를 돌아보지 못했다. 막다른 골목을 나와 다시 계단을 내려서는데 유난히 가파른 계단 탓인지 일남의 무릎이 후둑 꺾였다.

"긴 거 같은디. 아니어?"

뒤따라 나온 노파의 목소리가 들렸지만 일남은 접질린 다리를 붙들고 필사적으로 계단을 내려가 모퉁이를 돌았다. 숨이 가빠 왔다.

그날 새벽 아궁이 틈새를 통해 문간방으로 스며든 연탄가스는 선배와 일남을 삼켰다. 주인아주머니가 연탄가스로 가득 찬 방문을 열었을 때 선배는 이미 숨을 쉬지 않았다고 한다. 일남은 보름 후 산소 호흡기를 벗고 깨어난 후에야 그 소식을 들었다. 술에 취한 일남을 창가에 누이고 선배는 아궁이와 맞닿은 쪽으로 고개를 둔 것이 두 사람의 운명을 갈랐다. 죽은 선배의 연인이었던 국문과 3학년 여자 선배의 말은 잔인했다.

"걔는 너 때문에 죽었어. 하긴 걔 소원대로 된 거지. 늘 가난한 민중을 위해서 목숨을 버리겠다고 했으니까. 하지만 이런 식으로 죽는 걸 원하지는 않았을 거야.”

죽은 선배의 집을 찾았을 때 외아들을 잃은 선배의 부모는 문을 열어 주지 않았다. 그때부터 연탄가스의 독한 냄새는 일남의 주변을 떠나지 않았다. 당시 대학 주변에 가시지 않던 최루탄 가스도 죽음의 연탄가스에 비하면 아무 것도 아니었다. 그때부터 일남은 돌과 화염병을 들었다.

“독재권력 타도하자! 민중 생존권 쟁취하자!”

정치적 신념보다는 죄책감 때문이었다. 죄의식은 유독성 일산화탄소로 변해 숨을 쉴 때마다 일남의 폐부를 들쑤셔 댔다. 그 냄새는 모든 것을 부식시킬 만큼 너무 강렬했다. 엄마 버선발에서 나던 분 냄새를 까맣게 잊게 할 만큼 독하고 강했다. 더 이상 공부는 의미가 없었다. 책을 펴면 여지없이 지독한 연탄가스 냄새와 함께 욕지기가 나왔다.

일남은 노인정 앞 나무 의자에 걸터앉아 신을 벗고 발을 주물렀다. 노인정 앞에 펴 놓은 평상 위에서는 서너 명의 노인이 막걸리를 놓고 앉아 장기를 두고 있었다.

“집이는 도장 찍은겨?”

“안 찍으믄 어쩔겨. 어차피 낼모레면 철거하겠다고 나설 판인데.”

“절대 찍으면 안 돼! 30년 넘게 살았으면 예가 고향인데 어떤 놈이 우릴 내쫓는단 말야. 여기서 나가면 갈 데나 있남.”

“그래 봐야 소용없구믄. 내가 당해 봐서 알어. 젊어서는 청계천

살다 복개 공사 한다고 쫓겨났지, 창신동 산꼭대기로 갔더니만 이번엔 길 낸다고 멀쩡한 집을 때려 부숴. 그래서 상계동으로 갔어. 얼마 살도 못 하고 이번엔 아파트 짓는다고 난리를 쳐서 이리로 온 겨. 매번 똑같어. 주민들 의견? 그거 다 즈그덜이 주물러 만드는겨."

"뭐혀! 장군 안 받어?"

죽은 선배의 애인이었던 여자 선배는 얼마 후 새로운 애인과 함께 나타났다. 새 애인은 일찌감치 운동권에서 발을 빼고 고시 준비에 매진한 결과 사법 고시에 합격하여 예비 법조인의 길을 걷고 있었다. 여자 선배는 졸업 후 방송국 아나운서가 되어 간간히 뉴스 시간에 얼굴을 내밀었다.

일남은 신작로를 따라 시장 입구로 접어들었다. 사람들의 통행이 많은 시장 길목 여기저기에 걸린 현수막이 눈에 들어왔다.

'지역의 염원, 재개발 사업을 적극 지지합시다. ─2지구 재개발 사업 추진위원회'

'원주민 내쫓는 재개발 결사반대한다. ─재개발 반대 투쟁위원회'

재개발을 두고 대립하고 있는 단체에서 내건 현수막이었다. 수십 년 동안 순대와 족발을 팔아 온 허름한 가게에서 후끈한 기운이 퍼져 나왔다. 라면 하나로 점심을 때워서 그런지 허기가 밀려왔다. 주머니를 뒤지니 달랑 동전 몇 개가 만져졌다. 동생들을 이끌고 무작정 서울로 올라온 어머니도 바로 이 시장통에서 행상으로 식구들을 먹여 살렸다. 양은 함지박을 머리에 이고 단속반을 피해 숨바꼭질하며 시장통을 누볐다.

'조개젓 사이소. 새우젓 있어예!'

'맛있는 찰옥수수가 쌉니데이.'

엄마의 커다란 함지박에는 가을이면 찐 옥수수, 겨울에는 가래떡과 절편, 김장철에는 새우젓과 조개젓 등 다양한 먹거리들이 들락거렸다.

죽은 선배에 대한 죄책감으로 시위 때마다 선봉에 섰던 피일남은 경찰의 추적을 피할 수 없었다. 죄책감에 시달리며 학교생활을 하는 것보다는 감옥행이 더 나았다. 정작 고생은 옥바라지를 해야 했던 어머니의 몫이었다. 어머니는 장남 피일남의 옥바라지를 위해 고향에 남아 있던 동생들을 데리고 낯선 서울 달동네로 삶의 터전을 옮겼다.

제2구역 재개발 조합 조직국장 한판수는 기분이 좋았다. 이대로만 가면 며칠 내로 주민 70퍼센트 이상의 동의를 얻어내는 것은 식은 죽 먹기였다. 재개발 반대 투쟁위원회의 방해가 있긴 하지만 내친김에 몰아붙이면 70퍼센트가 아니라 80퍼센트 찬성도 가능할 것으로 보였다. 그렇게 되면 시행사에서 가만히 있지는 않을 것이다. 잘하면 이번 기회에 큰돈을 만질 수도 있으니 본격적인 활동을 앞두고 조직원들을 독려할 필요가 있었다.

"수고들 많았다. 오늘은 내가 쏠 테니 삼겹살에 소주 한잔 허자."

"알겠습니다, 형님."

조직국장 한판수의 말에 한목소리를 내는 대답이 사무실을 울렸다.

"그놈의 형님 소리 빼라고 안 했냐!"

"죄송합니다, 국장님."

사무실에 모여 있던 직원들이 한판수를 에워싸며 밖으로 나왔다. 피이남은 약간 뒤쪽에 끼어서 무리를 따라갔다. 나이로 보자면 이미 마흔에 접어들었으니 조직국장 한판수 바로 옆에 설 수도 있었지만 그들 세계에서는 서열을 정하는 다른 기준이 있었다. 한판수는 피이남의 등판에 새겨진 용 문신과 왼쪽 어깻죽지에 남아 있는 '착하게 살자'라는 글귀와 매우 밀접한 관계를 가진 인물이다. 만일 피이남이 어머니를 따라 서울에 올라오지 않고 시골에서 예정대로 인근 농업고등학교에 진학했더라면 지금쯤 소나 돼지 혹은 닭을 키우며 나름 자기 몫을 하면서 살고 있었을는지도 모른다. 서울로 올라온 후 어머니는 오로지 장남 피일남의 옥바라지에만 온 신경을 썼으므로 고등학교 진학을 앞둔 이남을 챙기지 못했다. 두 살 터울의 누나 피일자는 시골에서 고등학교를 다니고 있었기 때문에 전학이 가능했지만, 이남은 중학교는 이미 졸업한 상태이고 고등학교는 아직 입학하기 전이었기에 전학을 주선해 줄 사람이 없었다. 교육청이나 학교 당국을 찾아다니며 방법을 찾았다면 어떻게 해서든 피이남도 정상적으로 고등학교에 입학할 수 있었을 테지만 이래저래 시기를 놓치는 바람에 본의 아니게 백수가 되고 말았다.

그때 만난 인간이 바로 한판수이다. 그는 버스 종점 주변을 어슬렁거리며 만만한 상대를 골라 삥을 뜯거나 취객을 상대로 퍽치기를 하는 동네 양아치였다.

"야! 씨방새, 너 일루 와 봐."

엔간한 욕은 어릴 적 엄마로부터 귀가 닳도록 들어온 터라 한판
수의 입에서 나온 욕을 듣는 순간 이남은 반가운 친구를 만난 듯했
다. 욕설이 통하지 않자 한판수가 어설픈 주먹을 휘둘렀다. 하지만
이 또한 소용이 없었다. 공부 잘하는 형 일남에 치여 찬밥 신세였던
이남이 유일하게 형을 이겨 먹을 수 있는 게 바로 주먹과 깡다구였
다. 자기보다 다섯 살이나 위인 형을 이미 중학교 1학년 때 싸움으
로 제압할 정도였으니 말해 뭐하겠는가. 이남에게 삥을 뜯으려고
덤벼들었던 한판수는 되려 자기 주머니에 있던 동전과 버스표까지
닥닥 긁어 이남에게 고스란히 넘겨주고 줄행랑을 쳐야 했다. 이남
에게 한판수와의 만남은 외롭고 배고픈 서울에서 새로운 삶의 길
을 밝혀 준 광명과도 같았다.

'이렇게 쉽게 돈을 버는 방법이 있다니.'

며칠 뒤 이남은 비열한 웃음을 지으며 다가오는 한판수를 만날
수 있었다. 이번엔 삥을 뜯기 위해서가 아니라 동업을 제안하기 위
해서였다. 두 사람은 본격적인 활동에 들어가기 전에 굳건한 약속
의 의미로 등판에 용 문신과 왼쪽 어깻죽지에 '착하게 살자'를 새겼
다. 그때부터 피이남과 한판수는 단짝이 되어 버스 종점 주변을 주
름잡아 갔다. 한판수는 삥을 뜯고 피이남은 그 뒤를 지켰다. 간혹 다
른 패거리가 시비를 걸면 피이남이 나서서 해결했다. 타고난 주먹
과 깡다구와 맷집을 가진 피이남과 선천적으로 잔머리 유전자를 가

지고 태어난 한판수, 두 사람의 환상적인 콤비가 이루어진 것이다.

"이남아, 왜 똘마니 마냥 뒤에 처져 있냐. 이리 옆으로 와라. 어깨도 좀 펴고."

한판수가 뒤에 따라오던 이남을 곁으로 불렀다. 지금의 한판수는 오래전 뒷골목에서 삥이나 뜯던 조무래기가 아니다. 제2구역 재개발 조합의 행동 대장 격인 조직국장이다. 재개발 사업을 하는 데 있어서는 조합장이 직접 나서기 곤란하면서도 사업을 위해 꼭 필요한 일들이 있는 법. 비공식적이고 은밀한 일에 있어서는 한판수가 이끄는 조직국의 역할이 무엇보다 중요했다. 누군가의 삥을 뜯는 일이라는 점에서 예나 지금이나 크게 다를 것이 없지만 과거와는 달리 합법적인 모양새를 갖추고 있었다.

"누님이 우리 구역에서 카페한다며?"

"아, 예."

"짜식! 사적인 얘기할 때는 편하게 해. 예전에 우리 친구였잖아."

"응."

한판수는 다른 사람들이 들으라는 듯 큰 소리로 호탕하게 웃었다. 이남도 판수를 따라 웃었지만 그의 웃음소리는 호탕하지도 당당하지도 않았다.

"야! 여기 이남이형 잘 모셔라. 왕년에 내 절친이었으니까."

"알겠습니다. 국장님."

한판수 일행이 큰길로 접어들었을 때 '재개발 결사반대' 어깨띠를 두르고 유인물을 나눠 주는 재개발 반대 투쟁위원회 사람들과 맞닥뜨렸다.

"국장님, 저 새끼들이 또 고춧가루 뿌리고 다니는데요!"

앞서가던 한판수의 똘마니가 뒤를 돌아보며 입을 열었다.

"에이, 재수 없는 새끼들!"

피이남은 한판수가 불편한 심기를 드러내는 순간을 놓치지 않았다. 누가 말릴 틈도 없이 쏜살같이 튀어 나간 피이남이 어깨띠를 두른 무리 중 제일 덩치가 큰 놈을 골라 이단 옆차기를 날렸다. 전혀 예상치 못한 공격이었던 데다 달려오던 가속도까지 실린 피이남의 일격에 상대는 비명 소리조차 내지 못하고 길바닥에 나뒹굴었다.

"다 쓸어 버려!"

피이남의 '선빵'으로 예정에 없던 패싸움이 벌어졌다. 사실 패싸움이라고 부를 것도 없는 일방적인 집단 폭력이었다. 평생을 싸움판에서 굴러 잔뼈가 굵은 한판수 패거리와는 달리 재개발 반대 투쟁위원회는 지역 시민단체 활동가와 일부 상인들로 구성되어 있어 주먹질과는 애당초 거리가 멀었다. 피이남은 쓰러진 상대를 발로 밟았다. 그동안 드러낼 일이 없었던 본능이 봇물처럼 터지며 잔인하게 되살아났다.

"고만해라."

한판수가 싸움을 정리하지 않았다면 피이남의 혈기가 상대의 갈비뼈 몇 대는 부러뜨리고도 남았을 것이다. 어쨌든 피이남의 적극적인 활약으로 재개발 반대 투쟁위원회의 활동은 당분간 잠잠할 것으로 보였다. 피이남의 전광석화 같은 한 방은 한판수를 비롯하여 현장에 있던 재개발 조합 사람들에게 피이남이 그저 떡밥이나 껄떡대는 조무래기가 아니라는 것을 각인시킬 만큼 강렬했다.

"어이! 피이남. 아직 살아 있네."

자리를 옮긴 술집에서 건배를 마친 한판수가 좌중을 한번 훑어보더니 말문을 열었다. 한판수의 첫 발언에서 피이남이 거론되었다는 것은 조직 내에서 피이남의 존재감이 확실하게 자리 잡았음을 의미했다.

"지금부터 내 친구 피이남을 우리 조합의 영업부장으로 임명한다. 어때?"

"좋습니다, 국장님."

피이남은 얼떨결에 일어나 꾸벅 인사를 했다. 영리를 목적으로 하는 회사도 아닌 재개발 조합에 영업부장이라는 직책이 적합한지 잠시 의문이 들었지만 조직에서 자신의 존재감을 당당히 인정받는 마당에 직책은 그리 중요하지 않았다. 자본주의 사회에서 이루어지는 인간의 활동이란 따지고 보면 하나같이 영업이요, 마케팅 아니던가. 정치도 마케팅이요, 행정도 마케팅이요, 교육과 종교도 마케팅 없이는 존재할 수 없는 세상이니 재개발 사업이라고 마케팅 책임자인 영업부장이 없으란 법이 있을까. 물론 한판수가 현대 자본주의 사회에 대한 통찰을 바탕으로 영업부장이라는 직책을 신설했다고 보기는 어렵다. 일반적으로 나이트클럽에서 종업원을 관리하는 중간 책임자에게 붙이는 직책이 영업부장이고 보니 자신이 알고 있는 익숙한 직책을 즉석에서 내뱉었을 가능성이 크다. 여하튼 피이남은 이단 옆차기 하나로 순식간에 고속 승진 하여 영업부장이 되었다. 어느 틈에 술잔이 몇 순배 돌고 똘마니 하나가 폭탄주를 조제하여 건배를 제안했다.

"피 부장님의 승진을 축하하는 뜻에서, 위하여!"

피이남의 이단 옆차기는 이제 하나의 전설이자 신화로 자리 잡을 것이다. 세상에 존재하는 모든 신화는 그것을 뒷받침하는 권위에 의해 가공되고 포장되어 다시금 권위를 떠받치는 도구로 작동하기 마련이다. 쑥과 마늘을 먹으며 삼칠일을 어두운 동굴 속에서 견딘 곰이 만일 왕을 낳지 못했다면 그 곰은 신화의 주인공이 아닌 자연선택에서 도태된 돌연변이에 불과했을 것이다. 한판수라는 권력이 피이남의 이단 옆차기를 공식적으로 인정하는 순간 피이남은 신화의 주인공이 되고 그의 이단 옆차기는 공중 삼 회전, 트리플 악셀로 포장되어 조직의 힘을 과시하는 전설로 기록될 것이다.

"피 부장! 영업부장 피이-이이-나암."

똘마니들을 물리고 2차를 위해 양주바로 자리를 옮긴 한판수가 지긋한 목소리로 이남을 불렀다.

"예, 국장님."

"짜식, 사석에서는 그냥 친구로 대하라니까."

"그래도……."

"어이, 내 친구 이남아! 네가 오늘 내 체면을 세워 줬어. 수고했다."

"으……웅, 판수야."

"앞으로도 할 일이 많을 거야. 본격적으로 철거 작업 들어가면 힘 써야 할 일도 생길 거고."

한판수는 철거 작업이 끝나는 대로 용역비 외에 성공 보수를 받 기로 약속이 되어 있었다.

"요즘 애들은 요리 빼고 조리 빼고 도통 패기가 없어. 우리 때만 해도 화끈했는데 말야. 안 그래, 이남아?"

아마도 한판수가 말하는 '우리 때'란 오래전 피이남과 함께 술집 웨이터 겸 삐끼로 일하던 시절을 말하는 듯했다. 처음 버스 종점 주 변에서 조무래기들의 삥을 뜯던 이들은 이어 유흥업소에 몸을 담았 다. 이남이로서는 온 가족이 지지고 볶는 단칸방을 벗어나 먹여 주고 재워 주면서 용돈까지 얻어 쓸 수 있는 그곳이 천국처럼 느껴졌다.

"이남아, 그때 일은 잊어라. 이제 너와 나는 한 배를 탄 거니까."

한판수가 새 잔에 양주를 채워서 건네며 건배를 청했다. 잠시 뜸 을 들이던 이남이 잔을 들자 한판수의 입에 환한 미소가 지어졌다. 하지만 이남의 술잔 속에 가늘게 일던 떨림을 눈치 채지는 못했다. 여름밤이 깊어 가고 있었다.

"최 샘! 이게 말이 되는 얘기예요? 카페 리모델링하는 데 쏟아 부 은 돈이 얼만데."

내용증명이 담긴 우편을 뜯어 본 피일자 씨는 흥분을 감추지 못 했다. 피일자 씨로부터 서류를 건네받은 게바라도 황당하다는 표 정을 지었다.

"건물 주인이 다른 사람으로 바뀌었다면서요. 새 건물주는 만나 봤어요?"

"지난번 입주자 회의 때 건물 주인은 참석도 안 하고 법무산가 뭔가 하는 인간을 대신 보냈더라고요. 그래놓고 달랑 내용증명 띄운 거예요."

"그때 뭐라고 하던가요?"

"내참 기가 막혀서……. 그동안 이 건물에서 장사한 덕분에 잘 먹고 잘살았으니 이제 지역 발전을 위해서 나가라는 거예요. 건물 주인이야말로 우리 세입자가 꼬박꼬박 내는 월세에 관리비에 받아 챙겨서 그동안 잘 먹고 잘살았지. 그랬으면 건물을 팔더라도 미리 귀띔이라도 해 줘야 하는 거 아녜요? 이 건물에서 장사하는 사람들은 아무도 건물이 팔린 줄 몰랐어요. 새 주인이 느닷없이 나가라고 통보하는 바람에 안 거예요."

게바라는 피일자 씨의 말을 듣고만 있었다. 뭐라고 위로의 말을 전하고 싶었지만 마땅히 할 말을 찾지 못했다.

"개새끼!"

"저, 저 말입니까?"

피일자 씨가 내뱉은 말에 게바라가 화들짝 놀라며 자세를 고쳐 앉았다. 게바라 앞에서 상소리를 내기는 처음이었다. 그만큼 피일자 씨로서는 급박하고 억울한 상황이기도 했다.

"최 샘 말고 건물주 그 개새끼요."

"예에, 난 또……. 저한테도 곧 내용증명 날아오겠네요."

"우리 건물에 입주한 사람들도 끝까지 버티기로 했어요. 최 샘도 절대 물러나면 안 돼요."

"벌써 찬성 도장 찍은 사람들이 절반은 넘었다고 하던데……."

"상가 건물 가진 사람들이야 재개발되면 돈방석에 앉겠지만 달랑 집 한 채 가진 사람들은 왜 찬성 도장 찍는지 모르겠어요."

"그러게요. 어차피 태반은 이 동네를 떠야 할 텐데……."

피일자 씨는 애가 탔다. 지난봄 대출까지 받아 리모델링을 했을 때만 해도 희망에 부풀었다. 그런데 리모델링을 마치고 장사가 본궤도에 접어들기도 전에 임대 계약 해지를 통보받은 것이다. 같은 건물에 입주한 사람들 모두 똑같은 내용의 통고서를 받고 입을 다물지 못했다. 가게를 비우고 나가는 조건으로 제시된 것은 보증금 외에 6개월치 영업 손실금과 쥐꼬리만큼의 시설 투자비가 전부였다. 피일자 씨가 리모델링에 쏟아 부은 돈은 한 푼도 보상받지 못하는 것이나 다름없었다. 피일자 씨는 너무 억울해서 사방으로 알아봤지만 법적으로는 맞설 도리가 없었다. 한 가닥 희망이 있다면 재개발 사업 자체가 취소되는 건데 그러려면 재개발 구역에 집이나 땅을 소유한 주민들 30퍼센트 이상이 재개발을 반대해야 한다. 그런데 소문에 의하면 벌써 절반 이상이 찬성 도장을 찍었다고 하니 걱정이 이만저만이 아니었다. 사정은 게바라도 다르지 않았다. 다만 전 재산에 빚까지 얻어 리모델링에 투자한 피일자 씨와는 달리 게바라가 투자한 것이라곤 칠판과 책걸상 정도에 불과하다는 게

다르다면 다른 점이었다.

"재개발에 대해 주민 의사를 물으려면 우리처럼 세 들어 있는 사람의 의견도 물어야지 어쩐된 게 부동산 가진 사람들의 의견만 묻는 거죠? 안 그래요, 최 샘?"

"그러게요. 하지만 법이 그런 걸 어쩝니까. 어차피 법을 만들고 집행하는 사람들도 가진 사람들인데."

"하긴 우리 집 식구도 그깟 좁아터진 연립 하나 가지고 의견이 모아지지 않으니……."

피일자 씨 자신도 처음 재개발 얘기가 나왔을 때 집값이 오를 것이라는 기대로 내심 반가웠던 기억을 떠올렸다. 그때만 해도 자신이 남의 건물 한 칸을 빌려 장사하는 세입자라는 사실을 생각하지 못했다.

"아무튼 저는 끝까지 싸울 거예요."

피일자 씨는 진열해 놓은 양주를 꺼내 병째로 나발을 불었다.

"피에타! 진정해요."

게바라가 일어나 술병을 뺏으려고 했지만 소용없었다.

"아놔, 냅 둬! 열 받아 미쳐 버리겠어. 씨발."

며칠 전 로맨틱한 분위기를 연출하던 모습과는 달랐다. 피일자 씨의 그런 모습을 처음 본 게바라는 어쩔 줄 몰랐다.

피이남을 제외하고 가족들은 모두 집에 돌아와 잠을 청했다. 하지만 아무도 편히 잠들지 못하고 있었다. 할머니는 다음 날 있을 건강검진에서 피를 뽑고 내시경을 해야 한다는 부담 때문에, 피일자 씨는 가게를 비워야 한다는 걱정 때문에 잠을 이루지 못했다. 피일 남 씨는 아까 낮에 은행나무 산책길에서 보았던 광경이 눈에 밟혀 잠이 오지 않았다. 폭력에 짓밟히는 사람들의 모습에서 오래전 전 투경찰의 군홧발에 짓이겨지던 자신의 모습을 보는 듯한 기시감 이 들었다. 일남을 더욱 힘들게 하는 것은 그 광경을 멀찍이서 구경 만 했던 자신의 비굴함이었다. 그런데 가장 앞장서서 폭력을 휘두 르던 건달의 뒷모습이 매우 친숙했다. 어디서 봤더라? 잠을 이루지 못하는 또 한 사람은 이다였다. 침대 밑에 요를 깔고 누운 엄마 피 일자 씨가 끊임없이 뒤척이며 한숨 소리와 함께 술 냄새를 토해 낸 탓이기도 했지만 그나마 얘기가 통하던 진우와 예은이를 인놀방에 서 만날 수 없다는 사실에 심란했다. 가족 모두는 각자의 근심을 긴 한숨에 담아 뱉어 냈다.

며칠 뒤 재개발 제2구역에 거주하는 사람들은 모두들 같은 내용 의 우편물을 받아 들었다. 주택 및 토지 소유자 84퍼센트의 동의 절차를 거쳐 재개발 사업이 예정대로 확정 승인 되었으며 시공 회 사가 선정되는 대로 신속하게 예정된 재개발 사업을 추진하겠다 는 내용이었다.

그것은 최후통첩이었다. 제안을 수용하고 정해진 보상금을 받고 떠나든지 아니면 제안을 거절하고 싸움을 감수하든지 둘 중 하나 의 선택만이 가능한 게임이었다.

난쏘공

"오늘은 예은이의 목소리가 듣고 싶구나. 예은이가 책을 읽어 주련?"

게바라는 일부러 목소리를 밝게 하려고 노력했지만 가라앉은 수업 분위기를 바꾸지는 못했다. 예은이가 책을 펼치고 크지도 작지도 않은 목소리로 천천히 책을 읽어 나갔다.

"사람들은 아버지를 난장이라고 불렀다. …… 나는 아버지 어머니 영호 영희, 그리고 나를 포함한 다섯 식구의 모든 것을 걸고 그들이 옳지 않다는 것을 언제나 말할 수 있다. 나의 '모든 것'이라는 표현에는 '다섯 식구의 목숨'이 포함되어 있다."

이번 주 필독서는 『난장이가 쏘아올린 작은 공』으로 교과서에도 나오는 소설이라 이미 내용을 알고 있었다.

"예은이 목소리는 언제 들어도 상큼하구나. 다음 부분은 진우의 씩씩한 목소리로 들어볼까?"

예은이의 목소리는 결코 상큼하지 않았다. 진우 역시 소설의 다음 부분을 결코 씩씩하지 않은 목소리로 읽어 나갔다.

"'통장이 이걸 가져왔어요.' 내가 말했다. 어머니는 조각마루 끝에 앉아 아침 식사를 하고 있었다. '그게 뭐냐?' '철거 계고장이에요.' '기어코 왔구나.' 어머니가 말했다. '그러니까 집을 헐라는 거지? 우리가 꼭 받아야 할 것 중 하나가 이제 온 셈이구나!' (중략) '우린 못 떠나. 갈 곳이 없어. 그렇지 큰오빠?' '어떤 놈이든 집을 헐러 오는 놈은 그냥 놔두지 않을 테야.' '그만둬.' '그들 옆엔 법이 있다.' 아버지의 말대로 모든 이야기는 끝나버린 것이나 마찬가지였다.*"

"그만. 예은이와 진우가 읽느라고 수고 많았다. 교과서에도 있는 글이라 익숙할 거야. 다들 끝까지 읽었겠지?"

이다는 자신이 없었다. 진우는 기숙학원으로, 예은이는 미술학원으로 더 이상 인놀방에 올 수 없을 텐데 혼자서 게바라의 수업을 듣기엔 너무 부담스러웠다. 게바라 역시 심란한지 아무도 대답하지 않자 더 이상 질문을 하지 않고 수업을 이어갔다.

"잘 알겠지만 난쏘공은 1970년대를 대표하는 소설로 산업화 과정에서 밀려난 도시 빈민의 열악한 현실을 사실적으로 표현한 작품이다. 그런데 40년이 지났는데도 여전히 수많은 난장이들이 이

---

*『난장이가 쏘아올린 작은 공』(조세희, 이성과 힘)

도시를 떠돌고 있어. 지난 시간에 기표와 기의에 대해 생각해 보았어. 모든 의사소통은 기표를 통해 이루어진다고 했는데 생각나니?"

"네."

진우가 힘없는 목소리로 대답했다.

"권력과 자본이 기표를 조작한다는 얘기도 기억나니?"

"네."

이번엔 예은이였다.

"권력이란 자신의 의도를 상대방에게 관철시키는 힘이라고 할 수 있어. 그렇다면 권력은 기표를 장악함으로써 자신의 의도를 정당화한다고도 할 수 있겠지."

"네."

이다였다. 굳이 대답을 해야 할 이유는 없었지만 평소 수업 때와 달리 유난히 처진 게바라의 어깨를 보니 건성으로라도 소리를 내는 게 좋겠다는 생각이 들었다.

"그렇다면 권력을 가진다는 것은 강력한 기표를 장악하는 것과 같은 의미라고도 할 수 있어. 좀 어렵지?"

"……."

"조금 전에 진우가 읽은 대사 중에서 아버지가 한 말이 뭐였지?"

"그들 옆에 법이 있다."

게바라의 질문에 이다와 예은이가 동시에 대답했다.

"법은 권력과 부를 가진 사람들을 위해 존재한다는 뜻이지. 법은 하나의 기표야. 권력과 부를 가진 사람들은 법이라는 기표를 독점

하고 있는 것과 같아. 원래 법은 정의를 실현하기 위한 기표인데 기표와 기의는 항상 일치하는 것이 아니니까. 즉, 조작과 왜곡이 가능하니까 법을 독점한 사람들은 법을 옆에 두고 자기들의 의도대로 조작할 수 있는 거지."

"난쟁이의 기표는 없나요?"

이다가 물었다.

"권력을 가진 사람들의 기표가 법이라면 힘없는 난쟁이의 기표는 맨주먹뿐이지. 그런데 법이라는 기표는 국가에 의해 합법적으로 정당화되지만 맨주먹으론 아무리 정의를 외치더라도 그것은 정당한 기표로 인정받을 수 없어."

"참 더럽네요."

이다가 원래 하고 싶었던 말은 '참 좆같네요.'였지만 순화된 표현으로 바꾸어 말했다. 말하자면 기표를 살짝 조작한 셈이다. 문득 지난봄 싸움판이 되어 버렸던 반석연립 반상회에서 202호 노가다 박씨가 했던 말이 떠올랐다.

'있는 놈들은 법으로 싸우고 없는 우덜겉은 세입자는 몸뗑이로 싸우다 뒤지는겨.'

그의 말은 어려운 이론을 뛰어넘어 정곡을 찌르고 있었다.

"개학하면 다시 올게요."

수업이 끝나고 진우가 게바라에게 먼저 인사를 건넸다. 개학을 하더라도 진우가 인놀방으로 다시 돌아오리라고는 아무도 믿지 않았다.

"그래, 기숙학원에서 열심히 해라."

"저도 다시 올게요."

"그래, 예은이도 그림 공부 열심히 하고 기회가 되면 다시 볼 수 있겠지."

게바라가 계단 입구까지 배웅을 나오며 진우와 예은이의 어깨를 두드렸다. 듣기로는 다른 반 아이들도 여름방학을 맞아 입시학원으로 옮겨간 경우가 많다고 했다. 게바라의 어깨가 유난히 처져 보였다.

"당분간 이다와 단둘이 수업을 하게 생겼구나."

"네."

차마 거기에 대고 '저도 그만둘래요.'라고 말할 수는 없었다. 1층으로 내려오는 계단이 평소와 달리 길게 느껴졌다. 진우와 예은이는 마치 그동안 자신이 남긴 발자국의 흔적을 찾기라도 하는 듯 계단을 아주 천천히 내려왔다.

"너희들 진짜로 다시 올 거야?"

"그림 실력 좋아지면 아빠한테 졸라 볼 거야."

이다의 말에 예은이가 대답했다.

"그때쯤이면 인놀방이 없어질지도 몰라."

1층 현관 앞에 세워둔 자전거의 앞바퀴를 툭툭 차며 진우가 말했다.

"그건 무슨 소리야. 너희들 그만둬도 나는 계속 다닐 건데."

"우리 아버지가 이 건물 샀어. 이다 너희 엄마 카페하시는 건물도 이제 아버지 거야. 아버지가 건물을 사는 이유는 단 한 가지야. 부수고 새 건물 지어서 비싸게 파는 거."

"그럼 우리 엄마 가게도 없어지는 거야?"

"아마도."

"새 건물 짓는다며? 그럼 더 좋아지는 거 아니야?"

예은이가 이해할 수 없다는 표정으로 물었다.

"여기가 예은이 네가 살던 베트남인 줄 아니?"

이다가 예은이에게 살짝 면박을 주었지만 예은이는 여전히 이해할 수 없다는 표정을 지었다.

"노래방이나 갈래? 오랜만에 내가 쏠게."

진우가 일부러 분위기를 바꿨다.

반석연립 302호에 피 씨 남매들이 초저녁부터 모여들었다. 거실 한가운데 할머니를 중심으로 사 남매가 둘러앉았다.

"엄마! 아주 간단한 수술이야. 그냥 며칠 쉬고 온다고 생각하면 돼."

피이자 씨는 '아주 간단한'에 힘을 주었지만 표정은 결코 간단해 보이지 않았다. 나머지 피 씨 남매들 역시 눈과 이마에 새로 생긴 주름살이 얽혀 복잡한 사다리 타기 게임을 만들고 있었다.

"내 나이 묵었어도 눈치 하나는 백단인기라. 뭐꼬? 암이가?"

암이라는 말에 사 남매의 얼굴이 허옇게 변하며 아무도 입을 열지 못했다.

"맞고마. 을매나 산다꼬 하드나?"

"엄마! 그게 요즘은 암도 치료만 잘 하면……."

"씨끄럽데이. 방사선 치룐가 뭔가 내도 안다. 멀쩡한 사람 산송장 만들어 놓는 긴데 왜 죽을 날 받아 논 몸뗑이에 돈을 쏟아붓노! 싫다. 하룻밤을 살아도 이대로 살다 죽을 기다."

할머니가 피이자 씨의 말을 막으며 단호하게 말했다.

"돈은 걱정 마세요, 엄마! 이 집 팔고 변두리로 이사 가면 엄마 치료비 대고도 남아요. 어차피 집을 팔지 말지 고민 중이었잖아요."

장남 피일남 씨가 거들고 나섰다. 집을 팔면 가장 큰 타격을 받게 될 그였지만 엄마가 암 선고를 받은 마당에 자신의 유불리를 따질 수는 없는 일이었다.

"그래, 엄마! 이남이도 취직했고……."

할머니의 자궁 속에 자리 잡은 암은 이미 한참 진행된 상태였다. 수술을 받고 방사선 치료를 한다고 해도 완치될 가능성은 크지 않았다. 하지만 자식의 도리로서 그대로 보고만 있을 수는 없었다. 간곡한 말로 어머니를 설득하려는 피 씨 사 남매 모두의 마음은 하나같이 진심이었다. 피일자 씨가 찔끔거리며 눈물을 훔쳤다. 피이자 씨도 코를 훌쩍였다. 일남과 이남의 눈도 벌겋게 달아올랐다. 그때 계단을 오르는 발자국 소리가 들리더니 이다가 현관문을 열고 들어섰다.

"뭐야 또 가족회의야?"

"이다 니 마침 잘 왔데이. 부엌칼 쫌 가 온나. 퍼뜩."

영문을 모르는 이다가 부엌에서 칼을 찾아 들고 할머니에게 전했다. 과일이라도 깎으려는 줄 알았는데 거실 바닥에 먹을 것이라곤 아무것도 없었다.

"우리 두꺼비 이다야. 할미 옆으로 온나."

할머니는 오른손에 부엌칼을 쥐고 왼손으로 이다의 손을 잡았다. 궁금증을 못 참는 이다가 한마디 하고 나설 법도 했지만 뭔가 심상치 않은 분위기를 느꼈는지 순순히 할머니의 말을 따랐다.

할머니가 오른손에 쥔 칼을 번쩍 들었다. 그리고 곧바로 힘을 주어 바닥에 내리 꽂았다. 거실 바닥을 덮고 있던 낡은 장판이 쩍 갈라지며 속살을 드러냈다.

"헛지랄 할 생각 말그래이. 내 죽어도 이 집에서 죽을끼다."

모두들 놀라 입을 열지 못했다.

"이 집 우리 이다에게 고스란히 물려주기 전에는 몬 죽는다. 그리 알그래이."

아무도 고개를 들지 못했다. 종결자 할머니의 앙다문 입은 더 이상 열리지 않았다.

여름밤은 길었다. 예년보다 일찍 시작된 열대야는 가뜩이나 심란한 반석연립 302호 가족들의 가슴을 더욱 끈적끈적하게 삶아 댔다. 안방에서는 할머니와 일자, 이자 두 딸이 불을 끄고 나란히 누웠다. 아무도 잠들지 못하고 있었지만 간간히 이리저리 돌아눕는 소리 외에 그 누구의 목소리도 들리지 않았다. 좁아터진 삼촌 방에서는 신경질적으로 펄럭거리는 부채 소리가 들리더니 작은삼촌 피이남 씨가 헛기침과 함께 밖으로 나가는 소리가 들렸다. 잠시 후 피일남의 헛기침이 계단을 따라 내려갔다.

"엄마 고집을 누가 꺾겠니."

피일남 씨의 목소리가 열린 이다의 방 창문을 타고 넘었다. 큰삼촌의 말은 누가 봐도 사실이었다. 지금까지 그 누구도 종결자 할머니의 결정을 뒤집지 못했다. 갑자기 후끈 더위를 느낀 이다는 침대에서 내려와 맨 바닥에 벌렁 누웠다.

"강제로라도 수술을 받게 해야지."

작은삼촌 피이남의 딴딴한 목소리가 이다의 귀에 꽂혔다. 이다는 모로 누우며 한숨을 뱉었다.

"그런데 이남이 너 요즘 재개발 조합에서 무슨 일 하는 거냐?"

"…… 여러 가지."

"혹시 용역 깡패 짓 하는 건 아니지?"

"에이 씨…… 무슨 소리야. 나를 뭘로 보고."

"아니면 됐고. 조합에서 조폭들 동원해서 행패 부리고 다닌다는 소문이 돌아서."

"조합에서 하는 일은 다 합법적인 일이야."

"아무튼 엄마가 이 집 안 떠나겠다고 하시는데 너는 조합 일을 하고 있는 게 좀 그렇다."

"상관 마. 언제 형이 내 인생 책임졌어?"

"알았다. 니가 알아서 해."

"에이 씨― 어떻게 된 게 이놈의 집안은 내가 뭣 좀 하려고만 하면 일이 꼬여."

피이남 씨의 거친 발소리가 반석연립 마당 밖으로 빠져나갔다. 밤이 깊도록 열대야는 기승을 부렸다. 모로 누웠던 이다는 몸을 일으켜 일어나 앉았다. 등줄기에 고였던 땀이 허리춤으로 흘러내렸다. 할머니가 죽는다고? 할머니 없는 집을 물려받는 것이 무슨 의미가 있을까? 할머니가 없으면 콩가루 같은 가족들의 싸움을 누가 종결 지을 것인가? 생각이 꼬리를 물었다. 밥은? 할머니의 주특기인 콩나물국은? 아플 때 끓여 주는 묽고 밍밍한 쌀죽은? 이다는 자신도 모르게 이기적 유전자가 작동하고 있다는 사실에 깜짝 놀랐다.

"거기 302호 큰 총각 아니어?"

해병대 영감의 목소리가 들렸다. 피일남이 어색하게 인사를 했다.

"어찌 된거이 해가 갈수록 여름이 일러."

"그러게요. 올여름은 유난히 덥네요."

"어찌 302호는 집 팔고 나가기로 했는가?"

"아직 모르겠습니다. 영감님은요?"

"시방 이 나이에 가야 어딜 가겠는가. 좁아터진 연립에서 지지고 볶아 댔어도 반석연립 여섯 가구 모다 발 뻗고 누울 걱정은 안 하고 살았는디."

18년 동안 한 번도 들을 수 없던 해병대 영감의 한숨 소리가 삼층까지 올라왔다. 한숨 소리에 이어 자동차 엔진 소리가 연립 마당으로 들어오더니 시동을 멈췄다. 301호 개인택시였다.

"오늘은 웬일이냐. 일쩍 파했네."

"경기가 안 좋아서 그런지 더워서 그런지 길에 택시 잡는 사람이 없네요. 빈 차로 돌아댕기다 들어 왔어요."

"요즘 우덜 같은 서민 중에 경기 좋은 사람이 있남유? 그건 그렇구 영감님 재개발은 어찌 되는 거래유?"

어느 틈에 나왔는지 202호 노가다 박씨가 끼어들었다.

"나도 모르제. 재개발 사업이 정식으루다 통과되어 부렀으니 도리 있겠는가. 국민 된 도리로 그저 따라야제."

재개발을 앞두고 집을 소유한 사람들은 두 가지의 선택이 가능했다. 우선 집을 팔고 이사를 가는 것이 가장 간단한 해결 방법이다. 재개발 덕분에 집값이 꽤 많이 오른 데다 집을 팔겠다고만 하면 돈 많은 투기꾼들이 당장이라도 사겠다고 달려들기 때문이다. 하지만 집값이 올랐다고 해도 반석연립 한 가구를 판돈으로는 다른 집을 구할 수 없다는 게 문제였다. 결국 자기 집을 포기하고 서울을 벗어나 위성도시의 세입자로 전락하는 수밖에 없는 게 현실이었다. 다른 방법은 재개발 후 새 아파트에 입주하는 것인데 이 또한 현실적으로 불가능했다. 이다네 가족들이 현재와 같은 크기의 방 세 개짜리 아파트를 분양받으려면 현재 집값의 절반 이상의 돈을 추가로 지불해야 하는 것이다. 세 들어 사는 사람들의 사정은 더 형편없었다. 집을 내 주고 손에 쥘 수 있는 것은 집주인에게 맡겼던 보증금과 약간의 이주비뿐이었다. 구청에서 제시한 재개발 계획에 따르면 재개발로 창출되는 경제적 가치가 재개발 이전에 비해 서른 배가 넘는다고 했다. 시내로 이어지는 큰 도로가 생기고 최첨단 아파

트가 들어서는 것은 물론 대형 백화점과 최고의 시설을 갖춘 국제
학교까지. 하지만 반석연립 사람들에겐 그림의 떡에 불과했다.

반석연립 마당에서는 대화 대신 한숨 소리만 이어졌다. 계단을
올라오는 큰삼촌의 한숨 소리가 들려왔다. 안방에서도 긴 숨소리
가 들렸다. 이다의 입에서도 한 움큼의 CO_2가 빠져나왔다. 열대야
에 포위된 반석연립 여기저기서 배출된 온실가스가 열대야로 달아
오른 지구의 온난화를 부추기고 있었다.

문득 인놀방 수업에서 읽었던 『난쏘공』의 첫 구절이 떠올랐다.

'사람들은 아버지를 난장이라고 불렀다.'

수십 년의 세월이 지났지만 난장이의 키가 단 1센티미터도 자라
지 않았을 거라는 생각이 들었다.

신분증을 제시하고 끈 달린 방문증을 목에 걸고 보니 마치 이름
표를 단 유치원생이 된 기분이었다. 국회의원회관 로비에는 다양한
사람들이 오가거나 서성대고 있었다. 깔끔한 정장에 넥타이를 매고
서류 가방을 든 사람들로부터 시골에서 단체로 올라온 주름 성성
한 노인들 그리고 국회의사당에 견학 온 유치원생들의 재잘거리는
목소리도 들렸다. 비서를 통해 전화로 약속한 시간이 아직 남아 있
었지만 일남은 8층에 위치한 의원실로 향했다. 8층 복도 중간에 선
배의 이름이 적힌 의원실을 확인하고 잠시 복도를 서성거렸다. 가
급적 약속한 시간에 정확히 문을 두드리는 것이 좋을 듯 싶었다.

'서민을 위한 정책만을 생각하겠습니다.'

선배의 이름이 적힌 의원실 명패 아래 캐릭터 그림과 함께 새겨진 글귀가 보였다. 오래전 피일남의 자취방에서 연탄가스를 마시고 죽은 선배의 절친이자 이념적 동지. 그리고 지금은 죽은 선배의 애인이었던 여자의 남편이며 소신파 검사로 이름을 날리다 정치권으로 진출하여 재선에 성공한 주목받는 정치인. 방송국 얼짱 앵커인 아내 덕분에 각종 프로그램에 금실 좋은 부부로 자주 얼굴을 내미는 그였다. 피일남에게 주어진 시간은 그리 길지 않았다. 국회의원을 단독으로 만날 수 있다는 것만 해도 행운이었다. 비록 중도에 학업을 포기했지만 한때 같은 명문 대학을 다녔던 인연이 아니라면 면담 자체가 불가능했을지도 모른다. 피일남은 8층 복도를 서성거리며 그를 만나서 해야 할 말을 잊지 않기 위해 작은 소리로 중얼거렸다.

"재개발 사업의 무리한 추진 때문에 지역 유권자들의 원성이 높습니다. 특히 지역 주민 대부분 서민들이어서 재개발 사업이 추진되면 기존 유권자들은 다른 지역으로 이주해야 합니다. 그렇게 되면 의원님도 지지자들을 잃게 되는 결과를……."

자신의 지지표가 흔들리고 있다는 점을 강조하는 것은 국회의원에게 압력을 가할 수 있는 가장 효과적인 방법일 것이다. 게다가 선배는 서민을 위한 정책을 늘 강조하는 야당의원 아니던가. 몇 번 더연습을 하는 동안 약속 시간이 다 되었다. 피일남은 정확히 시간을 맞추어 의원실의 문을 두드렸다. 문을 열고 들어가 보니 의원실은 예상보다 훨씬 넓었다. 국회의원인 선배는 보이지도 않고 직원 여러 명이 분주하게 움직이고 있었다.

"어떻게 오셨어요?"

"저…… 의원님 만나 뵙기로 약속한 피일남이라고 합니다."

안내 직원은 스케줄을 한참 확인하고 나서 사무실 구석에 놓인 의자를 가리키며 잠시 기다리라고 했다. 사무실 벽에는 각종 사진들이 걸려 있었다. 대부분 선배가 유명인들과 악수를 나누는 사진들이었다. 지역 주민들 사이에서 환하게 웃고 있는 모습도 보였다. 사무실을 둘러보는 동안 시간이 훌쩍 지나갔다. 국회의원의 스케줄은 분 단위로 잡혀 있어 피일남에게 주어진 시간은 불과 20분을 넘지 못할 터인데 벌써 5분이 지났다.

"저…… 얼마나 더 기다려야……."

"잠시면 돼요. 의원님 면담이 길어져서요."

피일남의 이마에 참을 인(忍)이 새겨졌다. 잠시라는 게 몇 분을 얘기하는지 묻고 싶었지만 일남은 자리로 돌아와 다소곳이 앉았다. 후줄근하게 무릎이 튀어나온 바지가 눈에 들어왔다. 문득 양복에 넥타이라도 매고 올 걸 하는 후회가 들었다. 다시 약 10분이 지났다.

"저…… 얼마나 더 기다려야……."

"금방 끝나실 거예요. 차라도 한잔 드시면서 기다리시겠어요?"

안내직원이 정수기를 가리키며 말했다. 정수기 옆에 놓인 작은 테이블 위에 봉지 커피와 종이컵이 놓여 있었다. 이마에 새겨진 참을 인(忍)이 조금 흐려졌다. 피일남은 슬그머니 일어나 종이컵에 봉지 커피 두 개를 한꺼번에 털어 넣고 정수기 버튼을 눌렀다.

'제기랄.'

온수가 아니라 냉수 버튼이었다. 녹지 않은 분말 크림이 덩어리 채로 엉겨 붙었다. 안내 직원이 보고 있어 버리기도 곤란했던 터라 아무렇지도 않은 척하며 자리에 앉아 커피를 마셨다. 엉겨 붙은 분말이 입속에서 서걱거리며 씹혔다.

'욕심 내지 말고 봉지 커피 하나만 탈걸.'

후회가 들었다. 하지만 표정은 가급적 부드럽게 지었다. 피일남의 입 주변에 허연 덩어리가 덕지덕지 들러붙었지만 열심히 커피를 마시는 데 집중하느라 신경 쓸 여유가 없었다. 삼분의 일 정도 남은 커피를 원샷으로 비우고 종이컵을 버리려는데 안쪽에서 와자지껄 사람들의 목소리가 들렸다. 대여섯 명의 사람들이 박장대소를 하며 밖으로 나왔다. 선배와 눈이 마주쳤는데 선배는 피일남을 알아보지 못했다. 매우 중요한 손님들인지 선배는 의원실 밖까지 따라 나가며 배웅을 했다. 다음 면담 차례가 된 피일남은 자리에서 일어나 옷매무새를 가다듬었다. 곧바로 들어올 줄 알았던 선배는 한참을 기다려도 돌아오지 않았다. 민망해진 피일남은 시선을 벽에 걸린 사진으로 돌렸다. 하나같이 선배를 중심으로 주변 사람들과 함께 웃고 있는 사진이었다. 그중 어디선가 본 듯한 얼굴들이 눈에 들어왔다. 어디서 봤더라? 가만히 생각해 보니 방금 전 면담을 마치고 선배와 함께 밖으로 나간 사람들이었다. 사진 상단에 배경으로 걸린 현수막에는 '재개발 사업 추진위원회 발족식'이라고 적

혀있었다. 바로 피일남이 살고 있는 지역이었다. 사진 옆으로는 별
도의 커다란 게시판이 있었는데 거기엔 번뜩거리는 건축물과 각종
경제적 효과를 대비한 조감도가 보란 듯이 걸려 있었다.

'제2의 강남으로 도약하는 강북의 허브'

'지역의 숙원 사업을 반드시 완수하겠습니다.'

"의원님, 여기 계신 손님이 한참 기다리셨는데요."

시간은 훌쩍 지나버렸지만 안내 직원은 친절하게도 손님을 배웅
하고 돌아온 의원님께 피일남의 존재를 일깨워 주었다.

"누구시더라?"

"의원님 대학 후배시라고 어제 스케줄 보고 드렸는데요."

"아하! 피이……."

"네. 선배님 피일남입니다."

선배는 그제서야 생각이 난 듯 피일남을 돌아보았다. 하지만 그
는 국정 수행에 매우 바쁜 대한민국 현직 국회의원임을 망각하지
않았다.

"미안해. 내가 너무 바빠서 말이야. 어이! 정비서 이 친구 민원 좀
받아 줘."

선배는 마치 택배 물건을 인수인계하듯 안내 직원 바로 뒷자리에
앉은 정비서를 불러 피일남을 인계하고 집무실로 들어가 버렸다.
정비서 역시 국회의원 못지않게 바쁜 사람이었다. 마주앉은 10분
남짓의 시간 동안 정비서는 다섯 차례의 전화 통화를 하느라 피일
남이 준비해 간 말은 번번이 끊겼다.

"말씀하시죠."

"이번 의원님 지역구에서 시행되고 있는 재개발과 관련……."

"잠시만요! 여보세요. 예, 사장님. 지난번에는 너무 신세가 과했습니다. 물론이죠. 의원님도 만족하시고 계십니다……. 죄송합니다. 급한 전화가 와서. 계속하시죠."

"재개발 문제 때문에 지역 주민들이……."

"잠시만요! 여보세요. 예, 조합장님, 하하하! 걱정 마십시오……. 죄송합니다. 급한 전화라……. 계속하시죠."

정비서는 세 번 더 비슷한 내용의 통화를 했고 피일남 역시 세 번 더 같은 내용의 말을 반복했다. 그것으로 면담은 끝났다. 자리에서 일어나며 의원님께 인사라도 하겠다는 피일남에게 그럴 필요까지는 없다며 또 전화를 받았다. 의원실을 나서는데 안내 직원이 피일남의 입을 가리키며 휴지 한 장을 건넸다.

"저기요."

안내 직원이 나가려는 피일남을 부르더니 명함 크기의 종이 한 장을 내밀었다. 의원회관 구내식당에서 한 끼를 해결할 수 있는 식권이었다. 매우 친절한 직원임이 분명했다. 의원실을 나와 복도를 걸어가는데 피일남은 자기도 모르게 주먹이 쥐어졌다. 손에 들고 있던 식권이 주먹 속에서 구겨졌다. 일남은 엘리베이터 앞에서 손에 쥐고 있던 식권을 휴지통에 버리려다 손을 바지 주머니에 넣었다. 일남은 남들이 눈치채지 않도록 주머니 속에 넣은 손을 조몰락거리며 구겨진 식권을 폈다.

국회의원 회관 구내식당의 밥은 맛있었다.

어느 틈에 계절이 바뀌어 있었다. 개학 후 며칠 지나지 않은 것 같은데 벌써 2학기 중간고사 일정이 발표되었다. 학교 분위기는 치열한 경쟁 모드로 접어들었지만 이다로서는 그따위에 신경 쓸 여유도 관심을 가질 마음도 없었다. 그저 모든 게 귀찮고 싫었다. 딱히 그럴 만한 이유를 꼬집어 말하기는 어려웠다. 암 진단을 받은 할머니 때문이라고도, 재개발 문제로 어수선한 집안 때문이라고도 설명하기 어려웠다.

"이다야!"

진우였다. 인놀방 마지막 수업 이후 처음이었다. 지하철역 사거리 건널목에서 집으로 갈까, 아니면 엄마 가게에 들를까, 아니 PC방에서 게임이나 한판 때릴까 망설이느라 초록 신호 하나를 그대로 흘려보내고 있던 차였다. 내심 반가웠다.

"찌질이가 웬일이니?"

속마음과는 달리 퉁명스러운 말투가 튀어나왔다.

"인놀방에 갔는데 휴강이라고 해서 길목을 지키고 있었지."

자기 말이 조금 쑥스러운지 녀석이 밤송이 같은 머리를 쓸어 올리며 어색한 웃음을 지었다. 그 모습이 밉지 않았지만 좋은 내색을 할 수는 없었다. 마침 초록 신호가 들어오자 이다는 대답 대신 앞서서 길을 건넜다.

"우리 노래방 갈래? 예은이도 부를까?"

강아지처럼 졸졸 따라오며 녀석이 너스레를 떨었다.

"시험 기간인 거 몰라?"

"시험? 그게 우리하고 무슨 관계야?"

"난 관계 있거든!"

"에이! 아닌 거 다 알거든."

"맞거든."

대답은 그렇게 했지만 스스로 생각해 봐도 우스운 핑계에 불과했던지 이다는 다른 이유를 댔다.

"나 노래방 갈 기분 아니거든?"

"너 괜히 튕기는 거지? 다 알거든."

어쭈. 기숙학원에서 '밀당심리학' 수업이라도 들었단 말인가? 그동안 전략으로 삼았던 신비주의를 유지하기 위해서는 놈이 범접할 수 없는 그럴싸한 스토리텔링이 필요하다는 생각이 들었다. 이다는 가던 길을 멈추었다. 그리고 진지한 표정을 지으며 고개를 들어 허공을 응시했다. 언젠가 보았던 영화 〈레미제라블〉의 여주인공 코제트를 흉내 낸 콘셉트였다. 코제트를 연상시키기 위해서는 아무런 대사 없이 약간의 시간이 필요했다.

"이, 이, 이다야. 왜 그래. 정말로 무슨 일 있는 거야?"

성공이었다. 더듬거리며 당황하는 표정이 곁눈질에 비쳤다. 이제 코제트 컨셉의 완성을 위해서 멋진 대사가 필요한데 마땅한 말이 떠오르지 않았다. 예정보다 침묵이 길어졌다. 제기랄……. 그때 마침 시장통에서 버스 종점으로 이어지는 어귀에 걸린 현수막이 눈에 들어왔다.

'서민 내쫓는 재개발, 목숨 걸고 막아내자.'

"진우야 저게 안 보이니? 하긴 절실하지 않은 사람의 눈에는 보여도 느낄 수 없지."

코제트 역을 맡은 배우라도 즉흥적으로 이렇게 멋진 대사를 던질 수는 없을 것이라고 생각하며 이다는 눈을 내리깔았다. 때마침 바람이 불어 머리칼이 흩날리는 장면을 연출할 수 있다면 금상첨화겠는데 때아닌 늦더위 때문에 거기까지는 불가능했다. 하지만 이다가 던진 즉흥 대사의 효과는 진우의 표정을 통해 곧바로 나타났다. 현수막에 적힌 구호를 한참 바라보더니 진우가 입을 열었다.

"이다야, 미안해. 너희 집까지 그렇게 된 줄 몰랐어."

"너와 나는 가는 길이 달라……. 이제 각자의 길로 가야할 때야."

마치 방언이 터지듯 즉흥 명대사가 연거푸 나왔다. 대사를 마친 이다는 시장통을 향해 총총히 발걸음을 옮겼다. 예상대로 몇 걸음 뒤에서 쭈뼛거리며 따라오는 진우의 발자국 소리가 들렸다. 절대 뒤를 돌아보지 말아야 한다.

'이럴 때 바람이 불고 낙엽이 우수수 떨어져야 딱인데.'

그런데 이상한 기분이 들었다. 연기에 너무 깊이 몰입한 탓일까? 그저 코제트를 떠올리며 별 생각 없이 뱉었던 대사가 한 발 한 발 디딜 때마다 아릿한 통증이 되어 가슴에 날아와 박히는 것이다.

"따라오지 마!"

이번엔 연기도 아니고 설정도 아니었다. 그저 순수한 짜증이었다. 짜증을 불러일으킨 원흉이 누구인지는 이다 자신도 알지 못햇다. 어쩌면 날씨 때문인지도 몰랐다.

문득 지난겨울의 남한강변이 떠올랐다. 면도날처럼 차갑고 날카로운 겨울바람이 그리웠다.

"바람의 끝."

"뭐?"

"오토바이 말이야."

"그게 지금은……."

불가능한 일이라는 것을 모르지 않았지만 머뭇거리는 녀석의 목소리가 더욱 짜증을 돋았다.

"찌질한 새끼. 그래 평생 형 뒤꽁무니 따라다니며 아버지 따까리 노릇이나 해라."

진우의 표정이 굳어졌다.

행운탕 굴뚝에 오후 해가 걸려 있었다. 목덜미와 겨드랑이 사이로 끈끈하고 후끈한 기운이 기분 나쁘게 파고들었다.

여름을 가장 바쁘게 보낸 사람은 제2구역 재개발 조합 조직국 소속 영업부장 피이남이었다. 피이남은 몸이 열이라도 모자랄 만큼 더운 줄도 모르고 한 계절을 보냈다. 하루빨리 철거 작업을 완료해야 하는 재개발 조합으로서는 우선 제2구역 내 상가 세입자를 내보내는 일이 급했다. 영업부장 피이남에게 배당된 지역은 전철역 맞은편 근린생활시설 지역이었다. 그 지역은 주로 식당, 커피숍, 목욕탕, 학원, 독서실, 서점 등 말 그대로 근린생활시설들이 밀집한 상가 지역으로 조합에서 제시한 배상 금액을 거부하고 버티는 상인들이 많았다.

한판수는 본격적인 활동에 앞서 직원들을 사무실로 소집했다. 졸개들을 시켜 몇 개 안 되는 사무 집기를 치우고 단상을 마련하는 등 나름 분위기를 잡았다. 단상 뒤 벽 전면에는 재개발 사업 조감도가 걸리고 그 위에 큼지막한 글씨를 새긴 현수막을 걸었다.

'제2지역 재개발 조합 조직국 출범식'

행사장으로 통하는 복도에는 지역 유지들이 보낸 화환도 줄지어 자리 잡았다. 그중에는 지난번 피일남이 찾아갔던 국회의원의 이름도 있었다. 연단에는 금줄로 장식된 태극기가 자리 잡았다. 국기에 대한 경례와 애국가 제창에 이어 한판수가 연단에 올랐다.

"제2지역 재개발 조합 조직국장으로서 확실히 말해두는데 우리들이 허는 일은 분명히 법에 따라 합법적으로 하는 일이다. 법적으루 전혀 하자가 없는 일이란 말이다. 다시 말해 우리는 이제부터 국가와 우리 지역의 발전을 위해 몸을 불사를 각오로 나서야 한다. 그런데 이러한 중차대한 사업을 방해하는 불순분자들이 있다. 지역의 발전은 나 몰라라 하면서 보상금을 더 타내기 위해 버티는 놈들이 바로 그 불순분자들이다. 그런 놈들 때문에 우리 지역의 발전이 더뎌지고 있다. 이때 우리가 나서야 하지 않겠나. 그러니 여기 모인 조직국 여러분들은 지역의 발전을 위해 내 한 몸 바친다는 각오로 나서주기 바란다. 관할 경찰은 물론 국회 차원에서도 우리의 합법적인 활동을 지원해 주기로 되어 있다."

박수가 터졌다.

행사를 마치고 한판수는 피이남을 포함하여 각 지역별 책임자를 따로 불렀다.

"활동 요령은 다들 알고 있지? 웬만한 것들은 며칠 분위기만 잡아도 나가떨어지게 되어 있어. 독한 놈들한테는 시비를 붙여서 먼저 폭력을 쓰도록 유도하는 거야. 그래야 법적으로 하자가 없어. 현장에 나갈 때는 항상 카메라 녹화 스탠바이하고. 그럼 행동 개시!"

사무실을 나서는데 한판수가 피이남의 소매를 잡았다.

"피부장!"

"네, 국장님."

"얌마. 둘이 있을 땐 편하게 하라니까."

한판수가 두툼한 봉투 하나를 내밀었다.

"이건 따로 주는 거니까 용돈이나 써라."

피이남은 대답 대신 꾸벅 고개를 숙였다. 봉투를 받아 주머니에 넣은 이남은 사무실을 나와 화장실로 들어갔다. 얼마가 들었는지 확인하기 위해서였다. 봉투가 두툼한 것으로 보아 5만 원짜리 지폐는 아닐 거고 만 원짜리라고 해도 100장은 족히 되는 듯했다. 화장실로 들어가 주머니에 넣은 봉투를 꺼내려는데 누군가 들어오는 인기척이 났다. 한판수였다. 피이남은 소변을 보는 척 변기 앞에서 지퍼를 열었다. 한판수도 이남의 옆에서 바지 지퍼를 내렸다.

"이남아, 넌 특별히 근린 지역으로 뺐다. 유흥 지역은 아무래도 일이 거친 데다가 누님 가게도 있고 해서."

오줌 줄기를 뻗대며 한판수가 말했다.

"네…… 으응."

"걱정 마라. 누님 가게는 내가 특별히 신경 쓸 테니까."

볼일을 마친 한판수가 남은 오줌 방울을 털어 댔다. 방울 하나가 날아와 이남의 입술에 들러붙었다. 흠칫 놀랐지만 이남은 아무 일도 아닌 듯 혀를 내밀어 입술을 훔쳤다. 찝찔한 맛이 입속에 퍼졌다.

"야! 물 한 잔만 가져와라."

이남은 식당 의자에 삐딱하게 앉아 졸개를 불렀다.

"예, 부장님."

보름이 지났는데도 입에 남은 텁텁하고 찝찔한 오줌 맛이 가시지 않았다. 물로 헹궈 내고 수시로 침을 뱉어도 마찬가지였다. 이남은 카-악 소리를 내며 가래침을 모아 바닥에 뱉었다.

"이 사람들이 왜 남의 장사하는 데 와서 행패야. 당신들 깡패야?"

참다못한 식당 주인이 행주를 손에 쥔 채로 주방에서 나와 소릴 질렀다.

"깡패라니. 우리는 엄연히 손님이야 손님."

피이남이 능글거리며 식당 주인의 말을 되받았다.

"손님이면 음식을 시키든지 지금 몇 시간째야? 이건 엄연한 영업방해야."

"일행이 다 와야 시킬 거 아니야. 안 그러냐 얘들아?"

이남의 졸개들이 "맞습니다, 부장님!" 하고 일제히 대답했다. 몇몇 손님들이 식당으로 들어오려다 이남의 일행들이 자리를 차지하고 있는 것을 보고 도망치듯 서둘러 나갔다. 벌써 다섯 번째였다.

"너희들이 아무리 행패 부려도 우린 보상 제대로 받기 전엔 여기 안 떠나."

"여보, 차라리 경찰에 신고해요. 깡패들이 영업 방해 한다고."

카운터에 앉아 있던 안주인이 거들고 나섰다.

"뭐 경찰? 이 아줌마가 세상 물정 모르시네. 그래, 경찰 불러. 밥 먹으러 식당에 온 게 불법인지 아니면 합법적으로 정해진 보상금이 있는데 더 달라고 생떼를 쓰는 게 불법인지 따져 보게."

일이 계획대로 되어가고 있었다. 이남은 카-악 소리를 내며 가래침을 모아 바닥에 뱉었다.

"어이! 아줌마 바닥에 침 좀 닦아."

이남이 주인 여자를 향해 이죽대며 다시 가래침을 모았다.

"이런 깡패 새끼!"

아니나 다를까 화가 난 주인이 행주를 냅다 집어던지더니 달려들었다. 이남은 여유 있게 턱을 내밀며 뒷자리에 앉은 졸개에게 눈짓을 보냈다. 살짝 턱이 돌아가긴 했지만 주인의 펀치는 맞을 만했다.

"찍었냐?"

"네, 부장님."

순간을 놓치지 않고 캠코더를 작동한 부하가 대답했다. 이남은 턱을 과장되게 어루만지며 자리에서 일어났다.

"오늘은 이만 가자. 진단서 끊어서 고소장 접수해야 되니까. 전치 3주는 족히 나오겠네."

"여보 고소한대요. 그게 저놈들 수법이래요. 화가 나도 몸싸움은 안 되는데……."

"개새끼들……."

근린 지역의 식당들은 얼추 정리가 되어 갔다. 일반 손님을 상대로 영업하는 식당은 이남에게 가장 쉬운 편에 속했다. 험악한 인상을 가진 부하 몇몇만 데리고 가서 자리를 차지하고 며칠만 버티면 일이 저절로 풀렸다. 식당을 찾은 손님들이 들어왔다가도 제 발로 나가버리기 때문이다. 어느 식당 주인이든 들어오던 손님이 되돌아 나가는 것을 보면 흥분하기 마련이고 몇 차례 그런 일이 반복되면 이성을 잃고 덤벼들게 되어 있었다. 흉흉한 분위기 때문에 장사도 안 되는 판에 폭력 행위로 고소장까지 받으면 제아무리 고집 센 주인이라도 손발을 들고 짐을 꾸렸다. 피이남은 가게 문을 나서면서 카-악 침을 뱉었다. 입안에는 여전히 찝찔한 맛이 남아 있었다. 이남은 졸개들을 먼저 돌려보냈다. 사우나에라도 가서 텁텁하고 찝찔한 입을 헹궈 내고 싶었다.

멀리 버스 종점 옆으로 행운탕 굴뚝이 보였다. 지금은 기름 보일러를 쓰기 때문에 굴뚝에서 연기가 피어오르는 일은 없지만 붉은 벽돌로 쌓아 올려 삐죽하게 키가 큰 굴뚝은 여전히 그곳이 목욕탕임을 알리는 간판 역할을 한다. 처음 이 동네에 도착했을 때 가장 먼저 눈에 띈 게 바로 행운탕 굴뚝이었다. 그렇게 높은 굴뚝이 있다는 것 자체가 신기했다. 굴뚝 맨 위에는 목욕탕을 상징하는 그림이 새겨져 있었다. 비록 색이 희미하게 바랬지만 여전히 김이 모락모락 오르는 모양을 유지하고 있었다.

종점 주변을 어슬렁거리던 시절 이남은 늘 배가 고팠다. 여동생 이자는 배가 고플 때마다 시장통을 뒤져 행상을 펼쳐 놓은 엄마에게 쪼르르 달려갔지만 이미 사춘기에 접어든 이남은 그럴 수 없었다. 대신 버스 종점으로 이어지는 골목에 쪼그리고 앉아 높다란 행운탕 굴뚝을 바라보았다. 목욕탕을 뜻하는 기호가 김이 모락모락 나는 찐빵으로 보였다. 행운탕 굴뚝을 바라보던 어린 이남은 언젠가 어른이 되면 목욕탕 주인이 되어 찐빵을 마음껏 먹고야 말겠다는 다짐을 했었다.

혼자서 터덜거리며 길을 걷는데 지나가던 사람들이 이남을 곁눈질로 보며 수군거린다. 불과 한 달여 사이에 이 지역 상인들이 얼굴을 알아볼 정도로 악명을 날리게 된 셈이다. 행운탕 앞에서 문득 오래전 명절 풍경이 떠올랐다.

"깝데기 홀랑 벗겨질 때까지 나오면 안 된데이."

엄마는 누나와 동생을 끌고 여탕으로 들어가며 혼자 남탕 입구에서 머릴 긁적이고 있는 이남에게 최소한 네 시간은 꼭 채우고 나와야 한다면서 종주먹을 들이댔다. 만일 형 피일남이 교도소에 있지 않았다면 둘이 나란히 서서 똑같은 지청구를 들었을 것이다. 이다가 태어나고 다섯 살이 될 때까지 이남은 이다를 데리고 행운탕에 오곤했다. 이다 역시 작은삼촌과 목욕탕 가는 걸 좋아했다. 온몸에 비누칠을 하고 미끌거리는 몸으로 삼촌의 품을 미꾸라지처럼 요리 조리 빠져나가면서 탕이 떠나가라 까르르 웃음소리가 울리곤 했다. 이남은 그런 조카를 골려 주려고 뜨거운 탕 속으로 이다를 유인한다.

"아 뜨거 씨발."

다섯 살도 안 된 이다의 입에서 터져 나온 욕이 타일 벽에 부딪히며 메아리를 만든다. 그러면 탕 안은 한바탕 웃음으로 채워진다.

집밥을 먹은 지 보름이 넘었다. 암 진단을 받은 엄마에게 연락도 하지 못했다. 재개발 제2구역 중 유흥 지역에 속한 누나 피일자의 카페도 걱정이었지만 한판수가 특별히 신경을 쓴다고 했으니 복잡하게 생각하고 싶지 않았다. 다시 입안에 찝찔한 기운이 돌았다. 이남은 행운탕 매표소 앞에서 카-악 가래침을 뱉고 지갑에서 지폐를 꺼내 작은 창 안으로 들이 밀었다.

이남이 옷을 훌렁 벗고 탕으로 들어가자 사람들의 시선이 모였다. 등 뒤에 똬리를 튼 용은 여전히 위협적이었다. 옷을 갈아입던 사람들이 수군거리는 소리가 뒤에서 들려왔다. 이남은 아랑곳하지 않고 오히려 어깨를 들썩였다. 잠들어 있던 용이 꿈틀거리며 일어나기 시작했다. 치약을 듬뿍 짜내 입안 구석구석을 문지르고 여러 번 입을 헹궜지만 찝찔한 느낌은 여전했다. 뜨거운 탕으로 다가가자 몸을 담그고 있던 서너 명이 서둘러 일어나 밖으로 나갔다. 이남은 탕에 발을 담궜다. 조금 뜨거웠다.

"아 뜨거 씨발."

오래전 이다의 새된 목소리를 흉내 내 보았다. 목욕탕 어디선가 온몸에 비누 거품을 듬뿍 바른 다섯 살 이다가 까르르 웃음소리를 내며 튀어 나올 것만 같았다. 뜨거운 탕 속으로 몸을 깊이 담근 이남의 얼굴에 오랜만에 미소가 지어졌다.

"두꺼비 같은 년."

피이남은 다섯 살 이다를 떠올리며 혼잣말로 중얼거렸다. 노곤한 피로감이 뜨거운 기운에 풀려 나가며 잠이 밀려왔다. 그러는 사이 발소리를 죽이고 누군가 다가오고 있다는 사실을 눈치채지 못했다.

더운 물에 몸을 담그고 있는데도 왠지 모르게 싸한 느낌이 들었다. 이남은 본능적으로 몸을 돌렸다. 뿌연 수증기 너머로 긴 막대를 들고 있는 누군가가 보였다. 막대 끝에는 고슴도치처럼 사방으로 바늘을 세운 철 브러시가 매달려 있었다.

"어떤 새끼야!"

물의 저항 때문에 동작이 그리 빠르지는 못했지만 이남의 입에서 터져 나온 욕설에 상대는 멈칫하며 한발 물러섰다. 커다란 덩치의 실루엣이 눈에 익었다. 상대가 누군지는 몰라도 우선 탕 밖으로 나가 불리한 상황을 벗어나야 했다.

"겁대가리 없이 여기가 어어어……."

하필이면 그 자리에 비누 조각이 있을 줄이야. 탕 밖으로 내디딘 발이 미끈덩하더니 이남의 몸이 바닥에 나뒹굴었다. 덩치는 그 순간을 놓치지 않았다.

"더러운 깡패 새끼, 죽어!"

덩치가 휘두른 철 브러시가 이남의 정수리를 강타했다. 수십 개의 바늘이 이남의 머리통에 벌집을 새겼다.

"허걱……."

정수리 주변에서 분수처럼 피가 솟았다. 목욕탕 바닥으로 쏟아져 내린 피가 하수구를 메우고 있던 머리카락에 엉겨 붙었다. 잠시 머뭇거리던 덩치가 철 브러시를 팽개치고 밖으로 달아나는 게 보였다.

"저 새끼 잡아!"

이남이 머리를 부여잡은 채 욕실 밖으로 따라나갔다. 피는 여전히 철철 쏟아져 온몸으로 흘러내렸다. 출입문을 열고 목욕탕 밖으로 도망치는 덩치의 뒷모습이 흐릿하게 보였다. 이남은 덩치를 쫓았다. 입구에 때밀이와 이발사가 있었지만 입만 떡 벌리고 있을 뿐 피범벅으로 튀어나오는 이남을 막아서지 못했다. 시야가 흐려졌다. 출입문을 열고 밖으로 나서는데 따가운 오후 햇볕이 눈을 찔렀다. 정수리에서 쏟아진 피가 눈으로 흘러들었다. 정신이 혼미했다.

'욕실 바닥의 비누만 아니었다면…….'

여자들의 날카로운 비명 소리가 귓가에 웅웅대더니 중천에 떴던 해가 바닥으로 기울고 행운탕 앞 도로가 하늘로 솟구쳤다. 이남은 피 칠갑을 한 채 행운탕 입구 길바닥에 큰대자로 뻗었다. 행운탕 굴뚝에서 모락모락 김이 나는 찐빵이 흐물거렸다.

사람들이 웅성거리는 소리를 먼저 들은 건 진우였다. 간간히 여자들의 비명인지 환호인지 구별할 수 없는 소리도 섞였다. 진우는 잠시 전 이다와의 서걱거리는 대화를 잊고 싶어서 그랬는지 사람들 틈을 비집고 고개를 들이밀었다.

"헐."

진우는 못 볼 광경을 본 것처럼 핏기가 사라진 얼굴로 이다를 돌아보았다.

"뭔데?"

"이, 이, 이다야. 그, 그냥 가자!"

하지만 이다는 진우가 잡은 손을 뿌리치고 다닥다닥 붙은 사람들의 어깨를 밀치고 파고들었다.

"헉!"

강렬한 정지 화면이 이다의 눈으로 들어와 망막에 박혔다.

순간 '진우의 손을 뿌리치지 말걸'하는 후회가 깜박였다. 턱이 덜덜 떨려오면서 자기도 모르게 뒷걸음질 쳤다.

"저 피 좀 봐."

"죽었나 봐."

"세상에 뭔 일이래."

"용역 깡패라는데……."

아무도 가까이 다가가는 사람이 없었다.

'그냥 가 버릴까? 그래도 삼촌인데……'

"에이 씨발."

뒷걸음치던 이다가 갑자기 사람들을 헤치고 피이남에게 달려들었다. 왜 그랬는지는 알 수 없다. 어쩌면 오래된 기억, 행운탕에서 온몸에 비누칠을 하고 삼촌의 품에서 장난치던 그 기억이 떠오른 것인지도 몰랐다. 진우도 얼떨결에 한가운데로 뛰어들었다. 마치 놀이패 한마당이라도 벌어진 듯 사람들의 눈이 이다와 진우에게 쏠렸다.

"삼촌!"

이다가 거칠게 몸을 흔들어 보았지만 피이남의 의식은 돌아오지 않았다. 정수리 부근에서 끊임없이 흘러나오는 피가 시멘트 바닥을 적시며 검붉은 영역을 넓혀 가고 있었다. 어디부터 손을 써야 할지 난감했다. 엉겁결에 손수건을 꺼내 정수리부터 틀어막았다. 작은 손수건으로는 역부족이었다. 그때 진우가 교복 윗도리를 벗더니 하늘을 향해 드러나 있던 삼촌의 아랫도리를 덮었다.

"야! 지금 좆이 문제야? 피부터 막아야지."

진우가 땀에 젖은 런닝을 벗어 이다에게 던져 주었다. 흰색 런닝에도 순식간에 붉은 물이 배어 올랐다. 오후 해가 막 행운탕 굴뚝을 넘어 가고 있었다.

피일자는 카페 피에타 창가에 앉아 있다. 손님이 끊긴 지는 이미 오래지만 그래도 가게를 비워 둘 수는 없는 일이다. 용역 깡패들이 인근 상가를 들쑤시고 다니기 시작하면서 일대 상가는 쓰나미가 훑고 지나간 듯 휑했다. 화려한 불빛을 쏟아 내던 간판들 대부분은 더 이상 불을 밝히지 않았다. 간혹 불을 밝힌 업소가 있다면 곧바로 그곳이 놈들의 표적이 되었다. 같은 상가 건물에 입주한 커피숍과 빵집은 놈들의 행패에 시달리다 결국 가게를 비웠다. 그런데 이상하게도 피일자 씨의 가게에는 아직까지 깡패 조무래기도 얼씬하지 않고 있다.

카페 문이 열리고 한 사내가 들어섰다. 손님인지 용역 깡패인지 몰라도 카페 문이 열리는 것 자체가 너무 오랜만인지라 피일자 씨는 우선 반가웠다.

"누님, 오랜만입니다."

한 판 수.

오랜 세월이 지났지만 피일자 씨는 그놈의 이름을 잊지 않았다. 잊고 싶어도 잊을 수가 없었다. 그런데 하필 한판수 그 '개-새끼'가 악명 높은 재개발 조합 용역 깡패의 우두머리라니.

시골 종합고등학교에서 서울 변두리 여자상업고등학교로 전학 온 피일자 씨는 학교생활에 적응하지 못했다. 시골 출신이라고 무시당하거나 왕따를 당해서가 아니었다. 오히려 그 반대였다. 피일자 씨는 전학 온 첫날부터 전교생을 무시했다. 학교 시절부터 섹시한 몸매를 만들기 위해 피나는 노력을 해 온 피일자 씨에게 주판알을 튕기고 장부에 숫자를 적는 일은 애당초 어울리지 않았다. 천운이 따르면 미스코리아요, 대운을 타면 패션모델, 아무리 못 돼도 지역 군대표 고추아가씨 정도는 따 놓은 당상이라고 믿고 있던 피일자 씨는 채 1년도 안 남은 학교생활을 접기로 결심했다. 그리고 크게 성공해서 돌아오겠다는 흔해 빠진 가출의 변을 담은 편지 한 장을 남긴 채 짐을 꾸렸다. 미스코리아가 되기 위해서는 무엇보다도 유명한 미용실 원장님을 만나야 한다고 믿었던 피일자 씨는 무작정 미용실이 즐비한 모 여자대학 입구를 찾았다. 미용실 보조사원으로 일하면서 원장님의 눈에 띄는 방법을 선택한 것이다. 딸이 가출을 하였지만 행상에, 장남의 옥바라지에 여유가 없었던 엄마는 피일자를 찾아 나설 형편이 못 되었다. 결국 한 달 후 피이남이 나섰다. 하지만 촌놈 피이남이 무슨 뾰족한 수가 있겠는가. 며칠 동안 시내를 헤매다 지쳐 돌아온 피이남은 자신의 사업적 동반자이자 매니저이고, 절친이자 잔머리의 대가인 한판수에게 도움을 청했다.

"미스코리아가 되기 위해 가출을 했단 말이지?"

한판수는 잠시 눈을 가늘게 뜨고 잔머리를 굴렸다.

"나만 따라와! 갈 데는 거기뿐이야."

한판수는 이남을 이끌고 버스에 올랐다. 버스를 두 번 갈아탄 후 그는 정확히 모 대학 입구 정류장에 내렸다. 그의 잔머리는 명탐정 코난과 셜록 그리고 수사반장의 추리력을 합쳐 놓은 것보다 더 날카로웠다. 그가 점찍은 곳은 대학 입구에 즐비한 웨딩드레스숍과 미용실이었다. 그는 불과 한나절 만에 피일자가 일하고 있는 미용실을 귀신처럼 찾아냈다. 피일자는 한 손에 걸레, 다른 한 손엔 머리카락을 가득 담은 자루를 쥐고 힘겹게 끌며 쓰레기통을 헤집고 있었다. 이남이 '누나!' 하고 부르자 피일자가 뒤를 돌아보았다. 동생 피이남을 발견한 피일자는 그길로 들어가 짐을 챙겨 들고나왔다. 그리고 미용실 문을 거칠게 닫으며 그 자리에 카-악 가래침을

뱉었다. 잠시 후 피일자보다 서너 살 더 들어 보이는 고참 보조사원
이 욕지거리를 하며 따라 나왔다.

"야! 어디 가? 빨래 밀린 거 안 보여?"

피일자는 고개를 바싹 들고 응답했다.

"니 빤쓰는 니가 빨어."

곧바로 피일자가 앞장서고 두 떨거지가 그 뒤를 따랐다. 사정을
모르는 사람들이 그 모습을 보았다면 누나가 가출한 동생들을 찾
아 집으로 데리고 가는 것으로 착각했을지도 모른다. 피일자는 진
즉에 미용실을 때려치우고 집으로 돌아가고 싶었다. 만나고 싶었
던 미용실 원장은 한 달이 넘도록 눈 한 번 마주치지 못한 데다 대
망의 미스코리아의 꿈을 접어두고 고참 언니들 속옷이나 빨면서
세월을 보낼 수는 없었다. 집으로 다시 돌아갈 핑계가 없던 차에 동
생 이남이 찾아왔으니 옳다구나 싶었던 것이다.

"누님, 제가 좋은 데 소개해 드릴까요?"

집으로 돌아가는 버스 안에서 한판수가 능글거리는 표정을 지
으며 피일자에게 말을 건넸다. 한판수의 뜬금없는 말에 피 씨 남매
의 눈이 동그래졌다. 남매가 재회의 정을 나누는 사이 한판수는 잔
머리를 굴리고 있었던 것이다. 그것이 악연의 시작이었다. 오랜 세
월이 지났지만 피일자는 그때 한판수가 지었던 능글거리는 표정을
잊지 못한다.

"뭐? 누님? 야 이 개새끼야. 여기가 어디라고 찾아와서 더러운 입
을 나불대!"

피일자의 손이 부들거리며 떨렸다. 한판수의 낯짝을 보자 지성은 온데간데없이 사라지고 야성의 피가 들끓었다. 자칫하면 한 손에 들고 있던 유리컵을 한판수의 면상으로 날릴 판이었다. 마침 테이블 위에 올려놓은 휴대폰이 부르르 떨며 일자의 시선을 붙들지 않았다면 유리컵은 한판수의 낯짝을 향해 날아가고 있었을지도 모른다. 발신자는 이다였다. 받지 않았다. 철천지원수와 맞대면을 하고 있는 마당에 긴장을 깨뜨릴 수는 없는 일이었다. 연거푸 두 번 더 휴대폰이 진동을 해 댔지만 그대로 두었다.

"흥분하지 마세요. 오랜만에 찾아온 동생한테 너무하시네요. 예전의 일로 그러시나 본데, 그건 어디까지나 누님을 위해서 한 일이었다구요."

"뭐 나를 위해서? 내가 모를 줄 알아?"

한판수의 꼬임에 빠져 일하게 된 곳은 술과 웃음을 파는 윤락업소였다. 만일 피일자가 희망대로 섹시함과 지성 두 가지 모두를 갖추었더라면 한판수의 잔머리에 놀아나지 않았을 수 있었을 것이다. 하지만 안타깝게도 그때나 지금이나 피일자의 능력은 섹시함을 넘어 지성의 영역으로는 나아가지 못했다.

한판수가 받아 챙긴 피일자 씨의 몸값은 당시 소형 승용차 한 대 값에 육박하는 거액이었다. 한판수는 돈을 손에 쥐자마자 잠적해 버렸다. 피 씨 형제들이 눈에 불을 켜고 '만나기만 하면 죽여 버리겠다'며 찾아다녔지만 그림자조차 발견할 수 없었다. 물론 그 돈은 피일자 씨가 갚아야 할 빚이 되어 결국 피일자 씨가 평생 술과 관련된 업종에서 빠져나올 수 없게 만드는 족쇄가 되었다.

"누님. 제가 누님을 도와 드리려구 온 거예요. 이 건물에 다른 가게는 벌써 다 나간 거 아시죠? 이 한판수가 특별히 힘을 써서 누님 가게 보상금을 두 배나 더 챙겨났다구요."

보상금이 두 배라는 말에 자기도 모르게 머릿속 계산기를 돌리던 피일자 씨가 놀란 듯 생각을 털어 냈다. 한판수를 상대로 협상을 한다는 것 자체가 치욕스러운 일이었기 때문이었다. 사실 보상금이 두 배라고 해 봤자 투자한 돈의 절반도 되지 않는 금액이었다.

"나가!"

"왜 그러세요, 누님. 제 성의를 무시하는 겁니까?"

"얻다 대고 누님이야? 나가! 개새끼야."

유리컵이 한판수의 눈두덩을 향해 직선코스를 그렸다. '퍽' 하는 소리와 동시에 '끙' 신음이 들리더니 유리컵이 대리석 바닥에 떨어지며 산산조각이 났다.

"좋습니다. 저는 할 만큼 했어요. 이제부터 법대로 합니다."

입을 놀리는 짧은 사이에 놈의 눈두덩이 호빵처럼 부어올랐다. 한판수는 한 손으로 눈을 감싸 쥐고 도망치듯 카페를 나갔다.

피일자 씨는 주방 개수대로 달려가 얼굴을 처박았다. 먹은 것도 없는 빈속에서 신물이 올라왔다. 신물이 코를 자극하자 콧물과 눈물이 뒤섞여 인중을 지나 턱선을 따라 흘러내렸다. 한판수의 얼굴을 대하자 그동안 잊고 지내던 고된 기억의 파노라마가 피일자 씨의 머릿속을 어지럽혔다.

한판수가 돈을 가지고 잠적한 뒤 피일자는 빚을 고스란히 떠안고 술과 웃음을 파는 일을 해야 했다. 술집 사장에게 사정도 해 보았지만 그 바닥에서 닳고 닳은 사장은 그 정도 신파극에 눈 하나 깜짝할 인종이 아니었다. 몇 차례 야반도주를 시도했지만 그 역시 부처님 손바닥을 넘을 수 없었다. 왜 경찰의 도움을 받지 않았냐고? 피일자씨 앞에서 그따위 순진한 질문을 해 보시라. 아마도 평생토록 잊을 수 없는 강렬한 욕설을 듣게 될 것이다. 술집 주인에겐 피일자씨가 직접 서명하고 지장까지 찍은 차용증과 각서 및 계약서가 있었다. 물론 취업을 시켜 준다는 말에 읽어 보지도 않은 채 서명한 서류들이었다.

어쨌거나 미스코리아의 꿈은 바람 빠진 풍선처럼 쪼그라들고 말았다. 몇 년이 지나 피일자 씨는 그곳에서 한 남자를 만났다. 얼추 한판수가 사기친 돈을 거의 갚아 갈 즈음이었다. 기회만 있으면 음흉한 짓을 하려 드는 다른 손님들과는 달랐다. 늘 회색 바바리코트를 입고 술집 문을 열던 사람. 그는 혼자 술을 마시며 피일자 씨를 말없이 쳐다보기만 했다. 그는 시인이었다. 간혹 다른 사람들은 그를 가리켜 '제비' 혹은 '선수'로 부르기도 했지만 피일자에게만은 영원히 남을 시인이었다. 시인과의 사랑은 짧았기에 아름다웠다.

하늘 아래
잃어버린 길 있고
저지르고 싶은 일 있고

돌이킬 수 없는 죄 있고

하늘이 두 쪽 나도
감쪽같이
만날 사람 있고

자작시인 줄로만 알았다. 아주 오래전 그러니까 안개가 자욱했던 밤 피일자 씨의 귓가에 나지막한 소리로 자작시를 들려주던 날 피일자 씨는 두 사람만의 아름다운 미래를 상상하며 시인에게 고백했다.

"아이를 가졌어요."

시인은 말이 없었다. 피일자 씨의 고백이 시인에게는 협박으로 들렸던가? 그것이 마지막이었다. 그는 뱃속의 아이와 시 한 편을 남기고 그렇게 떠났다.

"불알 달린 사내놈들 모다 도둑놈인 기라."

소식을 들은 할머니는 피일자 씨의 머리통을 쥐어박으며 그 상황을 이렇게 정리했다.

"달아난 놈 기다려 봐야 다신 안 온데이."

"엄마가 뭘 안다고 그래! 뭔가 사정이 있을 거야. 언젠가 꼭 올 거야."

"내도 산전수전 다 겪은 몸이데이. 그놈 내뺀기라 다시는 안 올 기다."

"아니야! 올 거야!"

"안 온다."

"아니야!"

"안 온다카이!"

사랑에 대한 피일자 씨의 믿음보다 할머니의 경험이 더 옳았다는 것은 어렵지 않게 증명되었다. 얼마 뒤 시인입네 하는 뺀질이가 여기저기서 사기를 치다 잡혀 들어갔다는 풍문이 돌았다. 하지만 피일자 씨는 믿지 않았다.

"일자야. 니 죄가 아이다. 모다 내가 지은 죄 때문인기라. 으짜것노 내가 뿌린 죄 내가 거둬야제."

우울한 날이면 피일자 씨는 초점 없는 눈으로 창밖을 내다본다. 그 길엔 회색 바바리코트를 입은 시인이 있다. 뚜벅뚜벅 계단을 올라 카페 피에타의 문을 두드릴 그가 걷고 있다. 언젠가 꼭 오리라 믿기에 세월을 붙들 수밖에 없다. 젊은 연인을 중년의 얼굴로 마중할 수는 없지 않은가. 이렇게 슬프고 애잔하고 가슴 저리는 삼류 영화 같은 사연을 조금이라도 아는 사람이라면 그동안 번 돈의 대부분을 미용산업 발전에 쏟아 부었다는 이유로 그녀를 나무랄 수는 없을 것이다.

피일자 씨가 콤팩트를 꺼내 번진 화장을 다시 고치려는데 카페 문이 다시 벌컥 열렸다.

"엄마! 삼촌, 작은삼촌이……."

이다가 피로 물든 교복을 입은 채 숨을 헐떡이며 들어왔다.

"우리 두꺼비 이다야. 핵교 파하고 할매 쫌 보재이."

이다는 할머니의 호출을 받았다. 그렇지 않아도 학교 마치고 삼촌 간병을 하고 있던 할머니와 교대하러 병원으로 가려던 참이었다. 그런데 할머니가 말한 장소는 지난번 건강검진을 받았던 병원이었다. 이다가 병원에 도착했을 때 할머니는 진료 순서를 기다리고 있었다. 할머니의 표정이 평소와 달리 스스로에게 주문을 걸고 있는 듯했다.

"할머니! 혼자 온 거야?"

"혼자는 와 혼자고. 여기 우리 두꺼비 이다가 있는데."

"삼촌은?"

"개안타. 메칠 만 더 있으면 퇴원할 수 있댄다."

장타령이 이어질 법도 했지만 웬일인지 할머니는 더 이상 입을 열지 않았다. 잠시 후 간호사가 할머니의 이름을 불렀다.

"가자!"

할머니가 이다의 손을 잡았다. 이다는 할머니의 손에 이끌려 얼떨결에 진료실로 따라 들어갔다. 머리가 벗겨진 의사가 모니터를 보며 심각한 표정을 짓고 있었다. 할머니가 의사와 마주한 의자에 앉고 이다가 그 뒤에 섰다. 정수리 부근에서 시작되어 이마 한가운데로 이어진 할머니의 가르마가 보였다. 조금의 빈틈도 없이 곧장 직선으로 단호하게 뻗었다.

"수술을 안 받겠다고 하셨다면서요?"

모니터를 바라보던 의사 선생이 할머니에게 눈을 돌리며 말했다.

"의사 선상님. 내 단도직입적으로다 묻것소. 만일 선상님 어머니라면 수술을 시키것소 말것소."

"그야……. 당연히 수술을 권하겠죠."

"그럼 다시 묻것소. 의사 양반 당신이 나라면 수술을 허것소 말것소."

"……."

"알것소. 다 됐다. 이다야 집에 가자."

의사 선생이 뭐라고 할 틈도 없이 할머니는 이다의 손을 붙들고 밖으로 나와 복도를 성큼성큼 걸었다. 뒤에서 할머니의 이름을 부르는 간호사의 목소리가 들렸지만 걸음 속도는 줄지 않았다. 이다에게는 거역할 수 없는 힘처럼 느껴졌다. 힘으로야 얼마든지 할머니를 멈추게도 할 수 있었지만 어찌된 일인지 이다의 몸은 허깨비처럼 할머니의 손에 이끌려 우쭐거리며 끌려가기만 했다. 1층 로비를 거쳐 병원 밖으로 나서는 동안 이다는 그저 힘없이 끌려갈 뿐이었다.

"이다야, 우리 햄버거 묵자."

병원 입구까지 걸어 나온 할머니가 맥도날드 앞에 멈추더니 입을 열었다. 이다는 할머니가 시키는 대로 맥도날드에 들어가 자리를 잡은 후 빅맥 햄버거 두 개와 콜라 하나에 빨대 두 개를 꽂아 자리에 앉았다.

"묵자!"

할머니가 햄버거와 콜라를 한입씩 번갈아 가며 먹기 시작했다.

할머니가 이다의 빨대를 빨았지만 이다는 불만을 표현하지 못했다. 이다가 햄버거를 절반쯤 먹었을 때 할머니는 손을 털면서 트림을 했다. 할머니는 햄버거가 난생처음이었을 것이다. 그런데도 할머니는 순식간에 햄버거 하나를 먹어 치웠다.

"맛나다."

"할머니 오늘 좀 이상해."

"이상하긴 뭐가 이상하노. 이다 니도 아까 봤제. 할매는 수술 안한다. 신세 한탄도 안 한다. 대신 앞으로는 할매가 사는 날까지 그동안 못 한 일 하면서 살끼다. 알긋나! 이다 니도 남의 눈치 보지 말고 하고 싶은 일을 하면서 살그래이. 할매처럼 헛살지 말고."

할머니가 햄버거를 좋아하리라고는 한 번도 생각해 본 적이 없었다. 이다는 그동안 자기 것만 배달시켜 먹은 게 조금 미안해졌다.

"이다야. 햄버거 다섯 개만 싸 달라꼬 해라."

할머니가 주머니에서 구겨진 지폐와 동전을 함께 꺼내 탁자에 놓으며 말했다.

"삼촌 주게? 다섯 개 씩이나?"

"아이다."

"그럼?"

"우리 연립 인종들 좀 갖다 줄라꼬. 문디들 점심도 못 챙겨 먹었을끼다."

이다의 눈이 동그래졌다. 지금까지 할머니가 이웃의 끼닛거리까지 걱정한 적은 없었기 때문이다. 이다는 선뜻 돈을 집어 들지 못하고 할머니의 얼굴을 빤히 쳐다보았다.

"와! 할매 얼굴에 뭐 묻었나? 해병대 영감탱이나 노가다 박 씨나 이날 입때껏 햄버거라는 건 입도 못 대 봤을 끼다."

이다는 할머니의 말이 무슨 뜻인지 어렴풋이 알 것 같았다. 말하자면 이타적 성향의 돌연변이가 모습을 드러내기 시작한 것이다. 이다의 마음이 짠했다. '그래. 할머니, 잘 생각했어. 늦었지만 이제라도 할머니가 하고 싶은 것 하면서 살아'라고 말하고 싶었다. 그런데 말이 나오지 않았다. 절반쯤 남은 햄버거를 한입에 넣었다. 목이 메었다.

"츤츤히 묵그래이."

할머니가 콜라를 이다쪽으로 내밀었다. 콜라를 삼켰는데도 자꾸 목이 메었다. 문득 진우의 오토바이가 생각났다. 진우가 곁에 있었다면 할머니를 오토바이에 태우고 바람의 끝을 향해 달려가고 싶었다. 하지만 더 이상 진우와의 인연은 없을 게 분명하다.

삼촌을 들쳐 업고 내달려 병원에 도착했을 때 탈진해 버린 녀석은 피범벅이 되어 몸을 가누지 못했다. 오죽하면 응급실 간호사가 삼촌을 놔두고 진우를 응급 침대에 뉘었을까. 속옷까지 피에 젖어 버린 녀석을 그대로 돌려보낼 수는 없었다. 진우가 그토록 싫어했지만 형 진수에게 도움을 청할 수밖에 없었다.

"어울릴 사람이 없어서 고작 이따위야?"

오토바이를 몰고 병원 응급실로 득달같이 달려온 진수는 동생을 보자마자 혀를 끌끌 차며 쥐어박았다. 듣던 대로 외모는 진우와 구별하기 어려울 정도로 닮았지만 말하는 싸가지는 정반대였다. '뭐! 이따위?'라는 말이 목젖을 치고 올라왔지만 이다는 그 말을 꿀꺽 삼켰다.

'진우야, 잘 가. 고마웠어.'

형 진수의 옷을 걸치고 미라쥬 로드원 뒷좌석에 매달려 가는 녀석을 보고 이다는 속으로 그렇게 말했다. 더 이상 녀석과의 인연은 없을 것이다.

맥도날드를 나서면서 이번엔 이다가 할머니의 손을 잡았다. 전철역으로 접어드는 길에서 할머니는 이다의 손을 놓았다.

"니는 엄마한테 가 보그래이. 내는 혼자 갈끼다. 걱정 말그래이. 할매 안 죽는다. 복덕방 정 씨도 암 걸리고도 10년 넘게 멀쩡하지 안트나."

카페에는 팽팽한 긴장감이 돌고 있었다. 한판수의 졸개 다섯 놈이 테이블을 하나씩 차지하고 앉아 세 시간째 영업을 방해하고 있었다. 드디어 올 것이 왔다고 생각한 피일자 씨는 애써 아무렇지도 않은 표정으로 주방 안쪽에 앉아 놈들의 시선을 맞받아쳤다. 내색을 안 하려고 무진 애를 쓰고 있었지만 시간이 흐를수록 심장 박동은 점점 빨라졌다. 게바라나 피일남을 부를까도 생각했지만 시비를 붙으려고 노리는 놈들의 술수에 말려들 게 뻔했다. 병원에 누워 있는 이남을 생각하면 면상에 유리컵을 날리고 싶었지만 그 역시 현명한 방법은 아니었다.

그때 이다가 카페 문을 열고 들어왔다. 피일자 씨는 급히 이다의 팔을 잡아 주방으로 끌고 가서 작은 소리로 말했다.

"넌 집에 가 있어."

"싫어. 나 여기 있을 거야. 난 눈치 안 보고 하고 싶은 대로 할 거야. 할머니가 그랬어."

한눈에 상황을 파악한 이다가 놈들이 들으라는 듯 피일자 씨의 손을 뿌리치며 큰 소리로 말했다.

"어이, 마담! 여기 시원한 물 좀 주소."

다섯 놈 중 우두머리인 듯한 사내가 외쳤다.

"물은 셀프예요."

이다가 곁에 있다는 게 천군만마를 얻은 듯 든든했다. 세 시간을 넘게 버텼으니 조금만 더 버티면 놈들이 제풀에 지쳐 돌아갈 수도 있었다. 한판수 말대로 법대로 한다고 했으니 함부로 주먹을 휘두르지는 않을 것이다. 피일자 씨는 이다와 함께 조금 더 버텨 보기로 했다.

"아그들아! 여름 다 지나갔는데 왜 이렇게 덥니."

놈들이 작전을 바꾸기 시작한 것 같았다.

"그러게요, 형님. 옷 좀 벗어야겠습니다."

아차 싶었다. 놈들이 추잡한 술수를 쓰기 시작한 것이다. 이다에게까지 추잡한 꼴을 보일 수는 없었다. 그렇다고 당황하는 기색을 보이면 놈들이 더 날뛸 게 뻔했다. 주방 뒤쪽 이다에게 고개를 돌렸다. 휴대폰을 들여다보던 이다가 엄마를 향해 걱정 말라는 듯이 고개를 살짝 끄떡이더니 태연하게 휴대폰 액정으로 시선을 가져갔다. 어느 틈에 제일 조무래기인 듯한 놈이 웃통을 홀랑 벗더니 뱃살을 드러냈다. 등에는 문신이 새겨져 있었다. 얼마 전 가게를 비우고 나간 커피숍 주인도 가게에서 옷을 벗고 설치는 놈들의 변태 행각을 견디지 못하고 손을 들었다고 했다. 놈들은 남자 주인이 있는 가게에서는 주먹질을 유도하는 전략이, 여자 주인을 상대할 때는 변태 짓거리를 대놓고 하는 것이 효과적이라는 것을 알고 있었다. 하지만 피일자 씨의 가게에서 그러한 전략이 통하리라 생각한 것은 놈들의 착각이었다. 피일자 씨는 이다의 표정을 보고 자신감이 생겼다. 이다 역시도 그까짓 용 문신쯤이야 어릴 적부터 작은삼촌과 목욕탕을 다니며 보았던 터라 아무렇지도 않았다.

"용이야 뱀이야?"

이다가 피일자 씨를 향해 눈을 찡긋하면서 놈들이 들을 수 있도록 소리 내어 한마디를 날렸다.

"꽃뱀이네. 귀엽다, 애."

피일자 씨가 한술 더 떴다. 놈들의 얼굴에 당황한 빛이 역력했다. 이쯤 되면 비명 소리가 들려야 할 텐데 꽃뱀이라니.

"꽃뱀 아니거든요."

제일 먼저 웃통을 벗은 꽃뱀이 당황한 얼굴로 얼떨결에 대답했다. 화가 난 우두머리가 벌떡 일어나 구둣발로 정강이뼈를 걷어찼다. 꽃뱀이 다리를 감싸 쥐고 바닥에 나뒹굴었다.

"또라이 같은 새끼들. 다 벗어!"

우두머리가 소리를 지르자 나머지 놈들 모두 후다닥 옷을 벗어젖혔다. 꽃뱀에 이어 이무기와 살모사가 꿈틀거리더니 호랑이를 그리려다 실패했는지 가장 뚱뚱한 놈의 등짝에서 비만 고양이 한 마리가 혀를 내밀었다. 이다의 입에서 피식 웃음이 터졌다. 휴대폰 액정을 들여다보는 체하고 있었지만 이다는 놈들의 변태 행각을 고스란히 동영상에 담고 있었다. 이번엔 검색 순위 상위에 오를 진짜 대박 영상을 기대해도 될 듯했다.

"다 벗으라니까."

우두머리가 한 번 더 소리를 지르자 놈들이 허리띠를 풀고 바지를 벗기 시작했다. 이번에도 꽃뱀이 제일 빨랐다. 하지만 그 전략 또한 애초에 성공할 수 없었다. 여름 내내 팬티 바람으로 설치는 삼촌을 봐 왔던 이다와 피일자 씨는 눈 하나 깜빡하지 않았다.

"웬만하면 팬티 좀 빨아 입어야겠네."

피일자 씨가 일부러 고개를 똑바로 들고 한마디 날렸다. 이무기와 살모사의 팬티도 그다지 위생적으로 보이지 않았다. 뚱땡이 고양이가 비대한 몸을 비틀거리며 마지막으로 속옷을 드러냈다.

"엄마! 고양이는 망사 팬티야."

"그러게 엉덩이 살이 삐져나오겠다, 얘."

모녀는 죽이 잘 맞아 떨어졌다. 게다가 놈들의 추잡한 모습은 이다의 휴대폰 속에 고스란히 저장되고 있었다.

"또라이 같은 새끼들. 가자!"

우두머리가 소리를 지르자 꽃뱀, 이무기, 살모사 그리고 망사 팬티가 급하게 옷을 입느라 버둥거리다 미처 옷을 다 입지도 못한 채 밖으로 튀어 나갔다.

그날 밤 이다의 블로그에 등록된 한판수 졸개들의 엽기 동영상은 '변태조폭'이라는 이름으로 SNS를 통해 세계로 퍼졌다.

또 한 계절이 지나고 있다. 전철역으로 이어지는 은행나무 산책길이 온통 노랗게 물이 들었다. 하지만 그 길을 한가롭게 산책하는 사람은 아무도 없다. 사람들로 북적이던 상가와 시장통은 폐허로 변했다. 대부분의 건물들은 이미 철거되어 흔적도 없이 사라졌고 그나마 형태를 유지하고 있는 건물도 흑사병이 쓸고 간 중세도시처럼 흉물스러운 모습으로 남았다. 시장통 너머 주택가의 사정은 더했다. 언덕으로 이어지는 큰길을 따라 생선 가시처럼 복잡하게 이어져 있던 골목들은 마치 분쇄기에 넣고 뼈째로 갈아 만든 어묵처럼 본래의 형태를 알아볼 수 없게 변했다. 골목마다 오밀조밀하게 남았던 삶의 흔적과 기억들도 거대한 분쇄기에 갈려 나갔다. 사람들이 떠난 자리를 버려진 개들이 지키고 있다. 길들여진 세월이 오래되다 보니 개들은 아직 스스로 살아남는 법을 모른다. 오래전부터 사람들에게 버려져 이미 야생의 습성을 회복한 길고양이들과는 달랐다. 드물지만 아직 이곳에 남아 있는 사람들은 자신들의 처지와 닮은 동물들을 위해 따로 먹을 것을 내놓는다. 하지만 자신들이 처한 상황을 납득하지 못하고 있는 개들은 번번이 길고양이에게 먹을 것을 빼앗기고 점점 야위고 있었다. 야위어 가는 것은 버려진 개뿐만이 아니었다. 남은 사람들 역시 한숨을 쉬며 야위어 가고 있을 터였다.

진우는 오토바이 속도를 높였다. 배달할 곳이 세 군데나 되어서 자칫 시간을 지체하면 마지막 집에서 컴플레인이 들어올 수 있기 때문이었다. 처음 몇 번은 주문한 콜라를 빠뜨리거나 행사 서비스 품목을 깜박하는 바람에 일당이 깎인 적도 있었다. 하지만 이젠 나름 요령이 생겼다. 피자의 종류와 품목도 훤하게 꿰고 있으니 걱정할 게 없었다. 오늘처럼 주문이 한꺼번에 몰리는 날에는 과속을 할수밖에 없어 조금 위험한 것이 흠이긴 하지만 오토바이 타는 실력만큼은 자신이 있었다.

"주문하신 더블치즈피자 왔습니다. 쿠폰 여기 있고요. 맛있게 드세요."

배달 박스에 남은 세 번째 피자가 아직은 따뜻했다. 두 번째 집 배달을 마치고 내리막길에서 액셀러레이터를 세게 당겼다. 배기량 50cc 배달용 오토바이지만 탄력을 받으면 제법 바람의 맛을 볼 수 있었다. 진우의 오토바이가 은행나무 길로 접어들자 시원한 바람이 헬멧 사이로 파고들었다. 진우는 오토바이로 달리며 바람의 맛을 느낄 때마다 지난겨울 남한강변을 달리던 때로 돌아간다. 비록 미라쥬 로드윈처럼 묵직한 맛은 아니지만 이걸로 충분했다. 고개를 비틀어 언덕 위로 시선을 돌렸다. 폐허로 변해 버린 언덕에 뿌연 먼지바람이 일었다. 이다는 아직 거기에 있을 것이다. 은행나무길을 달릴 때마다 진우는 혹시나 이다를 볼 수 있지 않을까 두리번거리곤 했다. 직접 반석연립을 찾아가 이다를 만나 보려고 했던 적도 있었다. 하지만 오토바이의 시동을 걸고도 한참을 그대로 있다가 이내 방향을 돌려야 했다.

진우는 지금 아버지를 상대로 싸움을 벌이고 있다. 이 싸움에서 이길 가능성은 그리 크지 않다. 하지만 호락호락 백기를 들지는 않을 것이다. 이다에게 보여 주고 싶은 것도 바로 그것이었다. 더 이상 찌질이가 아니라는 것.

"아버지! 저도 형처럼 모범생이 될게요. 딱 한 가지 부탁만 들어주세요."

진우는 아버지 앞에 무릎을 꿇었다. 난생처음 보는 둘째 아들의 진지한 모습에 아버지도 자리를 고쳐 앉았다. 진우가 큰아들의 새끼발가락에 낀 때만큼만 닮는다 해도 감지덕지할 판이었으므로 어떠한 부탁이라도 들어줄 마음이 생겼을 터였다.

"상가 건물 중에서 딱 하나만 저에게 미리 상속해 주세요."

"뭐, 뭐라구?"

"시장통 은행나무길에 아버지가 얼마 전에 새로 산 건물 말이에요. 2층에 카페가 있는 건물……."

아버지 옆에 있던 조진수는 동생의 뜬금없는 제안에 황당하다는 표정을 지었다. 하지만 아버지의 표정은 달랐다. 그것은 이론과 지식만으로는 도달할 수 없는 몸으로 체득한 사업가적 촉수 같은 것이었다.

"자식. 공부는 못해도 물건 보는 눈은 제대로구나. 그 건물이 알짜는 알짜지."

일이 잘 풀리고 있었다. 아버지의 표정을 국내 최고의 재벌 총수가 개망나니 아들에게서 탁월한 경영 능력을 발견했을 때와 비교할 수 있을까. 여하튼 아버지는 가업을 이을 후계자를 찾았다고 생각하는 듯했다. 진우를 바라보는 아버지의 얼굴엔 대견하고, 든든하고, 자랑스럽고, 감개무량한 미소가 번졌다.

"물려주지. 암, 주고 말고. 하지만 재개발이 끝난 뒤에 물려주마."

"아니요. 지금 그대로 주세요."

"녀석 급하긴……. 부동산 사업이란 게 서두른다고 되는 게 아니야. 이번 기회에 아버지 하는 걸 배워 둬라. 1년 안에 열 배로 뻥튀기 하는 비법이 있어."

아버지는 그 말을 하면서 미래를 그렸다. 큰아들 진수는 판검사, 작은아들 진우는 가업을 이어가는 부동산 사업가. 두 아들 덕에 부와 권력을 동시에 거느리고 인근 지역을 쥐락펴락하는 자신의 모습을 상상하고 있었을지도 모른다.

"그 건물 손대지 마세요."

"진우야. 어차피 그 건물은 네 거야. 쓸데없는 데 신경 쓰지 말고 대학 갈 생각이나 해."

조진수가 끼어들었다.

"네 형 말이 백번 옳다. 아버지는 너희 두 형제 차별 안 하고 내전 재산 똑같이 물려줄 계획이다. 악착같이 돈 버는 이유가 모두 너희들 위해서 그런 거야."

"그 건물 손대지 마시라구요."

진우의 목소리 톤이 올라갔다. 동시에 아버지의 눈도 치켜 올라갔다.

"도대체 그 건물 가지고 뭐 하게."

"2층 카페에 취직해서 알바할 거예요. 친구랑 같이 서빙도 하고 설거지도 하고."

"뭐! 설거지? 고작 설거지하는 게 꿈이냐?"

"제 꿈이 어때서요. 부동산 투기꾼보다 훨 나아……."

아버지와 조진수의 손이 동시에 올라갔다. 형 조진수의 손바닥이 조금 더 빨리 진우의 뺨을 가격했다.

"이 자식, 아버지 앞에서 무슨 말버릇이야!"

"투기꾼 아버지 쪽팔린다고요!"

뺨이 부풀어 오르는데도 아랑곳하지 않고 아버지를 똑바로 쳐다보며 외쳤다. 도발적인 목소리와 도전적인 눈빛이었다. 감히 있을 수 없는 일이었다. 아버지와 조진수 그리고 진우 자신도 처음 해 보는 경험이었다.

"뭐, 뭐, 뭐? 쪽팔려?"

아버지는 거실 장식장을 열고 골프채를 꺼내 들었다. 만일 진우가 아버지를 향해 부릅뜬 눈을 잠시나마 내리깔았다면 골프채는 허공을 윙윙거리다 다시 장식장 안으로 얌전히 돌아갔을 것이다. 그런데 진우의 강렬한 눈빛에 아버지를 향한 경멸과 비웃음이 더해진 게 화근이었다.

"이런 후레자식!"

아버지가 스윙을 날렸다. 조진수가 아버지의 팔을 붙들었지만 그 랑프리샤프트 골드 G1 드라이브 샷이 진우의 등짝에 꽂힌 뒤였다.

"허억, 에이 씨."

진우는 고통을 참으며 형을 제치고 아버지에게 달려들어 골프채를 낚아챘다. 그리고 있는 힘껏 풀 스윙을 날려 대리석 바닥에 내리꽂았다. 드라이브의 모가지가 똑 꺾이자 아버지의 눈에서 불꽃이 튀었다.

"저, 저 자식 잡아!"

조진수가 팔을 뻗었지만 진우의 몸은 이미 현관을 박차고 나간 뒤였다.

진우의 빨강색 오토바이가 은행나무길에서 두 블록을 지나 파란 신호등에서 거침없이 좌회전을 했다. 마주오던 차들의 시선이 등짝에 꽂혔다. 진우는 아랑곳하지 않고 곧바로 주상복합 아파트 지하 주차장으로 오토바이를 몰았다. 102동 1402호. 하필이면 진우의 집, 아니 진우 아버지의 집이 있는 102동이다. 천천히. 하지만 긴장을 늦추지 않고 주차장을 한 바퀴 돌았다. 다행히 아버지의 은색 벤츠는 보이지 않았지만 현관으로 이어지는 자리에 미라쥬 로드윈이 삐딱하게 세워져 있었다.

두 대의 엘리베이터 중 한 대는 9층에, 다른 한 대는 18층에 멈추어 있었다. 진우는 18층에 멈춘 엘리베이터를 호출했다. 501호 아버지 집에 조진수가 있을 것이고 혹시라도 마주칠 가능성을 줄이기 위해서였다. 운이 좋았다. 중간에 멈추지 않고 직행으로 내려온 엘리베이터가 다시 멈춤 없이 14층으로 솟아 올랐다. 1402호에 피자를 전해 주고 다시 하강할 때 혹시라도 5층에 멈추는 상황에 대비하여 얼굴에 마스크를 둘렀지만 역시 운 좋게도 엘리베이터는 중간에 멈추지 않고 지하 주차장으로 직행했다. 배달을 마친 진우는 곧바로 배달 오토바이에 올라 출발 기어를 넣었다.

오-또-또-또-뚱-뚱-뚱-뚱

잠시도 이곳에 머물고 싶지 않았다.

부-타-타-타-타.

지하 주차장 출구로 진입하려는데 뒤쪽에서 귀에 익은 엔진음이 들렸다. 소리만으로도 미라쥬 로드윈이 분명했다.

"재수 없게……."

출구 방향으로 급하게 핸들을 꺾는데 백미러에 가죽 자켓 차림으로 미라쥬 로드윈을 몰고 있는 조진수가 언뜻 비쳤다.

"진우야! 조진우!"

조진수의 목소리가 지하 주차장 벽에 부딪히며 울렸다.

"좆됐다."

진우는 액셀러레이터를 최대로 당겼다. 하지만 지하 주차장 출구 오르막을 넘어서기도 전에 조진수를 태운 미라쥬 로드윈이 뒤로 바짝 달라붙었다.

"거기 서!"

백미러에 스친 조진수의 표정이 사냥감을 발견한 살쾡이 같았다.

정상적인 방법으로는 배달용 오토바이로 미라쥬 로드윈을 따돌릴 수는 없었다. 진우는 아파트 단지를 빠져나가자마자 정지 신호에서 액셀러레이터를 당겼다. 복잡한 네거리에 요란한 경적 소리와 함께 차들이 엉키고 그 사이로 진우의 빨간색 오토바이가 민물 장어처럼 꿈틀거리며 빠져나갔다. 하지만 교통 신호를 무시하고 온갖 오토바이 묘기를 부린다고 해도 미라쥬 로드윈을 따돌리기에는 한계가 있었다. 게다가 상대 역시 모터사이클 동아리에서 수년간 실력을 쌓은 조진수 아니던가. 은행나무길에서 엔진 출력을 최대로 높였지만 얼마 못 가서 조진수의 미라쥬 로드윈이 빨강색 피자 배달 오토바이 옆으로 나란히 붙었다. 진우의 오토바이는 엔진이 터질 정도로 용을 쓰는 데 비해 나란히 붙은 미라쥬 로드윈은 여유를 부리며 속도를 조절하고 있었다. 더 이상의 질주는 무의미했다. 진우가 도로 옆에 오토바이를 멈추자 조진수도 미라쥬 로드윈을 바로 뒤에 세우더니 헬멧을 벗으며 진우에게 걸어 왔다.

"밥은 먹고 다니냐?"

의외였다. 조진수의 입에서 그런 말이 나올 줄은 예상하지 못했다.

"신경 끄시지."

"걱정 마, 인마. 아버지한텐 얘기하지 않을 테니……. 돈은 좀 있냐?"

조진수가 지갑을 꺼내며 물었다. 순간 목울대가 울컥하며 진우의 입에서 '형'이라는 말이 튀어나올 뻔했다. 억지로 가래침을 모아 허공에 거칠게 뱉었다. 가래침이라도 뱉지 않았다면 정말로 조진수의 품에 안겨 버릴 것만 같았기 때문이었다. 가래침 덩어리는 허공에서 곡선을 그리더니 조진수의 가죽 부츠를 스치며 낙하한 후 흑회색 먼지와 비벼져 바닥으로 데구루루 굴렀다.

"밥이나 사 먹어. 쓸데없이 꼬리치는 계집애한테 쓰지 말고."

조진수가 지갑에서 지폐 여러 장을 겹쳐 꺼내더니 진우에게 내밀었다. 애매한 표정의 신사임당과 떨떠름한 얼굴의 세종대왕의 얼굴이 계통 없이 뒤섞여 있었다. 적어도 열흘 넘게 배달 오토바이를 몰아야 만질 수 있는 돈이었다. 시큼한 생목이 올라왔다.

진우가 오토바이의 시동을 켜둔 채 손을 내밀었다.

"적당히 하고 집으로 들어와. 아버지 걱정하신다."

조진수가 돈을 건네며 말했다. 훈계조의 목소리 톤이 아버지를 닮았다.

"돈 말고 지갑."

진우가 조진수 손에 들려 있는 지갑을 향해 손을 뻗었다.

"짜식! 그래, 필요한 만큼 꺼내 가라."

조진수는 자신의 지갑을 통째로 진우에게 건넸다. 두툼했다. 범생이 조진수는 태어나서 입때껏 자기 손으로 십 원 한 장 벌어 본 적이 없다. 하지만 그의 지갑은 항상 두둑하다. 신용카드와 체크카드까지 감안한다면 조진수가 쓸 수 있는 돈은 무제한이라고 해도 과언이 아닐 것이다. 단, 그것은 아버지가 용인하는 범위에서만 가능한 자유일 터였다. 금단의 선악과를 따먹으려 들지만 않는다면 평생 조진수는 무제한의 자유를 누릴 수 있을 것이다. 지갑엔 신용카드 두 장, 체크카드 하나 그리고 잘난 명문대 학생증이 나란히 꽂혀 있었다.

"좋아?"

진우가 턱을 추켜올리며 침을 뱉듯 말했다.

"뭐?"

"좋냐구. 잘난 아버지 애완견 노릇."

비아냥대는 말과 함께 들고 있던 조진수의 지갑을 냅다 집어던졌다. 지갑이 커다랗게 곡선을 그리며 공중으로 올라가더니 변곡점 부근에서 내용물을 토해낸 후 곡선 궤도를 따라 낙하하기 시작했다. 신사임당과 세종대왕의 얼굴이 공중으로 흩날리고 직사각형의 각종 카드가 트리플 악셀 고난도 회전을 하며 바람을 탔다.

"너 이 자식……."

조진수는 아마도 '너 이 자식 이게 무슨 짓이야'라고 말하려 했던 것이겠지만 그 말을 끝까지 마칠 겨를이 없었던 모양이었다. 그의 눈은 지갑을 쫓았고 그의 몸 역시 조금 늦은 엇박자로 지갑이 날아간 궤도를 따라 움직였다.

오-또-또-또-똥-똥-똥-똥.

진우가 출발 기어를 넣고 액셀러레이터를 세차게 당겼다. 뿌연 매연이 조진수의 우스꽝스러운 몸짓을 약간이나마 감추어 주는 동안 빨간색 피자 배달용 오토바이는 멀찌감치 달아났다.

멋졌다. 스스로 생각해도 자신의 모습이 이렇게 멋지게 느껴지긴 처음이었다. 미라쥬 로드윈을 타고 짝퉁 조진수 행세를 할 때는 한 번도 경험해 보지 못한 기분이었다. 할 수만 있다면 유체이탈을 하여 은행나무길을 멋지게 달려 나가는 자신의 뒷모습을 동영상에 담고 싶었다.

'이다가 이걸 봤어야 하는데.'

"이야우아야 오-아-이-우-왕"

진우의 입에서 무슨 뜻인지 알 수 없는 괴성이 터졌다. 그것 말고는 지금의 기분을 표현할 만한 마땅한 기표가 없었다. 괴성과 함께 빨간색 오토바이가 뿌연 흙먼지를 가르며 질주했다.

"내가 조진수를 제꼈다!"

밤이 오고 있다. 반석연립은 철거 바람이 휩쓸고 간 동네에 홀로 남아 황량한 언덕을 지키고 있다. 골목마다 고만고만한 건물들이 다닥다닥 붙어 있을 때는 잘 드러나지 않았지만 이제 반석연립은 재개발 제2지역을 상징하는 랜드마크가 되었다. 멀리 전철역 주변에서도 언덕 위에 덩그러니 외롭게 남은 반석연립이 보였다. 이다의 방 창문을 열면 온 동네가 내려다보였다. 반석연립이 불을 밝혔다. 302호와 301호는 주광색 등을, 202호는 백색 등을 켰다. 101호의 창은 TV에서 새어 나오는 희미한 불빛으로 색이 바뀐다. 201호와 102호는 오늘도 불이 켜지지 않았다. 302호 이다네 가족들이 오랜만에 분주하다.

"일남아, 마당에 평상 펼쳐 놓그래이."

"리자 니는 뭐 하노. 상추 좀 씻으라카이."

"일자야, 니는 퍼뜩 정신 채리고 고기 다 삶아졌나 젓가락으로 찔러 보래이."

"이다야, 니는 걸레 갖고 내려가 평상 좀 훔쳐 내고 삼촌더러 도라무통에 불 좀 피우라 케라."

반석연립이 생기고 이렇게 큰 잔치를 벌이는 것은 처음이었다. 흔해 빠진 공동주택 건물에 불과했던 반석연립은 아크로폴리스를 지키는 파르테논 신전으로 우뚝 서서 폐허가 된 마을 전체를 한눈에 내려다보고 있다. 그러고 보니 오늘의 잔치를 신전에서 열리는 신들의 만찬으로 불러도 좋을 듯싶다. 이다는 타닥타닥 발소리를 내며 계단을 내려가 101호의 문을 두드렸다. 현관이 열리고 주름진 얼굴이 보였다. 해병대 영감은 희미한 TV 불빛만 켜고도 이미 해병대 복장을 갖춰 입고 태극기를 챙기고 있었다. 해병대 영감이 이다를 보고 희미하게 웃었다. 그의 얼굴에서 미소를 보기는 처음이다.

"마당으로 나오시래요."

가벼운 목례를 하고 맞은편 102호의 문을 두드렸다. 부부어물의 금실 좋은 부부는 이미 집을 팔고 이사했다는 사실을 알고 있었지만 그냥 지나치는 것은 집에 대한 예의가 아니라는 생각이 들어서였다. 타닥타닥 한 층을 올라와 201호의 문을 두드렸다. 역시 대답이 없었다. 돌아서려는데 맞은편 202호의 문이 열렸다.

"벌써 시작하는 거여? 근데 우리 손주들이 놀러 왔는데."

"같이 오세요."

노가다 박 씨는 진즉부터 기다리고 있었던 모양인지 손주 둘을 앞세우고 마당으로 내려갔다. 이번엔 301호. 밖에 택시가 아직 안 들어온 것으로 보아 아저씨는 집에 없을 테지만 그래도 문을 두드렸다. 안에서 인기척이 들리더니 문이 열렸다. 별거 중이라던 개인택시의 부인이었다. 짐을 싸던 중이었는지 양손에 장갑을 끼고 포장용 테이프를 손목에 끼고 있었다. 자초지종을 간단히 얘기했더니 시큰둥한 표정이었다.

마당에 불이 피어올랐다. 구멍 뚫은 드럼통에 마른 나무들이 타다닥 소리를 내며 타올랐다. 반석연립 마당에 오랜만에 온기가 돌았다. 평상에는 어느새 푸짐한 상이 차려졌다. 삶은 돼지 보쌈이 오늘의 메인 요리였다. 할머니의 주특기인 얼큰한 콩나물국도 한 솥 가득 끓고 있었다. 이다네 가족과 101호 해병대 영감 그리고 202호 노가다 박 씨 가족까지 모이자 마당이 가득 찼다. 노가다 박 씨의 손주 둘이 유치원에서 배운 노래를 부르며 불빛 주변을 돌았다. 순진한 아이들은 역시 어떠한 환경에도 잘 적응한다. 아이들이 없었다면 오늘의 만찬은 다소 우울해질 수도 있었을 것이다. 다들 자리를 잡으려는데 301호 개인택시가 전조등을 번뜩이며 멈추어 섰다.

"제가 좀 늦었습니다. 잠시만 기다려 주세요. 집사람이랑 같이 내려올게요."

해병대 영감이 태극기를 설치하는 동안 301호 개인택시가 쭈뼛거리는 아내의 손을 잡고 내려왔다.

잔치를 제안한 건 할머니였다. 할머니는 지난번 이다와 함께 병원에 다녀온 후부터 뭔가 달라진 듯했다. 주변 건물들이 헐리고 사람들이 자의 반 타의 반으로 짐을 싸서 나갈 때도 떠나는 사람을 원망하기는커녕 그들의 손을 잡으며 기운을 북돋아 주곤 했다. 이다는 할머니가 원래부터 그렇게 살고 싶었던 것을 이제야 실천하는 거라고 짐작했다. 모두들 떠난 후 남은 사람들은 말을 잃었다. 반석연립에 남은 사람들은 축 처진 어깨를 펴지 못했다. 302호 이다네 역시 다르지 않았다. 그러던 중 할머니의 제안은 사람들의 마음을 움직였다.

"차린 건 없지만 많이 드시고 기운 내입시더."

할머니가 국자를 든 채로 입을 열었다.

"잠시만 기둘리소. 그래도 명색이 우리 반석연립 잔칫날인데 국민의례를 해야 안 하것소."

해병대 영감이 정색을 하고 나섰다. 다들 달갑지는 않았지만 어쩌면 마지막일지도 모른다는 마음에 그의 말에 따랐다.

"에, 에, 그럼 지금부텀 반석연립 주민 잔치를 시작허것슴돠. 참고로 오늘 주민 잔치는 특별히 302호 이다 할머니께서 우리 주민들을 위해 준비하셨습니다. 본 행사를 시작허기 전에 먼저 감사으 박수를 치도록 하것슴돠."

박수 소리는 크지 않았다. 그도 그럴 것이 당사자인 이다네 식구들이 박수를 칠 수야 없지 않은가. 다행히 202호 노가다 박 씨의 손주 둘이 신이 나서 박수를 치는 바람에 어색함을 면할 수 있었다. 국기에 대한 맹세에 이어 애국가 제창이 이어졌다. 이다는 이 광경을 놓치지 않고 휴대폰에 담았다. 드럼통에서 활활 타오르는 불꽃이 분위기를 북돋았는지 애국가를 부르는 사람들의 표정이 제법 진지해 보였다. 물론 목소리를 크게 내는 건 꼬마 둘과 해병대 영감뿐이었지만.

"동해물과 백두산이……."

할머니는 '마르고 닳도록'에서 둘째 아들 이남을 생각했다. 이 나이에 또다시 옥바라지를 하게 될 줄은 몰랐다.

'문디 자슥 그놈의 승질 쪼매만 죽일 것이지…….'

한판수의 졸개들이 카페 피에타에서 망신을 당하고 돌아간 후 화가 난 한판수는 특단의 명령을 내렸다. 피일자 씨가 집으로 돌아간 사이에 한밤중을 틈타 카페를 완전히 쓸어버린 것이다. 명백한 불법이었지만 법은 더 이상 철거민의 편이 아니었다. 소식을 들은 피일남이 다시 국회의원을 찾아갔지만 이번엔 잘난 식권 한 장도 받지 못했다.

피이남의 뒤통수를 가격한 범인은 지난번 피이남의 이단 옆차기에 당한 재개발 반대 투쟁위원회 위원장이었다. 이남이 목욕탕에 나타났다는 소식을 듣고 분을 참지 못해 달려가 저지른 일이었다. 그 사건은 한판수에게 앓던 이 두 개를 동시에 뽑아 버릴 수 있는 좋은 기회였다. 경찰보다 더 빠르게 조직을 움직인 한판수는 반대 투쟁위원장을 잡아 경찰에 넘기고 경찰은 그를 즉각 구속함으로써 재개발 반대 세력을 단번에 무력화시키는 쾌거를 올렸다. 그리고 이남이 병원에 있는 동안 졸개들을 풀어 피일자의 카페를 초토화시켰다.

일이 있고 열흘 뒤 머리에 붕대를 감은 채 퇴원한 피이남은 집에 있던 과도를 품에 숨기고 혈혈단신 한판수를 찾아갔다. 피이남이 칼을 들고 한판수를 찾아간 것은 이번이 두 번째다. 오래전 누나 피일자를 술집에 팔아넘기고 몇 해가 지난 뒤 한판수는 뻔뻔하게도 다시 동네에 얼굴을 들이밀었다. 챙겨간 돈을 이미 탕진한 뒤였다. 이남은 그때 처음 과도를 숨기고 놈을 찾아갔다. 하지만 놈을 찌르지는 못했다.

'이남아, 좋은 사업 거리를 준비했어. 이번에 팔자 한번 바꾸게 해 줄게.'

한판수의 감언이설에 이남이 품고 있던 과도는 품에서 나오지 못하고 과일을 깎는 본래의 용도로 돌아갔다. 얼마 뒤 한판수가 제안한 불법 도박장 사업 때문에 감옥 신세를 지고서야 가슴을 쳤지만 돌이킬 수 없었다. 그런데 이번에 또 이런 일을 당했으니 한판수는 갈아 마셔도 시원치 않을 피 씨 집안의 철천지원수가 된 것이다.

"피 부장. 그렇지 않아도 기다리고 있었어. 몸도 불편할 텐데 이젠 얼추 일이 정리되었으니 돌아가 쉬도록 해."

한판수는 지난번과 비슷한 크기의 봉투를 이남에게 건넸다. 그 자리에서 한판수의 면상에 돈 봉투를 집어던질까도 생각했지만 피이남은 우선 봉투 속 인물이 지난번처럼 세종대왕인지 아니면 이번에는 신사임당인지 확인한 후 품속의 과도를 꺼낼 것인지 말 것인지를 결정하기로 했다. 곧바로 화장실에 들러 봉투를 살짝 열어보니 푸른색 지폐 한 묶음이었다. 잠시 후 한판수가 화장실로 따라 들어와 오줌을 갈겼다. 이번에도 놈의 오줌발이 튀어 이남의 입술에 들러붙었다. 만일 그때 피이남이 형 일남을 닮아 참을 인(忍)을 미간에 새겼더라면 지금 그는 감방에 들어가 있는 대신 반석연립 마당에서 애국가를 부르고 있을지도 모른다. 하지만 이남은 참을 인(忍)을 몰랐다.

"이런 개새끼!"

이남의 칼이 놈의 오른쪽 복부에 깊숙이 박혔다. 응급 수술로 생명은 구했지만 한판수의 조폭 생활은 그걸로 끝났다. 피이남은 구치소에 구금된 채 재판을 기다리고 있다. 재개발 조합장만은 쾌재를 불렀다. 어차피 철거가 마무리 되고 있는 마당이므로 한판수는 쓸모없이 사납기만 한 사냥개에 불과했기 때문이다. 조합장은 한판수가 이끌던 조직과 연을 끊고 곧바로 외부의 전문 용역 업체를 불러들였다. 조합장의 뒤에는 보이지 않는 건설 대기업이, 그 뒤에

는 경찰이, 그 뒤에는 국회의원, 장관 등 건설마피아 세력의 손이
있었다.

애국가 제창이 끝나고 건배 제의가 있었다. 건배사는 가장 연장
자인 할머니의 몫이었다. 해병대 영감은 불과 세 살 차이로 할머니
에게 영광스러운 역할을 양보해야 했다.

"내사 뭔 말을 할지 모리겠네예. 읎는 인종끼리는 서로 돕는 기
제 몸뚱이 위하는 기라……."

할머니는 말끝을 흐리더니 막걸리 잔을 들었다. 이다와 유치원
꼬마는 콜라 잔을 들었다.

"잠깐!"

피일자 씨였다.

"오늘은 제가 특별히 아끼던 양주로 쏠게요. 그걸로 건배해요. 폼
나게."

피일자 씨가 평상 밑에 숨겨둔 보따리에서 라벨도 벗기지 않은
양주병들을 꺼냈다. 다들 눈이 휘둥그레졌다. 돼지 보쌈 안주에 고
급스러운 양주가 어울릴지는 모르지만 기분만큼은 모두 최고급 호
텔 레스토랑에 온 기분이었다.

한판수 패거리가 쓸고 간 카페 피에타는 말 그대로 초토화되어
남아난 게 없었다. 피일자 씨는 다음날 현장을 발견하고 카페 바닥
에 주저앉아 한나절을 울었다. 소식을 듣고 득달같이 달려온 게바
라와 곧이어 뛰어온 피일남이 없었더라면 피일자는 무슨 사고를
저질렀을지 모른다. 경찰이 형식적으로 다녀갔지만 법은 이미 이

쪽 편이 아니었다. 그들 옆에 법이 있었다. 저녁나절이 되어 정신을 조금이나마 다잡은 피일자 씨는 주방 냉장고 안쪽에서 깨지지 않은 양주 다섯 병을 챙겨들고 집으로 돌아와 머리를 싸매고 누웠다. 사랑했던 사람을 그리워하며 젊음을 고스란히 바친 카페 피에타. 피일자 씨에게 그것은 자신의 목숨과도 같은 것이었다.

"이다야. 여기 대접에 있는 음식 저다 갖다 놓그래이. 강아지, 고양이들 묵게."

할머니는 평소처럼 개와 고양이 밥을 미리 챙겨 놓았다. 이다가 밥을 챙겨 주고 오는 사이에 피일자 씨는 막걸리와 양주를 섞은 특별한 폭탄주를 만들어 한 잔씩 돌렸다.

"다 같이 건배 하입시더. 우리 다 같이 똘똘 뭉쳐 우리 집을 지켜냅시더…… 위하여!"

"위하여!"

사람들의 목소리가 하나가 되어 늦가을 밤하늘로 퍼져 나갔다. 흥겨운 잔치에 모두들 잠시나마 시름을 잊은 것 같았다.

"이다야."

예은이가 뒤늦게 도착하여 이다를 불렀다. 초대 문자를 보내긴 했지만 정말 와 줄 것이라고는 기대하지 않았는데. 이다가 씽긋 웃으며 반갑게 손을 들었다. 어른들을 향해 인사를 하면서 조금 어색해하던 예은이도 금방 분위기에 어울렸다.

"진우는?"

이다는 대답 대신 예은이의 손을 꼭 잡았다.

그날의 잔치는 밤늦도록 이어졌다. 양주와 막걸리가 섞이고 노래와 춤이 뒤엉켰다. 해병대 영감이 군가를 부르자 피일남 씨가 민중가요로 되받고 피일자 씨는 간드러진 목소리로 '백만 송이 장미'를 불렀다.

"먼 옛날 어느 별에서 내가 세상에 나올 때 사랑을 주고 오라는 작은 음성 하나 들었지. 사랑을 할 때만 피는 꽃 백만 송이 피워 오라는. 진실한 사랑을 할 때만 피어나는 사랑의 장미."

관객 대신 집 잃은 개들이 몰려와 쿵쿵대며 화음을 넣었다. 후렴구를 반복해서 부르는데 울컥하며 일자씨의 코끝이 아려왔다.

모든 것을 잃었다. 손님들의 비위를 맞춰 가며 어렵게 모았던 돈을 몽땅 잃었고, 가족의 생계를 유지해 오던 가게를 잃었다. 새롭게 시작하려던 게바라와의 닭살 돋는 애정 행각도 이제는 상상하기 싫은 과거의 상처가 되었다. 성질이 급해 미운털이 박힌 녀석이지만 감옥에서 고생하고 있을 동생 이남을 생각하니 목이 메었다.

"미워하는 미워하는 미워하는 마음 없이. 아낌없이 아낌없이 사랑을 주기만 할 때. 수백만 송이 백만 송이 꽃은 피고. 그립고 아름다운 내 별나라로 갈 수 있다네."

모두들 떠났다. 첫사랑 시인도, 느지막이 시작한 중년의 사랑 게바라도 곁에 없다. 노래가 2절로 접어드는데 목소리가 자꾸 갈라졌다. 피일자 씨는 기운을 차리려고 애썼다. 평생을 고생하며 살아온 엄마, 그리고 아빠 없이도 씩씩하게 살아가는 이다가 보고 있으니 자꾸 목소리가 흔들렸다. 노래를 마칠 때까지 눈물을 보여선 안 되는데…….

게바라에게 너무 심하게 한 걸까? 며칠 전 일자씨를 찾아온 게바라는 쉽게 입을 열지 못했다. 한참 침묵을 지키던 게바라가 입을 열었다.

"미안해요. 보상금을 받고 인놀방을 비우기로 했어요."

배신이었다. 지성인입네 하는 인간들은 결정적인 순간에 늘 배신을 때린다. 시인이 그러더니 게바라도 다르지 않았다. 피일자 씨는 돌아서 가는 게바라의 뒷모습을 보면서 지성을 갖춘 여자로 살려는 꿈을 완전히 포기해 버렸다.

"야! 배신자 최가 놈. 개~새끼야!"

만일 게바라를 떠올리지 않았다면 후렴을 마치지 못하고 눈물을 보였을지도 모른다.

"이젠 모두가 떠날지라도 그러나 사랑은 계속될 거야. 저 별에서 나를 찾아온 그토록 기다리던 이 있네."

간신히 노래를 마쳤다. 할머니가 피일자 씨의 마음을 읽었는지 곧바로 장타령을 뽑았다. 이어서 개인택시 부부가 오랜 별거 생활을 청산하는 의미로 손을 잡고 트로트 한 곡을 뽑았다. 외부의 적이 강할수록 내부의 갈등은 자연스럽게 희석되기도 한다. 301호 개인 택시 부부가 그랬다. 세입자로 살아왔지만 한 번도 반석연립을 남의 집이라고 생각하지 않았던 사람들이었다. 202호 노가다 박 씨의 어린 두 손주가 '곰 세 마리'를 부르자 가장 큰 박수가 터졌다. 평생 건설 현장에서 목수 일을 하며 살아온 그는 일이 없는 날이면 반석연립 구석구석을 살피며 갈라진 틈을 메우거나 고장난 현관문을 멀쩡하게 고쳐 놓곤 했다. 장마철이 다가오면 누가 시키지 않아도 옥상에 올라가 빗물받이를 점검하고 방수액을 발랐다. 반석연립 곳곳에 그의 손길이 닿지 않은 곳이 없다. 딸의 위장 전입 때문에 어쩔 수 없이 한 일이라고 매도할 수만은 없는 일이다. 모두들 목청이 터져라 소리를 질러 댔지만 사람들이 떠난 비탈진 언덕에는 시끄럽다고 항의하는 이웃도 없었다. 건너편 언덕에 망원경을 들고 반석연립을 감시하는 용역과 경찰이 있었지만 그들까지 잔치에 초대할 수는 없는 일이었다.

이다는 예은이의 손을 잡고 3층 자기 방으로 올라가 컴퓨터를 켰다. 전기를 끊는다는 소문이 있었으므로 컴퓨터를 쓸 수 있을 때 영상을 올릴 필요가 있었다.

"어때?"

"대박! 짱이다."

지난번 팬티 바람으로 설쳐대던 깡패들의 영상 이후 이다의 블로그는 유명세를 타기 시작했다. '변태 조폭'이라는 이름으로 올린 동영상에 댓글이 무려 300개가 넘게 달리고 영상은 SNS를 타고 퍼져나가기 시작했다. '변태 조폭'은 잠시 동안이었지만 포털사이트 인기 검색어에 오르기도 했다. 먼저 올린 영상들도 덩달아 퍼 날라지고 있는 중이다. 특히 '애국적 반상회'라고 제목을 붙인 반상회 국민의례 영상이 인기를 끌었다.

"생각났어!"

저장된 영상을 보던 예은이가 손뼉을 치며 말했다.

"뭐가?"

"내가 그릴 그림말이야. '신전의 만찬'. 기왕이면 거창하게 '파르테논 신전의 만찬'이라고 하자."

"그게 무슨 소리야."

"여기가 바로 파르테논 신전이야."

예은이는 곧바로 가방을 열고 드로잉북을 꺼내더니 반석연립 마당에서 벌어지고 있는 모습을 스케치하기 시작했다. 그러고 보니 평소 초라하게만 보이던 반석연립이 삼촌이 드럼통에 피워 올린 불꽃 조명을 받아 정말 신전처럼 아름다웠다. 예은이가 스케치를 하는 동안 이다는 동영상을 찍었다. 문득 진우에게 동영상을 보여 주고 싶은 생각이 들었다. 하지만 녀석의 휴대폰은 압수되었을 것이다. 만일 압수되지 않았더라도 이제 더 이상의 인연을 만들 수는 없다.

반석연립 사람들의 술 취한 목소리가 듣기에 그리 나쁘지 않았다.

"이 책은 앞으로 논술을 공부할 때 도움이 될 거야. 그리고 이건 내가 처음 대학생이 되어서 읽었던 건데 역사를 이해하는 데 도움이 되는 책이니까 나중에라도 꼭 읽어 봐."

게바라는 손때 묻은 책들을 하나씩 들어 보이며 설명을 했다. 게바라와 이다 단둘이 하는 마지막 수업이었다. 수업 내내 게바라의 목소리가 겉돌았다.

"그리고 이건 엄마께 전해 드리렴."

따로 싼 봉투엔 시집 몇 권이 들어 있었다.

"어디로 가세요?"

이다가 눈을 똑바로 바라보며 물었다.

"시골로 가려고. 거기 부모님이 계시거든……."

"비겁해요."

이다의 말에 조금 놀란 게바라가 말을 잇지 못하다 한참 만에 입을 열었다.

"미안하다."

"체 게바라는 혁명가라고 했잖아요. 결국 혁명가의 기표를 조작해서 이용해 먹은 거였네요."

이다는 게바라가 챙겨 놓은 책 보따리를 그대로 둔 채 돌아서 밖으로 나갔다. 게바라는 이다를 붙들지 못했다. 게바라의 시선이 허공으로 흩어졌다.

싸움의 진화

초저녁부터 물기 먹은 바람이 반석연립을 에워쌌다. 눅눅하고 차가운 바람이었다. 반석연립 사람들은 이번 가을이 오래 머물기를 진심으로 원했다. 할 수만 있다면 반석연립 마당 은행나무에 목을 매고서라도 떨어지는 잎을 붙들고 싶었다. 최소한 이 싸움을 마칠 때까지는 그랬으면 좋겠다고 생각했다. 하지만 모두들 알고 있다. 사람들이 떠난 황량한 언덕에 가장 먼저 겨울 점령군이 당도할 것이라는 사실을.

어둠이 깔리면서 은밀한 움직임이 시작되었다. 일기예보대로라면 늦은 밤부터 꽤 많은 비가 내릴 것이다. 비밀 작전의 개시일을 비 오는 날로 고집한 것은 해병대 영감이었다. 영감은 월남전 참전 당시의 실전 경험을 근거로 비는 자연이 제공하는 최고의 엄폐

물이라고 주장했다. 비 오는 밤이야말로 적에게 들키지 않고 작전을 수행할 수 있는 절호의 기회인 것이다. 피일남 씨는 그 말에 동의하지 않았다. 그는 반대 근거로 비를 맞으며 작전을 수행할 경우 자칫 부상을 당하거나 감기에 걸릴 위험이 있다는 점을 제시했다. 하지만 피일남의 주장은 받아들여지지 않았다. 나름 타당한 근거였음에도 불구하고 큰 싸움을 앞두고 감기 따위나 두려워하는 나약한 핑계로 여겨졌기 때문이다. 싸움의 지휘권은 자연스럽게 해병대 영감에게로 옮겨갔다. 영감은 노병다웠다. 특유의 카리스마를 풍기며 각자의 특기에 맞춰 임무를 나누고 작전을 하달했다. 우선 싸움의 지휘 본부가 될 옥상 망루 설치 작업은 202호 노가다 박 씨에게 맡겨졌다. 평생 목수로 건설 현장에서 잔뼈가 굵은 그에게 누가 봐도 딱 맞는 역할이었다. 각종 물품의 조달은 기동력을 갖춘 301호 개인택시에게 주어졌다. 이다는 통신 담당으로 임명되었다. 휴대폰과 문자를 통해 실시간으로 상황을 알리는 역할이었다. 할머니와 개인택시의 아내는 보급과 취사 임무를, 피일자, 피이자 자매는 경계 담당으로 반석연립으로 이어지는 길을 서성거리며 용역과 경찰의 일거수일투족을 이다에게 전하도록 지시받았다. 그외 나머지 한 사람 피일남에게는 총무라는 직책이 주어졌다. 말이 좋아 총무지 말하자면 잡부 역할이었다. 한때 '민중해방' '독재타도'를 외치며 경찰의 군홧발에 맞섰던 피일남으로서 자존심 상하는 일이 아닐 수 없었다. 하지만 스스로 생각해 보아도 현실적으로 달리 내세울 것이 없으니 그저 해병대 영감의 말에 고개를 끄덕여야 했다. 작전은 개시 3일 전부터 차근차근 진행되었다. 각자 자신의 역할이 차질 없이 진행되고 있음을 매일 저녁마다 해병대 영감 앞에서 보고하고 하루 일과를 마쳤다.

밤 열한 시를 넘기면서 제법 굵은 비가 내리기 시작했다. 작전 개시 전 해병대 영감은 경건한 마음으로 복장을 갖추고 작은 방으로 들어가 태극기를 점검했다. 팔다 남은 태극기가 방안 가득 쌓여 있었다. 영감은 맨 안쪽에 놓인 기다란 상자를 꺼냈다. 특별히 보관해 두었던 게양용 태극기 1호 세트였다. 국기대와 국기봉도 크고 튼튼한 것으로 준비해 두었다. 그리고 장롱 깊숙이 숨겨 두었던 무공훈장을 꺼내 가슴에 달았다. 오랜 세월이 지났지만 무공훈장은 여전히 광채를 내뿜고 있었다. 거울에 비친 자신의 모습을 보자 가슴이 뭉클했다. 영감은 해병전우회의 상징인 붉은 모자를 깊게 눌러쓰고 현관문을 나섰다. 굵은 빗방울이 현관 앞을 적시고 있었다. 멀리 밖으로 눈을 돌렸다. 비가 적당한 굵기로 내린 덕분에 예상대로 십여 미터 밖이 보이지 않을 정도로 적당히 엄폐가 되었다. 그는 우산도 쓰지 않은 채 반석연립 주변을 한 바퀴 돌고 곧바로 옥상으로 올라가 한가운데 우뚝 섰다. 멀리 전철역 너머로 아파트 단지의 불빛과 번쩍거리는 유흥가 조명이 빗물에 굴절되어 희미하게 보였다.

문득 월남전 참전 당시가 떠올랐다. 차라리 부비 트랩에 빠져 죽은 동료들처럼 월남 정글에서 죽기라도 했다면 좋았을 것을. 태극기 1호에 덮여 영광스럽게 이 세상을 떠날 수 있었다면, 그랬다면 고엽제에 찌든 육신을 이끌고 이 땅에 돌아오지도 않았을 테고, 고엽제로 범벅이 된 자식을 낳지도 않았을 테고 그랬으면 하나뿐인 아들놈을 앞세우지도 않았을 것을.

"내 육신이 죽어 자빠질 자리가 바로 여기제."

이번 작전이 다른 사람에게는 살기 위한 싸움이라면 그에게는 당당하게 죽기 위한 싸움이었다. 그래서 태극기가 필요했다. 스무 살 머나먼 월남에서부터 지금까지 한결같이 지켜온 태극기가 반드시 필요했다. 무공훈장에 빛나는 참전 용사의 시신 위에 태극기 1호가 덮인다면 더 이상 무슨 소원이 있을까. 영감은 옥상 계단을 내려오며 상념을 털어내듯 젖은 모자를 벗어 털었다. 모자에서 주르륵 떨어진 빗물이 계단을 타고 흘러내렸다.

AM 00 : 00

영감은 302호의 문을 세 번 두드렸다. 현관이 열리며 이다의 결기 어린 얼굴이 드러났다. 영감은 엄지를 들어올렸다. 작전 개시를 알리는 신호였다. 이다도 똑같은 모양으로 엄지를 추켜올렸다.

노가다 박 씨의 휴대폰으로 문자가 전송되었다.

– 새벽은 온다

작전 개시를 알리는 신호였다. 박씨는 곧바로 트럭의 시동을 걸었다. 건설 현장 소장에게 미리 빌려 놓은 트럭의 짐칸에는 옥상 망루를 설치할 자재와 공구가 실려 있었다. 트럭이 빗속을 뚫고 앞으로 나아갔다.

AM 00 : 05

301호 개인택시의 휴대폰이 부르르 떨렸다.

– 새벽2

문자가 찍혔다. 시동을 걸었다. 오랜만에 앞뒤 전 좌석을 꽉 채운 탓인지 엔진이 힘겨운 소리를 냈다. 앞좌석에는 며칠 전부터 시내 골프 연습장을 돌아다니며 모은 낡은 골프공을 가득 실었다. 뒷좌석에는 소형 발전기와 공단 철물점에서 주문 제작한 대형 새총을 실었다. 곤봉과 방패 그리고 물대포로 무장한 용역과 경찰들을 상대할 최소한의 무기였다. 덩치 큰 씨름 선수들을 태운 것처럼 차가 푹 가라앉았다. 그는 조심스럽게 속도를 높였다.

AM 00 : 32

이다의 휴대폰으로 문자가 도착했다.

– 좀비들 놀고 있음.

동네 입구에 나가 있는 이모 피이자 씨로부터 전달된 문자다. 용역과 경찰의 특별한 움직임이 없다는 신호였다. 이다는 곧바로 나머지 사람들에게 재전송을 돌렸다. 작전은 계획대로 진행되어 갔다.

AM 00 : 48

– 휴가 준비 끝

전철역을 지나 반석연립으로 올라오는 언덕 밑에 트럭을 세운 노가다 박 씨는 헤드라이트를 끄고 문자를 날렸다. 이다는 즉시 옥상에서 비를 맞고 있는 해병대 영감에게 달려갔다.

"휴가 준비됐어요."

해병대 영감이 엄지를 들어 올렸다. 이다의 양손 엄지가 휴대폰 화면 위에서 날렵하게 미끄러졌다.

문자를 확인한 노가다 박 씨는 라이트를 끈 채로 저단 기어를 넣고 천천히 트럭을 움직여 언덕길로 접어들었다.

"삼촌! 빨리!"

그동안 대기하고 있던 피일남 씨도 바빠지기 시작했다. 이다의 목소리와 함께 피일남 씨는 숨을 헐떡거리며 반석연립에 켜진 모든 조명을 끄기 위해 계단을 오르내렸다. 이제 반석연립은 대외적으로는 빗속에서 깊이 잠이 든 것이다.

AM 01 : 02

– 좀비들 철수

피일자 씨의 문자다. 이다는 받은 문자를 전체에게 재전송하며 해병대 영감의 탁월한 작전 계획에 다시 한번 감복했다. 비 오는 날을 작전 개시일로 정하지 않았다면 일이 이토록 수월하게 풀리지는 않았을 것이었다.

비 오는 날엔 피자 배달이 더 많다. 늦은 시간까지 배달을 해야 했던 진우는 일과를 마치고도 매장 정리를 하느라 자정을 훌쩍 넘겨야 했다. 바닥 물걸레질을 마치고 의자에 엉덩이를 걸쳤다. 그리고 새로 산 휴대폰을 꺼냈다. 액정의 매끈한 감촉이 좋았다. 난생처음 스스로 번 돈으로 장만한 것이어서 그런지 손에 착 달라붙는 느낌이었다. 휴대폰을 카메라 모드로 바꿨다. 미리 점장에게 부탁해 놓았던 피자를 테이블 위에 놓고 각도를 맞춰 사진을 찍었다. 먹음직스러운 피자가 카메라에 담겼다. 전송 모드로 전환하고 저장된 전화번호를 찾았다. 이다의 번호가 떴다. 전송을 눌렀다. 사진이 제대로 전송되었는지 확인한 후 진우는 피자를 품에 안고 밖으로 나왔다. 가급적 빗물이 튀지 않게 배달 상자를 조심스럽게 열고 피자를 넣은 후 뚜껑을 단단히 닫았다. 헬멧을 쓰고 시동을 걸었다.
오-또-또-또-똥-똥-똥-똥
오늘 마지막으로 배달할 곳은 반석연립. 액셀러레이터를 당기자 피자를 실은 오토바이가 빗속을 뚫고 세차게 나아갔다.

AM 01 : 30

해병대 영감은 101호 자기 집으로 내려와 준비해 두었던 태극기를 챙겨 들고 옥상으로 올라갔다. 국기대는 비바람에도 흔들리지 않도록 가장 무겁고 튼튼한 놈으로 골라 놓았다. 옥상 정면에 커다란 게양용 태극기 1호를 올릴 참이었다.

"그걸 꼭 달아야겠어요? 국가가 해준 게 뭐가 있다고. 국가에 충성하느라 자식까지 잃었다면서……."

영감은 피일남의 말에 아랑곳하지 않고 국기대를 조립하기 시작했다. 무겁고 긴 국기대가 해병대 영감에게 버거워 보였다.

"영감님, 제가 할게요."

피일남 씨가 걱정스런 표정으로 다가섰지만 해병대 영감은 손사래를 쳤다. 잠시 후 언덕이 내려다보이는 옥상 정면에 1호 태극기가 우뚝 세워졌다. 내일 새벽 날이 밝으면 사람들은 멀리서도 태극기의 존재를 알아보게 될 것이다.

AM 01 : 50

— 휴가 떠나요.

개인택시가 마을 입구에 도착했다. 작전은 계획대로 진행되고 있었다.

AM 02：00

이다의 휴대폰이 빠른 박자의 노랫소리를 토해 냈다. 작전 계획에 없었던 일이다.

"뭐야, 엄마! 문자로만 연락하기로 했잖아."

"겨, 겨, 겨…….."

"이다야!"

피일자 씨의 전화기를 피이자 씨가 낚아챘다.

"경찰이야! 조폭들이 철수하고 경찰특공대가 포위했어. 소방차에 크레인까지."

다급히 외치는 피이자 씨 목소리 뒤로 누군가에게 고함을 지르는 피일자 씨의 목소리가 섞였다.

이다의 손이 빠르게 움직였다.

– 긴급! 긴급!

경찰특공대를 막아라.

신전을 사수하라.

신전을 사수하라.

"경찰이 온다!"

피일남 씨의 목소리가 반석연립을 흔들었다. 동시에 각 현관문이 세차게 열리며 연립 계단으로 발소리가 뒤섞였다. 발소리는 불빛 하나 없는 칠흑 같은 계단을 분주하게 타고 올랐다. 그 소리에 머뭇거림은 없었다. 반석연립에 남아 있는 사람 모두가 옥상으로 모였다. 차갑고 거센 빗줄기가 좁다란 옥상으로 쏟아져 내리고 있었다. 모두 어찌 된 상황인지 궁금했다. 하지만 아무도 입을 열지 않았다. 차갑고 굵은 비가 옥상 바닥을 때리는 소리만 가득했다.

"이게 무슨 소리죠?"

어둠 속에서 개인택시 아내의 떨리는 목소리가 새어 나왔다. 모두들 숨을 죽였다. 소리는 언덕 아래에서 시작되고 있었다. 굵고, 낮고, 육중했다.

"중장비 엔진 소리 같은데 포클레인인가?"

피일남의 말에 모두들 고개를 난간 아래로 내밀었다.

"저건 오토바이 아녀?"

"진우, 진우예요! 진우야!"

캄캄한 옥상 위에서 이다의 목소리가 들렸다. 급브레이크를 잡는데 오토바이가 미끄러지며 쓰러졌다. 진우는 아랑곳하지 않고 일어나 피자를 챙겨 들고 옥상으로 뛰어 올라갔다.

"경찰특공대야! 간신히 따돌리고 올라 왔어."

진우가 상황을 전했다. 중간에 짐을 잔뜩 싣고 올라오던 택시와 트럭 기사 그리고 아주머니 두 분이 경찰에 끌려가는 것을 보았다고 했다.

진우의 설명이 끝나기도 전에 탐조등의 환한 빛기둥이 하늘로 솟았다. 굵은 빗줄기가 사선을 그으며 환한 조명 속으로 빨려 들어갔다. 빛기둥은 허공을 두 바퀴 돌더니 곧바로 반석연립에 초점을 맞췄다. 그리고 지축을 흔들며 천천히 반석연립 전체를 핥아 대며 다가오기 시작했다.

옥상 바닥에서 피자가 빗물에 젖고 있었다.

"같이 있을 거야?"

진우는 대답 대신 헬멧을 벗어 이다에게 씌워 주었다.

탐조등이 옥상에 있는 사람들을 정조준했다.

반석연립 옥상에는 여섯 명이 있었다.

그들은 아주 오랫동안 그곳에 남아 있을 것이었다.

땅이 울기 시작했다.

에필로그

미술학원의 불이 새벽이 되도록 꺼지지 않았다. 완성된 그림 하나가 작업대 위에 놓여 있다. 그 옆에 놓인 노트북 화면엔 그림을 스캔한 사진이 블로그에 업로드되고 있었다. 그림의 제목은 〈파르테논 신전〉. 신전 마당에 불을 피우고 사람들이 모여 신명나게 춤을 추고 있다. 그림 아래로 짤막한 설명이 깔렸다.

'지금 파르테논 신전에 경찰특공대가 밀어닥치고 있습니다.'

잠시 후 노트북 화면에 '업로드가 완료되었습니다'라고 메시지가 뜬다. 블로그에 등록된 그림이 SNS를 타고 순식간에 수백, 수천, 수만 명에게 퍼져 나갔다. 그림을 퍼 나르는 사람들의 몸속에서 자신도 모르게 이타적 유전자가 꿈틀대기 시작했다.

무궁화호 하행선 열차 안에 한 사내가 깨어 있다. 그는 가방에서 몇 권의 책을 꺼내 뒤적이고 있다. 하릴없이 책장을 들었다 놓는 것으로 보아 독서를 하고 있는 것 같지는 않다. 사내는 다시 낡은 가방을 열어 책을 집어넣는다. 한 권, 두 권, 세 권째 그의 시선이 책 표지에 머문다.

불의가 저질러질 때
분노로 떨 수 있다면
우리는 동지입니다.
──체 게바라

"우리 열차는 잠시 후 대전, 대전역에 도착할 예정입니다. 대전역에서 내리실 승객께서는……."
사내가 자리에서 일어난다. 시계를 본다. 서울행 상행선 열차가 곧 도착할 시간이었다.

작가의 말

거기에 사람이 있었다.

2009년 1월 20일 새벽 용산 남일당 건물 옥상.

철거민 다섯 명과 경찰특공대 한 명이 사망하고, 살아남은 철거민 다섯 명은 범죄자가 되었다.

그리고 시간이 흘렀다.

글을 쓰기 어려운 시간이 흘렀다. 간신히 소설의 첫 문장을 시작했는데 진도 앞바다에서 여객선이 침몰하였다. 거기에 사람이 있었다. 용산과 다름이 없었다.

또 시간이 흘렀다.

여전히 글을 쓰기 어려운 시간이었다. 그들을 정면으로 마주 보지 못하고 에두르고 또 에둘러 이야기 하나를 마쳤다. 출판사에 교정지를 넘기고 오던 날 지인의 손에 이끌려 영화 한 편을 보았다. 그곳에서 살아남은 다섯 사람이 주인공인 다큐멘터리영화였다. 영화를 보는 내내 마음이 너무 아팠다. 그리고 너무 부끄러워 스크린 속 주인공들의 눈을 똑바로 바라보지 못했다.

소설 속 반석연립 옥상에 사람이 있다.
그곳에 있는 여섯 명의 운명이 어찌 될지는 나도 모른다. 다만 지난해 겨울을 보내며 우리들 속에 꿈틀거리던 이타적 유전자를 확인했기에 이 소설은 해피엔딩이 될지도 모른다.

소심하고 허접한 이야기가 책이 되어 나오기까지 고생해준 분들이 많다. 그중에서도 자음과모음의 배주영 주간과 최성휘 차장은 나보다 더 애착을 가지고 글을 다듬어 주었다. 두 분을 비롯하여 편집부 식구들께 감사드린다. 든든한 힘이 되어준 문우 김선영 작가에게도 고마움을 전한다.

이타적 유전자가 온다

© 안덕훈, 2018

초판 1쇄 발행일 | 2018년 2월 28일
초판 2쇄 발행일 | 2019년 5월 10일

지은이 | 안덕훈
펴낸이 | 정은영
주 간 | 배주영
편 집 | 최성휘 김은미
마케팅 | 이재욱 백민열 이혜원 하재희
제 작 | 박규태

펴낸곳 | (주)자음과모음
출판등록 | 2001년 11월 28일 제2001-000259호
주 소 | 04047 서울시 마포구 양화로6길 49
전 화 | 편집부 (02)324-2347, 경영지원부 (02)325-6047
팩 스 | 편집부 (02)324-2348, 경영지원부 (02)2648-1311
이메일 | jamoteen@jamobook.com

ISBN 978-89-544-3827-8 (43810)

잘못된 책은 교환해드립니다.
저자와의 협의하에 인지는 붙이지 않습니다.

이 도서의 국립중앙도서관 출판예정도서목록(CIP)은 서지정보유통지원시스템 홈페이지
(http://seoji.nl.go.kr)와 국가자료공동목록시스템(http://www.nl.go.kr/kolisnet)에서
이용하실 수 있습니다.(CIP제어번호: CIP2018003183)